TRACY BANGHART

GRAÇA & FÚRIA

Tradução
ISADORA PROSPERO

O selo jovem da Companhia das Letras

Copyright © 2018 by Alloy Entertainment e Tracy Banghart
Publicado mediante acordo com Rights People, Londres.
Produzido por Alloy Entertainment, LLC.

O selo Seguinte pertence à Editora Schwarcz S.A.

Grafia atualizada segundo o Acordo Ortográfico da Língua Portuguesa de 1990, que entrou em vigor no Brasil em 2009.

TÍTULO ORIGINAL Grace and Fury
CAPA Claudia Espínola de Carvalho
ILUSTRAÇÃO DE CAPA Carolina Pontes
PREPARAÇÃO Lígia Azevedo
REVISÃO Adriana Bairrada e Nana Rodrigues

Dados Internacionais de Catalogação na Publicação (CIP)
(Câmara Brasileira do Livro, SP, Brasil)

Banghart, Tracy
  Graça e fúria / Tracy Banghart ; tradução Isadora Prospero. — 1ª ed. — São Paulo : Seguinte, 2018.

  Título original: Grace and Fury.
  ISBN 978-85-5534-070-3

  1. Ficção norte-americana I. Título.

18-16537   CDD-813

Índice para catálogo sistemático:
1. Ficção : Literatura norte-americana 813

Maria Alice Ferreira – Bibliotecária – CRB-8/7964

[2018]
Todos os direitos desta edição reservados à
EDITORA SCHWARCZ S.A.
Rua Bandeira Paulista, 702, cj. 32
04532-002 — São Paulo — SP
Telefone: (11) 3707-3500
www.seguinte.com.br
contato@seguinte.com.br

/editoraseguinte
@editoraseguinte
Editora Seguinte
editoraseguinte
editoraseguinteoficial

A toda mulher que mandaram sentar e ficar quieta... e que se levantou mesmo assim.

UM

Serina

Serina Tessaro estava parada nos degraus da fonte na piazza central de Lanos, ao lado de outras nove garotas da mesma idade, todas usando seus vestidos mais elegantes. Seu sorriso brilhante não vacilava nunca, mesmo que o crepúsculo enevoado cor de carvão tentasse sufocá-la.

O signor Pietro estreitou os olhos, avaliando cada garota. Conhecia todas desde que haviam nascido, e vinha observando, medindo e julgando seu potencial. Ele franziu os lábios, e seu bigode grisalho tremulou.

A massa escura das montanhas cercava a cidade manchada de fuligem, bloqueando quase todos os raios de sol. A família de Serina estava nas sombras, à margem da multidão. Apenas o rosto ruborizado de Nomi era visível. Serina podia identificar claramente, mesmo à distância, a fúria nos olhos da irmã. Renzo, irmão delas, segurava o braço de Nomi, como se quisesse contê-la. Serina não podia ler sua expressão, mas tinha certeza de que não refletia a expectativa óbvia dos pais deles.

O signor Pietro deu as costas para as garotas ao se dirigir às pessoas reunidas na piazza. À espera do decreto, o coração de Serina batia na garganta, mas ela escondeu a ansiedade sob uma fachada de serenidade. Sua mãe tinha lhe ensinado a importância das máscaras.

— Este ano o herdeiro vai escolher suas primeiras graças. Cada província tem o direito de enviar uma garota para competir por essa honra. Como magistrado de Lanos, é minha responsabilidade escolher qual de nossas filhas viajará a Bellaqua. — Talvez ele tivesse feito uma pausa. Ou prolongado o suspense. Mas, diferente do que Serina esperava, o tempo não pareceu mais lento. O signore só prosseguiu com sua voz monótona e metódica. — E eu escolhi Serina Tessaro.

A multidão aplaudiu. Os olhos da sra. Tessaro se iluminaram de esperança. A expressão de Nomi ficou ainda mais sombria.

Em choque, Serina deu um passo à frente e fez uma reverência profunda. Não conseguia acreditar. Iria a Bellaqua. Deixaria aquela Lanos encardida e asfixiante para trás.

Ela havia imaginado aquilo infinitas vezes. Pegar o trem pela primeira vez e percorrer o interior exuberante de Viridia. Conhecer a cidade do superior, com seus canais e o vasto palazzo de mármore. Conhecer o herdeiro. Ele devia ser bonito como um príncipe de um conto de fadas.

Se fosse escolhida por ele, Serina moraria em um lindo palácio pelo resto dos seus dias. Nunca teria que trabalhar em uma fábrica de tecidos como a mãe ou se tornar uma criada como a prima. Nem seria obrigada a casar com o homem que pagasse mais por sua mão. Iria a bailes deslumbrantes e nunca passaria necessidade. Nem sua família. Nomi poderia ter uma vida melhor, apesar de sua relutância. Como sua aia, poderia sair de Lanos também.

O signor Pietro apertou a mão do pai de Serina enquanto ela descia a escada. A multidão se dispersava lentamente. As outras garotas não falaram com ela, voltando às suas famílias. A sra. Tessaro estava tremendo de excitação quando Serina se aproximou. Já fora tão alta quanto a filha, mas décadas curvada sobre a máquina de costura haviam retorcido sua coluna.

— Minha flor, estou tão orgulhosa. — Ela deu um abraço apertado em Serina. — Você trouxe uma honra enorme para nossa família.

Nomi deixou um ruído irônico escapar.

Serina lhe lançou um olhar de advertência. Ela seria açoitada caso o signor Pietro a ouvisse falar qualquer coisa contra o herdeiro ou o superior. Ele já fizera tal ameaça quando inspecionava Serina de camisola durante um dos exames físicos e ouvira Nomi murmurar que aquilo era ridículo.

— Obrigado, signore — o sr. Tessaro disse, fazendo uma reverência.

O magistrado foi em direção à sua carruagem, a capa escarlate curta flutuando sob o brilho amarelado dos lampiões.

— Vamos — o sr. Tessaro disse à família. — Só temos dois dias para preparar sua viagem. — Ele tomou o rumo oposto do signore. Eles moravam perto da piazza central.

Serina inspirou o ar sujo de Lanos e seguiu o pai, que não tinha sequer olhado para ela. Tentou adivinhar o humor dele pelos seus ombros rígidos. Estaria orgulhoso, como a mãe dela?

Serina não sabia dizer. Ele era imprevisível.

Renzo cutucou seu braço.

— Você está linda — ele disse. — O herdeiro seria um tolo de não te escolher. — Serina lançou um olhar grato ao irmão. Renzo entendia o quanto aquilo significava para ela. Para todos eles.

Alto e robusto, era fácil esquecer que Renzo era quase dois anos mais novo que Serina. Embora ele e Nomi fossem gêmeos, não eram muito parecidos, a não ser pelos olhos âmbar, vários tons mais claros que os da irmã mais velha.

Nomi ficou para trás, arrastando os pés como uma criança mimada. Serina reduziu o passo para caminhar ao seu lado.

— Isso é algo *bom* — ela murmurou, baixo o suficiente para que os pais não escutassem. As ruas por onde passavam estavam vazias; todos voltaram para casa imediatamente depois do grande anúncio. A luz tremulante dos lampiões lançava manchas amareladas contra as paredes de pedra bruta das casas. O pavimento era sujo e desnivelado, mas Serina não tropeçou, ainda que seu vestido longo cor de cobre produzisse um leve ruído ao raspar no chão.

— Não quero conversar agora — Nomi rosnou, pouco preocupada em manter a voz baixa.

Serina teve vontade de esganá-la.

— Você não consegue ficar feliz? Isso não entra na minha cabeça. Vamos sair dessa cidade horrível. Quem sabe até viver no palácio. Vai ser mais fácil trabalhar como minha aia do que cuidar de todo mundo, como você faz agora. E comida nunca mais vai ser um problema. Mamãe vai poder parar de trabalhar...

Nomi apressou o passo, como se tentasse fugir das palavras da irmã.

— Essa é a diferença entre nós duas — disse, com as mãos fechadas em punhos ao lado do corpo. Um rubor escuro floresceu em seu rosto. — Não acho que essa cidade seja horrível. E não acredito em contos de fadas. Não *quero*...

— O que você *quer* está além do nosso alcance — Serina interrompeu, cansada da raiva da irmã. — Você nunca vai poder escolher seu próprio trabalho, seu próprio marido ou... qualquer outra coisa. Não é assim que funciona.

Não era culpa de Serina se Viridia dava tão poucas escolhas às mulheres. Ela tinha aprendido havia muito tempo que não adiantava lutar, então procurava fazer o máximo com o que tinha.

E o que ela tinha era a chance de se tornar uma das mulheres mais importantes do país inteiro. Se o herdeiro a escolhesse, podia se tornar a mãe de um futuro superior.

— *Nada* devia estar além do nosso alcance. Esse é o ponto — Nomi disse.

Elas ainda não tinham parado de discutir quando chegaram à pequena casa. Renzo segurou a porta rangente aberta para elas, deixando claro pela expressão de escárnio que tinha escutado tudo.

— Nomi, papai quer que você comece a fazer o jantar.

Ela entrou na sala de estar apertada batendo os pés, mas não respondeu. Serina a seguiu, levantando a saia do vestido para que não ficasse presa no batente. Ela acompanhou o olhar de Nomi até os livros escolares de Renzo, ainda abertos na mesa de madeira rústica, e cutucou seu braço em aviso. A irmã não se mexeu, então Serina pigarreou.

Nomi ergueu os olhos para ela, levando um segundo para focá-los. Então balançou a cabeça, como se tentasse voltar à realidade, e foi depressa até a pia.

Serina olhou para os pais, mas eles estavam conversando baixinho perto do fogão de ferro. Não tinham notado a movimentação. Havia muita coisa que não notavam.

Serina e Nomi eram como quaisquer outras filhas na fria cidade industrial de Lanos.

Mas Serina tinha sua beleza.

E Nomi tinha seu segredo.

Serina rezou para que conseguisse atrair o olhar do herdeiro, tanto pelo bem dela quanto da irmã. Quando Renzo fechou a porta, a batida oca ecoou em seus ossos. Ela sentiu um arrepio, subitamente cheia de temores que sequer conseguia nomear.

DOIS

Nomi

O MOTORISTA DO RIQUIXÁ PEDALAVA LOUCAMENTE, sem nunca diminuir o ritmo por causa das fendas enormes no calçamento ou dos pedestres de olhos arregalados. Todos aqueles trancos e sacudidas embrulhavam o estômago de Nomi. Ou talvez fosse o ar pesado e úmido com cheiro de peixe podre.

Não. Ela sabia o que fazia seus músculos retorcerem e sugava todo o ar dos seus pulmões. Quanto mais se aproximavam do palazzo, mais forte era o seu desejo de seguir na direção oposta. Menos de duas semanas haviam passado desde que o signor Pietro escolhera Serina, e os dias tinham corrido tão rápido e dolorosos quanto aquela última viagem sacolejante.

Nomi estremeceu quando os dedos de Serina apertaram seu braço, fincando as unhas em sua pele enquanto a carruagem disparava cambaleando sobre uma pequena ponte, próxima demais da beirada. Renzo ficou pálido. Ele ocupava o assento oposto a elas, suas longas pernas dobradas como as de uma aranha para caber no espaço apertado.

Antes do que Nomi gostaria, o riquixá parou de repente na grande piazza. Ela sentiu o coração acelerar.

No ponto mais distante da praça movimentada, um canal amplo brilhava ao sol, pontuado por grupos de longos barcos pretos. Além dele, o palazzo do superior se erguia para o céu em uma ilha, como o sol dourado nascendo. Nomi respirou fundo algumas vezes. Em circunstâncias diferentes, teria gostado de ver Bellaqua. Mas não daquele jeito. Não naquele dia.

Renzo deu uns trocados ao motorista antes de ajudar as irmãs a descer do riquixá. Os joelhos de Nomi continuaram tremendo mesmo depois que pisou em terra firme.

— Hora de dizer adeus. — Renzo tentava soar forte, mas havia um tremor em sua voz. Serina manteve a cabeça inclinada, como a irmã comportada que era, enquanto ele a puxou para um abraço breve e educado.

Mas Nomi não podia aceitar aquilo. Ela abraçou o irmão com força, enterrando o rosto em seu casaco, inspirando seu aroma familiar e reconfortante. Suas pernas e seu estômago se acalmaram um pouco. Renzo esperaria em Bellaqua até o anúncio. Eles podiam se ver de novo em algumas horas — ou nunca mais. A incerteza era insuportável.

— Posso raptar vocês duas para fugirmos para a liberdade se Serina for escolhida? — Renzo sussurrou de brincadeira, mas havia tensão em sua voz.

Se aquilo fosse possível... Nomi o apertou mais forte antes de se afastar. Os dois trocaram um olhar agoniado.

— Vamos, Nomi — Serina disse baixinho. Um homem de libré preta e dourada estendia a mão para ela. Com a cabeça ainda inclinada, Serina o acompanhou.

Nomi sentia falta de ar. Não estava preparada.

Renzo pareceu entender. Com uma tentativa de sorriso, deu um beijo em sua bochecha e foi embora, para que não fosse ela quem tivesse que deixá-lo. A despedida cortou Nomi como uma lâmina.

— Vamos — Serina murmurou de novo.

Relutante, ela se virou para seguir a irmã através da multidão. O homem de preto e dourado as conduziu através da piazza até o grande canal onde sua gôndola oscilava suave ao lado das outras.

Ele ajudou Serina e depois Nomi a subir no barco, e as irmãs se acomodaram em almofadas macias com fios de ouro. Ao redor delas, dezenas de outras garotas flutuavam em suas próprias gôndolas, seus vestidos coloridos indicando que eram candidatas.

A multidão sorridente que assistia àquela procissão aplaudia. Uma criança atirou um punhado de flores enquanto as irmãs se afastavam da margem. Serina sorriu diante de tamanha atenção e das pétalas cor-de-rosa voando.

Nomi não conseguia entender a expressão serena da irmã, tão conflitante com sua própria agitação. Ela queria voltar para a margem, correr até Renzo e fugir da cidade. Queria fazer qualquer coisa que não fosse flutuar em direção ao palácio do superior como um sacrifício relutante a um deus antigo. Mas aquele era o problema: *Serina* não relutava.

Nomi enxugou os olhos, tentando conter suas lágrimas. Com a outra mão, segurava firme a pequena bolsa com seus pertences.

— E se nunca mais virmos Renzo?

— Vai ser uma bênção — Serina respondeu. Mas sua voz tremia. Nomi percebeu a ruga entre as sobrancelhas da irmã enquanto encarava o palácio, e uma leve tensão no canto da boca. Talvez ela não estivesse tão calma quanto aparentava. Então Serina acrescentou, mais suavemente: — Você sabe disso.

— Mas posso desejar que as coisas sejam diferentes — Nomi murmurou, enquanto a gôndola batia contra a borda do canal. Algumas das garotas já tinham desembarcado e estavam na base dos degraus que levavam ao palazzo do superior. Os ciprestes que margeavam a água estavam decorados com pequenos sinos, que tilintavam com a brisa.

Enquanto subia a enorme escadaria, a última em uma longa fila de garotas em vestidos coloridos e elegantes, Nomi amaldiçoou o herdeiro que aguardava no topo. Ele não daria a menor atenção a ela — nem a qualquer outra das aias —, mas sua vida dependia da possibilidade de ele notar ou não sua irmã.

À frente, Serina flutuava escadaria acima, com o cabelo castanho solto e brilhante na altura da cintura. Seu vestido, um mosaico intricado de diferentes tecidos que a mãe tinha costurado meticulosamente, ondulava como água. Ela não revelava nenhum sinal de cansaço ou indício de que tinham passado sete longos dias em um trem instável, uma noite em um quarto de hotel precário e um dia de preparação frenética para o baile do herdeiro.

Nomi apertou a bolsa com mais força. Tentou não tropeçar nos degraus de mármore enquanto examinava o superior, um homem de uma magreza doentia e um olhar severo, e seus dois filhos. Malachi, o herdeiro, usava um uniforme branco com bordado dourado que acentuava seu físico musculoso. Suas maçãs do rosto largas e seu cabelo castanho cortado rente davam uma dureza a seu rosto, mas seus lábios carnudos suavizavam sua expressão. Até ela tinha que admitir que era bonito, embora aterrorizante. Enquanto passavam, ele observava cuidadosamente as candidatas a graça com seus olhos escuros penetrantes.

O filho mais jovem, Asa, olhava para o canal. Seu cabelo escuro era mais longo que o do irmão e bagunçado, como se passasse as mãos nele o tempo todo.

Nomi deveria ter inclinado a cabeça ao passar por eles, mas não se deu ao trabalho. Como esperava, ninguém a notou. Os três homens se concentraram no cabelo lustroso de Serina e no balanço de seus quadris. Às vezes Nomi ficava irritada com o jeito como a irmã atraía tantos olhares. Mas, naquele momento, ficou contente, porque aquilo a tornava invisível. Não invejava a tarefa à frente de Serina nem o peso do olhar gélido do superior.

Quando chegou à sombra da varanda, fora do campo de visão dos homens, Nomi relaxou um pouco. As candidatas a graça e suas aias seguiram até uma galeria ornamentada, que terminava em um par de portas pesadas de madeira entalhada.

As irmãs ficaram em um lugar perto da parede.

— Me deixe dar uma olhada na sua maquiagem — Nomi disse. Por mais que quisesse estar em qualquer outro lugar, ainda tinha um trabalho a fazer. Ambas tinham.

— Acha que temos chance? — Serina murmurou, lançando um olhar de esguelha para a garota mais próxima, cujo vestido laranja era rearranjado pela aia.

Nomi ficou tentada a dizer o que realmente pensava: que elas deviam sair dali naquele mesmo instante, sem dizer nada. Que deviam voltar para Lanos, ou, ainda melhor, ir para outro lugar, onde pudessem decidir elas mesmas como queriam passar seus dias, em vez de ser obrigadas a cumprir tarefas infindáveis, no caso dela, ou a horas de aulas de etiqueta e de dança, no caso da irmã. Mas Nomi sabia a verdade tão bem quanto Serina: aquele lugar não existia. Não importava para onde fossem, suas escolhas seriam as mesmas: elas podiam ser operárias, criadas ou esposas. A não ser que Serina se tornasse uma graça.

Em Viridia, as graças representavam os mais elevados padrões de beleza, elegância e obediência. Eram ao que todas as garotas deveriam aspirar.

Tornar-se uma graça e uma aia implicaria uma vida diferente para Serina e Nomi, mas elas discordavam quanto a essa vida ser melhor ou pior.

— Acho que vamos perder algo de qualquer forma — Nomi disse enquanto acertava o kohl do canto do olho da irmã.

— Não diga isso — Serina alertou. — Não...

— Você não pensa como seria desfilar diante do herdeiro, como se fosse uma de suas posses? — Nomi sussurrou. Alisou uma mecha do cabelo de Serina, com as mãos trêmulas. As duas irmãs tinham cabelo castanho, pele oliva e as maçãs do rosto altas da mãe. Mas Serina era tão bela e encorpada quanto Nomi era deselegante e magricela. Serina era extraordinária; Nomi era comum.

— O objetivo não é se tornar uma posse dele, e sim conquistar sua admiração e desejo — Serina disse, dando um sorriso artificial às garotas que as olhavam. — Essa é nossa chance de ter uma vida melhor.

— E por que seria melhor? — Nomi balançou a cabeça. A raiva se ergueu inutilmente no seu peito. — Serina, não deveríamos ter que...

A irmã se aproximou ainda mais.

— Sorria, como se estivesse feliz. Como se fosse igual a essas garotas.

Nomi encarou Serina. Ficava tão linda daquele jeito, com as bochechas coradas de raiva. Era tão mais interessante quando não estava presa a um espartilho e a um sorriso tímido e submisso.

Os murmúrios abafados das candidatas e de suas aias morreram quando uma mulher subiu num estrado do outro lado da sala. Seu vestido de seda cor de creme intensificava seu ar refinado e seu corpo escultural.

— Meu nome é Ines. Sou a graça-maior. — As palavras da mulher saíam suaves como música. — O herdeiro está honrado por terem viajado de tão longe e lamenta só poder escolher três de vocês para permanecer, mas tenham certeza de que todas serão abençoadas.

Nomi sempre achara estranho que os superiores e seus herdeiros escolhessem três graças a cada três anos, em vez de fazerem uma seleção anual. Mas o processo envolvia o país inteiro, com magistrados passando meses analisando as candidatas de suas províncias e o superior organizando inúmeros bailes e eventos para exibir as escolhidas.

O superior atual tinha quase quarenta graças. Boatos sobre sua saúde circulavam, e aquele ano ele tinha anunciado que não escolheria mais nenhuma para si mesmo. Em vez disso, o herdeiro faria sua primeira seleção. Muitos imaginavam que aquilo significava que o governante logo renunciaria, passando o poder sobre Viridia para seu filho mais velho.

— O baile está prestes a começar — Ines disse, erguendo as mãos e fazendo seus grossos braceletes dourados tilintarem. — Chegou a hora, candidatas.

Serina abraçou Nomi com força.

— Se comporte — ela recomendou.

— Estou mais preocupada com você — Nomi respondeu, agarrando-se à irmã com a mesma intensidade.

Uma a uma, as garotas foram chamadas. As portas ao salão de baile se abriam e fechavam a cada anúncio. Quando a vez de Serina chegou, dois homens abriram as portas enormes, expondo a claridade rodopiante dentro do salão.

— Serina Tessaro, de Lanos — anunciou uma voz profunda. Sem olhar para trás, Serina deu um passo em direção à luz.

O coração de Nomi deu um salto doloroso quando a irmã desapareceu de vista.

Ela largou a bolsa onde as outras aias tinham deixado as suas e ficou sozinha em um canto, se sentindo constrangida. Algumas garotas se agruparam na varanda para conversar. O resto sentou ou ficou vagando pela galeria, observando o ambiente suntuoso.

As paredes pareciam querer esmagar Nomi com seu ouro e brilho. Tudo era tão diferente de sua casa. Ela só estava longe fazia uma semana, mas já sentia falta de acordar com o som de Renzo juntando seus livros para a longa caminhada até a escola. Sentia falta dos momentos roubados depois que tinha terminado suas tarefas, quando podia sentar e descansar sem que a mãe lhe desse bronca. Sentia falta do vento cortante e carregado de neve do crepúsculo, sabendo que o mundo pareceria totalmente diferente pela manhã. E até do grunhido dos canos e das janelinhas cheias de fuligem da casa da família na rua das Fábricas.

Parte dela torcia desesperadamente para que fossem mandadas de volta. Para que pudessem retornar àquela casinha dilapidada. Mas Nomi sabia que aquilo só adiaria sua separação inevitável da família.

Ocorreu-lhe que poderia passar o resto dos seus dias daquele modo: presa a uma sala ostensiva esperando Serina voltar, com sua própria vida reduzida a uma nota de rodapé. Comum. Invisível. Esquecida.

Seus olhos queimavam de tanto segurar o choro. Ela olhou ao redor, preocupada, mas ninguém estava prestando atenção. Talvez se jogasse um pouco de água no rosto e tivesse um momento para si mesma se sentisse melhor.

Ela saiu pelo corredor à procura do lavatório. A cada passo, o aperto no peito diminuía.

Ao virar, o interior de um cômodo atraiu seu olhar. Tinha poltronas estofadas, um tapete bordado com muito esmero e uma infinidade de estantes de mogno lustroso absurdamente altas, cheias de volumes encadernados com detalhes em ouro. *Livros.* Mais do que Nomi vira em toda a vida. Antes que pudesse entender o que estava fazendo, a garota se aproximou. Ficou parada diante da porta entreaberta tentando detectar algum movimento. Então, num suspiro, entrou.

Era como se o mundo inteiro se abrisse à sua frente. Fileiras e mais fileiras de estantes se erguiam até o teto. O aroma de fumaça de cachimbo pairava forte no ar. Ela inspirou profundamente, deixando o silêncio e a promessa do cômodo a preencherem. Nomi se aproximou tremendo das estantes e correu os dedos pelas lombadas grossas de couro. Os títulos dourados cintilavam à luz baça. Ela traçou as palavras, muitas delas desconhecidas. Sua mão parou em um volume fino, quase engolido entre dois grandes livros pretos. Nomi inspirou fundo quando o reconheceu. *Lendas de Viridia.*

De imediato, uma lembrança veio à sua mente. No outono em que tinham feito doze anos, Renzo ganhou aquele mesmo livro, e ela tinha exigido saber seu conteúdo.

A lei proibia que as mulheres lessem. Na verdade, a lei proibia que fizessem praticamente qualquer coisa além de parir, trabalhar em fábricas e limpar a casa de homens ricos.

Nomi não conseguia aceitar aquilo. E Renzo não resistira à tentação de exibir seu conhecimento. A passos lentos mas constantes, tinha ensinado a irmã a ler.

Tinham sido os melhores meses da vida dela. Eles passavam as noites inclinados à luz de uma vela enquanto Nomi lia e relia a história da lua e de seu amante, os terrores das profundezas e o conto de dois irmãos separados por uma mulher tatuada misteriosa, que tinha um olho dourado. O último era seu preferido. Serina era a única que sabia o segredo deles. Renzo perguntou uma vez se queria aprender também, mas ela preferia que só lhe contassem histórias, sempre as mesmas, enquanto praticava seu bordado. Quando a primavera chegou e o livro de lendas foi substituído por um de equações matemáticas da escola, Nomi e Serina continuaram a contar histórias uma à outra, de memória. Mas nunca foi como antes.

Nomi tirou o livro da estante, acariciando as letras em relevo na capa. Era feito do mesmo couro suave do exemplar de que se lembrava, só que sem as marcas e os cantos amassados. Ela abraçou o livro, recordando cada noite em que tinha se debruçado com Renzo sobre as páginas, enquanto aprendia a pronúncia e o significado de cada palavra.

O livro era seu lar de uma forma que o palazzo com sua decoração suntuosa jamais seria.

Ela não conseguiria deixá-lo para trás. Certamente ninguém sentiria falta de um pequeno volume de histórias como aquele. Nomi o enfiou no decote do vestido tão rápido, com tanta facilidade, que quase se convenceu de que era o livro que queria ir embora com ela, e não o contrário. Então se apressou de volta ao corredor, cruzando os braços de forma protetora.

Estava quase na galeria quando dois homens surgiram à sua frente.

O herdeiro e seu irmão.

Nomi inclinou a cabeça e esperou que passassem, apertando o livro escondido com força.

— ... deveria caber a mim, não aos magistrados — o herdeiro estava dizendo, a fúria marcando suas palavras. Ele parou quando a viu.

Nomi devia ter feito uma reverência. Devia ter mantido a cabeça baixa, como qualquer outra aia. Mas foi pega de surpresa, despreparada, e, sem querer, o encarou.

Os olhos do herdeiro eram castanho-escuros e de uma intensidade silenciosa. Eles a encaravam como se fossem capazes de desvendar sua história, suas esperanças secretas, tudo. Nomi se sentiu exposta.

Com o rosto queimando, finalmente conseguiu desviar o olhar.

— Quem é você? — Malachi exigiu saber.

— Nomi Tessaro — ela murmurou.

— E o que exatamente está fazendo aqui, Nomi Tessaro? — perguntou o herdeiro, com a voz carregada de suspeita.

Ela inclinou a cabeça.

— Eu... sou uma aia. Estava só... — Sua voz sumiu. Ela não conseguia lembrar o que devia estar fazendo. O livro queimava sua pele.

— Vamos, Malachi, estamos atrasados — Asa disse, passando uma mão impaciente pelo cabelo. Seu terno preto era idêntico ao terno branco do irmão, até os bordados dourados, mas ele mesmo tinha um ar mais relaxado, que beirava o desleixo.

Malachi o ignorou e se aproximou de Nomi, pressionando a garota contra a parede com seu corpo musculoso.

— Estava só o quê?

A tentativa de intimidação teve o efeito contrário. Nomi se irritou, e a fúria familiar e instintiva fez com que o pânico, por um momento, sumisse.

Ela endireitou a coluna, ergueu o queixo e rebateu o olhar frio do herdeiro, irradiando rebeldia.

— Eu estava usando o lavatório — Nomi disse, alto e claro. — É logo ali, se precisar — acrescentou, indicando o fim do corredor com a cabeça.

Asa riu, mas o herdeiro não pareceu achar graça. Seu rosto adquiriu um tom rubro raivoso.

Um medo amargo subiu pela garganta de Nomi, que baixou os olhos. Serina tinha pedido que se comportasse, e ela conseguira se meter em uma confusão em menos de dez minutos. A audácia de suas palavras... A expressão que o herdeiro sem dúvida vira nos seus olhos...

— Está dispensada — Malachi disse afinal, mas soava mais como uma sentença do que uma libertação.

Com o coração disparado, Nomi correu de volta à galeria enquanto os dois seguiam seu caminho. As bordas afiadas do livro roubado perfuravam sua pele.

Ela foi até o canto onde deixara a bolsa e enfiou o volume lá dentro. Estava quase certa de que o herdeiro não tinha visto. Mas sua impertinência era suficiente para condená-la.

Pelo resto da noite, Nomi esperou, com os olhos fixos nas portas abertas, se perguntando quando seu mundo acabaria.

TRÊS

Serina

O PRIMEIRO BAILE DE SERINA ESTAVA SENDO quase exatamente como ela tinha imaginado. O salão extenso e reluzente fervia, as candidatas a graça cintilantes e coloridas como um cardume de peixes. As paredes espelhadas e as filigranas de ouro refletiam a luz de uma dúzia de lustres de cristal. Havia músicos sentados perto das arcadas que levavam ao terraço, seus dedos se movendo tão rápido pelos instrumentos que ela nem conseguia acompanhar.

Era muito diferente da sala de estar apertada de casa, onde um instrutor tinha lhe ensinado a dançar tendo Renzo como par. Eles não tinham música, só o ritmo constante do instrutor batendo palmas.

Já no salão, a música borbulhante enrolava-se e girava. Serina rodopiava e sorria nos braços dos dignitários elegantes do superior, animada com tanto glamour, desfrutando de ser um daqueles peixes cintilantes e coloridos.

Mas faltava algo para completar o conto de fadas. O herdeiro ainda não tinha aparecido.

Quando os músicos fizeram um intervalo, Serina se recolheu a um canto para recuperar o fôlego. Os laços do espartilho apertavam seus pulmões. Enquanto descansava, ela esquadrinhou o salão de baile. Não era difícil identificar as graças do superior. Diferente das candidatas, elas se moviam como se pertencessem àquele ambiente, parecendo acostumadas com toda a atenção. Várias posavam em plataformas circulares altas, cobertas de cetim roxo brilhante, elevadas — literalmente — ao epítome da perfeição feminina. Serina as encarava maravilhada com o controle que demonstravam ao ficar tão imóveis.

Ela tinha sido preparada para aquilo; seu treinamento começara antes que tivesse idade para entender o que significava ser uma graça. Desde a primeira vez que dançara sobre o chão empoeirado com Renzo, sentira o peso da expectativa sobre seus ombros. Serina sempre soubera que ser escolhida, a honra mais alta que qualquer garota de Viridia poderia ter, mudaria o destino de sua família e permitiria que sua mãe — quase cega depois de anos forçando os olhos sobre a máquina de costura da fábrica — enfim parasse de trabalhar. Permitiria a seu irmão um dia poder pagar o dote de uma noiva.

E o mais importante: como uma graça ela poderia manter sua obstinada irmã a seu lado. Nomi era inteligente até demais, desafiava a autoridade e as regras mais do que devia. A irmã era uma sonhadora. Serina, mais realista, faria tudo a seu alcance para proteger seu espírito rebelde e manter sua segurança. Nada a assustava mais do que a ideia de que algum dia Nomi pudesse se arriscar tanto a ponto de ser pega.

Mesmo que sua irmã não visse aquela oportunidade como uma dádiva, tudo o que Serina queria era se tornar uma graça e mantê-la por perto como sua aia.

Uma garota parou ao lado de Serina, seu vestido com estampa floral esvoaçando levemente.

— É incrível, não é?

Serina a avaliou com um olhar rápido: feições suaves, bonitos olhos azuis, cabelo de um loiro platinado peculiar que quase parecia cintilar à luz suave.

— Nunca vi nada assim antes — Serina respondeu. Ela examinou o salão outra vez. O herdeiro provavelmente faria sua entrada em breve.

— Nunca vi nada como esse seu vestido — a garota disse. — Foi sua mãe que fez?

Serina demorou um instante para perceber a farpa escondida por trás da voz doce da garota. Então sorriu, simpática. Não ia admitir que fora de fato a mãe que o fizera.

— É tão... *interessante* — a garota continuou. — Ninguém usa azul há anos em Bellaqua.

Ela olhou para a pista de dança, e Serina seguiu seu olhar. Era verdade; o salão era um mar de rosa, roxo e amarelo. A maioria dos vestidos era longo, alguns cobertos de bordados. Mais formais que o vestido leve na altura da panturrilha e as sandálias douradas de Serina.

Ela ergueu o queixo e deu de ombros.

— Então devo estar com sorte, já que azul é a cor preferida do herdeiro. — Era mentira, claro; Serina não tinha como saber aquilo. Mas o olhar estupefato no rosto da garota valia a pena. Serina se afastou, deixando a candidata boquiaberta para trás.

Uma onda de animação percorreu o salão de baile. Serina se virou bem a tempo de ver o herdeiro finalmente entrar, acompanhado do irmão.

Ele examinou o salão, identificando cada uma das candidatas. Serina baixou o olhar muito antes que chegasse nela. Algumas candidatas se esgueiraram para mais perto. Ines apareceu ao lado do herdeiro. A garota que tinha conversado com Serina foi depressa até lá, mas ela mesma não se moveu. Não queria se juntar às outras e ser mais uma na multidão. Em vez disso, foi até a varanda observar os últimos raios de sol rasgando o céu. Sabia que aquela luz radiante e dourada faria sua pele brilhar.

Muito abaixo da varanda, os canais reluziam em tons de rosa e laranja. Serina tinha ouvido histórias sobre Bellaqua a vida toda. Empoleirada na ponta mais ao sul de Viridia, era a fortaleza da família real e seu maior feito. O primeiro superior a tinha planejado para parecer com uma antiga cidade do norte que fora destruída durante as Inundações. Ao vê-la pessoalmente, Serina não podia negar sua beleza; mas o lugar também tinha um ar frio, intocável, distante.

Ines e o herdeiro enfim chegaram a ela.

— Malachi, esta é Serina Tessaro, de Lanos.

Ela se virou da balaustrada e fez sua reverência mais baixa e graciosa. Quando se endireitou, ergueu o olhar apenas até os lábios do herdeiro, que eram carnudos e suaves, contrastando com as linhas duras de sua mandíbula. Não seria educado encontrar os olhos dele.

— Estou honrada por estar aqui e ansiosa para servir vossa eminência. — Ela sorriu.

— Serina Tessaro? Esse é o seu nome? — ele perguntou, com uma aspereza que ela não esperava.

Serina inclinou a cabeça delicadamente, do jeito que tinham lhe ensinado, como uma flor balançando ao vento.

— Sim, vossa eminência — ela respondeu, então se virou de leve para que a luz caísse sobre seu rosto.

— Dance comigo — ele ordenou.

Uma pontada de calor nervoso a perpassou.

— Seria uma honra, vossa eminência.

A mão de Malachi se fechou ao redor da dela, e ele a conduziu para a pista de dança, enquanto os músicos começavam uma melodia rápida e selvagem. Ela girou para longe dele, então de volta aos seus braços. Enquanto rodopiava, era impossível não ver os olhares invejosos das outras candidatas. Seus pés reproduziam os passos da dança com facilidade e sua pele se arrepiava em todo ponto que o herdeiro tocava.

— Você é de Lanos? — Malachi perguntou quando a música ficou mais lenta. Ela imaginou que fosse tirar outra garota para dançar, mas ele não o fez, e ainda a puxou mais para perto. O herdeiro tinha um cheiro delicioso, de caramelo e vinho quente.

— Sim, eminência. Das montanhas. Ainda faz frio lá nessa época do ano.

— E você mora com seus pais? Tem irmãos? — Agora, eles mal se mexiam, só balançavam de leve ao ritmo da música. As mãos de Malachi estavam apoiadas nos quadris dela, seu calor atravessando as camadas finas do vestido.

— Moro com meus pais, eminência. Tenho dois irmãos mais novos. Minha irmã veio para cá como minha aia.

A música chegou ao fim, e daquela vez o herdeiro a soltou. Ela continuou a sentir o calor de suas mãos mesmo depois de se desvencilharem.

Serina fez outra reverência e foi incapaz de conter um sorriso.

— Obrigada pela dança, vossa eminência.

— Foi um prazer — ele respondeu, então se enfiou entre os outros dançarinos e desapareceu de vista.

Enquanto voltava para seu canto na varanda, Serina repassou cada frase, cada toque, analisando seu desempenho. O herdeiro parecera envolvido. Tinha segurado seu corpo próximo do dele. Ela havia se mostrado sob a luz lisonjeira. Pela primeira vez em uma semana, desde que havia começado a longa jornada de Lanos, Serina relaxou os ombros. Tinha feito seu trabalho. E bem. Talvez realmente fosse escolhida.

Então o que aconteceria?

Um sorriso lento desabrochou em seu rosto. O herdeiro era tão bonito quanto ela tinha imaginado.

De repente um murmúrio atravessou o salão de baile, afastando seus pensamentos. Ela vasculhou a pista, em busca do herdeiro, mas só havia dignitários e graças ali, nenhum sinal de um terno branco. Algumas das candidatas a graça a encaravam furiosas.

A compreensão a atingiu como os últimos raios do sol: o príncipe Malachi tinha ido embora, e Serina havia sido a única tirada para dançar.

★

As candidatas voltaram à área de espera, e Serina mal teve um instante para recuperar o fôlego antes que Nomi a alcançasse. Ela agarrou seu braço e a arrastou para um canto escondido por uma enorme planta. Parecia nervosa, como se estivesse prestes a vomitar.

Serina apertou suas mãos, tentando acalmá-la.

— Está tudo bem — disse, sem fôlego. — Foi bastante satisfatório. Até melhor do que eu esperava. Pode ficar tranquila.

Em vez de aliviada, Nomi pareceu desconfortável. Antes que Serina tivesse a chance de perguntar qual era o problema, Ines entrou na sala e o silêncio dominou o ambiente.

— Minhas flores — ela começou. — O herdeiro ficou extremamente satisfeito por ter conhecido todas vocês. Sua beleza e elegância incomparáveis tornou a escolha muito difícil, mas depois de uma consulta com os magistrados de suas províncias e muita consideração, ele tomou sua decisão. Assim que anunciar as escolhidas, vou levá-las a seus aposentos. O resto de vocês permanecerá aqui enquanto providenciamos seu transporte de volta à piazza central de Bellaqua, onde suas famílias estarão esperando. As famílias daquelas que ficarem conosco serão notificadas de sua boa sorte. As novas graças poderão, naturalmente, enviar uma mensagem a elas assim que quiserem por meio dos escribas do palácio.

Serina apertou a mão da irmã. A hora tinha chegado. Sua antiga vida estava acabando e a nova começaria. As outras garotas se remexiam e sussurravam com suas aias. O coração de Serina batia freneticamente.

— Maris Azaria, o herdeiro a escolheu.

Serina procurou entre as garotas, e não foi difícil encontrar Maris — ela se debulhava em lágrimas, apertando os braços ao redor do vestido rosa brilhante. Seu cabelo, na altura da cintura, se agitou e cobriu parte de seu rosto. Serina não sabia dizer se eram lágrimas de alegria.

— Mais duas — ela sussurrou a Nomi. Mais duas chances.

Ines esperou até que todas se acalmassem.

— Cassia Runetti, você foi escolhida. — Ela assentiu para uma garota perto do estrado.

Era a mesma que tinha conversado com Serina. A mandíbula delicada de Cassia se afrouxou, seus olhos se arregalaram e ela riu alto, fazendo seu cabelo platinado ondular. Serina podia ver que o vestido dela era de ótima qualidade, assim como seus saltos perigosamente altos. Devia ser de uma das regiões ricas do leste, como Sola ou a Ilha Dourada.

As outras garotas se remexeram, sussurrando com suas aias. Só faltava um nome. Quando Ines pigarreou, Serina segurou o ar.

— A última graça do herdeiro será… Nomi Tessaro.

De repente Serina sentiu um peso deixar seus ombros. O pensamento de que tinha conseguido a encheu de alívio e alegria. Então se deu conta de que eles tinham cometido um erro.

— Na verdade, é *Serina* Tessaro — ela disse para Ines, sorrindo.

A mulher mais velha balançou a cabeça.

— Não, minha flor, você não foi escolhida. — Suas palavras ressoaram no silêncio confuso da sala. Todos os olhos se viraram para Nomi.

A visão de Serina se turvou e ela parou de respirar. Ines a encarou e disse:

— Sua aia foi escolhida. *Nomi* Tessaro, sua irmã.

A sala irrompeu em confusão e raiva quando as vozes se ergueram.

Serina encarou Ines e depois a irmã, com o coração batendo num ritmo frenético. Os olhos de Nomi estavam selvagens e seu cabelo escapava de sua longa trança. Seu vestido marrom simples estava repuxado de um lado do quadril, o que deixava a barra desnivelada. Até ali, vestida em suas melhores roupas, Nomi parecia indomável. Uma garota que odiava tudo relacionado às graças e ao que representavam — e que agora era uma delas.

QUATRO

Nomi

NOMI CAMBALEOU, SEM AR. AQUILO ERA UM ERRO. Como poderia *não ser?*

As pessoas ao seu redor se remexiam. Algumas candidatas começaram a chorar. Outras a encaravam com raiva. Ines foi para a porta, seguida pelas outras graças recém-escolhidas e suas aias.

Ela se virou e lhe lançou um olhar impaciente. Em choque, Nomi se inclinou para pegar sua bolsa. Serina a arrancou da mão dela.

— Mas eu...

— Você é uma graça agora — Serina sibilou e se dirigiu para a porta.

Nomi a seguiu, porque não sabia mais o que fazer. *Não sou uma graça*, ela pensou. Aquilo era uma alucinação. Um sonho febril.

Um pesadelo.

Ines seguiu pelo corredor, na direção oposta à da biblioteca.

— O que aconteceu? — Serina murmurou. Seu rosto estava profundamente corado.

— Não sei. — Nomi coçou o pescoço. Estava se sentindo sufocada, como se sua pele tivesse sido esticada demais. — Isso é permitido? O signor Pietro escolheu você, não eu.

— É a vontade do herdeiro — interrompeu Ines, em um tom brusco que silenciou ambas.

Nomi vacilou, quase tropeçando nos próprios pés. Tinha sido rude com o herdeiro. Rebelde. Ele *sabia* que ela era uma criada, mas, por algum motivo, a escolhera, tendo à disposição um salão de baile cheio de mulheres lindas.

Nomi não se sentia lisonjeada. Estava apavorada.

Ines conduziu o grupo de meninas por corredores infinitos, subindo diversas escadarias; o sangue zunia nos ouvidos de Nomi e ela mal conseguia respirar. Em algum momento, Serina agarrou o braço dela, talvez para evitar que desmaiasse.

Finalmente chegaram a portas duplas entalhadas com peônias enormes e videiras sinuosas, guardadas por um homem de uniforme preto, completamente inexpressivo, que as abriu para elas.

Dentro, uma luz amarela iluminava o cômodo circular, ornamentado em ouro e marfim. Arcadas de mármore sugeriam um labirinto de corredores mais além. Cada arco era emoldurado por samambaias longas e finas em vasos pintados. No centro da sala, havia divãs cor de creme cobertos de pilhas de travesseiros de veludo carmim. Uma das novas graças, Cassia, levou a mão ao peito e suspirou.

— Este é o lugar onde nos reunimos antes de eventos — Ines disse. — E é aqui que o emissário do herdeiro esperará por vocês se forem convocadas para vê-lo sozinhas.

Nomi engoliu em seco. Ser um exemplo de elegância em cerimônias no palazzo não era o único trabalho de uma graça. Ela e as outras também deveriam agradar o herdeiro no âmbito privado.

Ela lutou contra uma onda de náusea. Havia sido enviada para servir Serina, não ele. Era para aquilo que tinha se preparado durante todos aqueles anos, enquanto a irmã aprendia a dançar e tocar harpa.

Ela não estava pronta para ser uma graça. Não *queria* ser.

— Nossos aposentos são extensos — Ines continuou. — Vocês podem desfrutar dos jardins e praias do palácio, mas não devem ir além desses cômodos sem escolta. Posso organizar tais excursões quando desejarem. De tempos em tempos vamos até a cidade, mas só em passeios especiais, promovidos pelo herdeiro ou pelo superior. Como graças, é nosso dever agradar, mas o apoio mútuo também é importante. *Precisamos* umas das outras. Vocês vão ver.

Havia algo estranho por trás daquelas palavras, mas Nomi estava agitada demais para tentar decifrar a mensagem mais profunda que Ines tentava passar — se é que havia uma.

Ines as levou até um labirinto de salas decoradas em tons pálidos de amarelo e rosa, com cortinas de damasco pesadas e mobiliário delicado. Portas arqueadas se abriam para áreas de banho azulejadas, sacadas amplas com balaustradas de mármore, uma sala de jantar imensa e armários enormes tomados pelos mais belos vestidos e camisolas que as operárias têxteis de Lanos eram capazes de criar. Nomi sabia o valor de cada uma daquelas peças — sua mãe e outras mulheres como ela tinham trabalhado até a exaustão para confeccioná-las. Serina tinha lhe dito que as graças viviam no luxo, mas aquilo ia além de qualquer coisa que pudesse ter imaginado.

Em cada sala, grupos de graças jogavam cartas ou bordavam, vigiadas por homens silenciosos de libré branca. Nomi não tinha dúvida de que eles ouviam, observavam e reportavam tudo ao superior. Algumas graças caminhavam nas varandas ou conversavam em voz baixa, segurando suas xícaras de café fumegante. Apesar das dezenas de mulheres que viu, os cômodos permaneciam serenos, imperturbados por risadas ou vozes altas.

Ela odiava tudo aquilo. A ostentação. O silêncio. Os sorrisos falsos que as mulheres carregavam mesmo ali. Talvez sobrevivesse àquele mundo como uma criada, já que ser invisível permitia certa dose de liberdade, mas nunca ia se acostumar à serenidade como as outras graças. Como Serina.

Quando Ines por fim levou cada escolhida e sua aia a seus respectivos aposentos, Nomi já estava fraquejando de exaustão, a cabeça cheia de perguntas que ameaçavam interromper o silêncio.

— Há o que comer nos seus aposentos — Ines disse. — Alguém vai acordá-las para o café da manhã. Apresentarei todas as aias à aia-chefe logo cedo. Ela explicará seus deveres. — Os olhos dela se estreitaram em Nomi. — Imagino que sua irmã vai se tornar sua aia, não? Caso contrário, o palácio pode nomear alguém.

A língua de Nomi estava grudada ao céu da boca, tão seca quanto areia, mas ela conseguiu dizer, numa voz estrangulada:

— Quero Serina.

Finalmente, as irmãs ficaram sozinhas. O quarto delas era fresco, e uma brisa constante entrava pela janela aberta. Havia uma cama com dossel, o grosso drapejado dourado servindo também como cortina. Velas bruxuleavam em uma penteadeira, deixando o cômodo com cheiro de rosas e baunilha. Havia uma bandeja de frutas frescas e pães ao lado das velas. Lá fora, a lua crescente pairava no horizonte, seu reflexo dançando no mar inquieto. Daquele lado do palazzo só era possível ver o sem-fim de água salgada, e não havia sinal do brilho e do esplendor da cidade.

Nomi se virou para a irmã. Havia tanta coisa que queria dizer, mas estava tudo entalado na garganta. Ela sentou no canto da cama.

— O que aconteceu? — Serina se inclinou e arrancou as sandálias, puxando as tiras furiosamente.

Os olhos de Nomi marejaram.

— Eu estava no corredor quando o herdeiro apareceu do nada com o irmão. Os dois estavam logo ali, na minha frente, e... — Ela parou e respirou fundo. — Me pegaram desprevenida, e eu... sem querer... eu disse algo que não devia.

— Ah, Nomi. Como pôde fazer isso? — A voz de Serina era dura.

Ela estava com raiva. Claro que estava. Nomi nunca tinha ido tão longe antes, nunca as tinha colocado em tanto risco. Ela esmurrou a cama macia.

— Eu queria nunca ter visto o herdeiro. Fiquei tão chocada.

Principalmente porque... bem... — Relutante, ela tirou o livro de lendas da bolsa. Serina ficaria furiosa, mas era melhor revelar tudo de uma vez, para que elas pudessem superar aquilo juntas. Traçar um plano. — Tem isso também.

O corpo inteiro de Serina ficou imóvel. As sandálias balançaram nos dedos das mãos, esquecidas.

— Onde encontrou isso?

— Tinha uma biblioteca perto do lavatório. Eu vi e só... entrei. Era incrível. Cheia de livros, com estantes até o teto... — A visão de Nomi ficava turva só de lembrar.

— Então você o quê? Pensou que podia pegar um? — A voz de Serina tremia de raiva. — Isso é muito pior do que tudo o que você já fez. Falar o que pensa, sair de casa escondida... Aquilo era ruim, mas carregar um livro pelos corredores do palazzo como se não fosse sofrer as consequências... O herdeiro viu? — A raiva de Serina se transformou em pânico.

— Não. Eu escondi. — Nomi engoliu o nó na garganta, a vergonha fervendo nas veias. — Mas minha insolência já foi suficiente. Eu esperava uma *punição*, mas não... não isso...

— Não importa o que você esperava. — Serina abriu o armário ao lado da cama dobrável da aia e jogou as sandálias lá dentro. Elas caíram na madeira com um baque surdo. Nomi estremeceu. — Você chamou a atenção dele. E agora é uma graça. Parabéns.

As lágrimas de Nomi transbordaram, queimando seu rosto.

— Eu não *quero* isso. Não é um prêmio, Serina. Devíamos poder escolher!

— Essa *era* a minha escolha — Serina disparou.

— *Não*. — Nomi sentiu um aperto no coração. — Não é uma escolha quando você não tem a liberdade de dizer não. Um "sim" não tem nenhum valor quando é a única resposta que se pode dar!

— Você é tão ingênua. — O fogo se extinguiu dos olhos de

Serina. Ela levou as mãos às costas para abrir o vestido. Nomi correu para ajudar, libertando os laços apertados do espartilho da irmã.

Serina tirou as roupas e vestiu uma das camisolas velhas da bolsa de Nomi, então se jogou na cama dobrável da aia.

— Não acredito nisso.

— Se não consegue suportar, volte pra casa — Nomi disse. Seu coração doía pela irmã, mas aquilo não queria dizer que a entendia. Por que Serina não estava *aliviada*? Nomi tirou o vestido e colocou a outra camisola. — Você não tem que ser minha aia. — O pensamento provocou pontadas gélidas de medo por seu corpo. Ela queria que Serina ficasse. Precisava da irmã se queria ter uma chance de sobreviver naquele lugar. — Pela primeira vez na vida, você pode escolher.

— Acha que *isso* é uma escolha? — Serina riu, amarga. — Amo você, por mais que me deixe maluca. Nunca deixaria que enfrentasse isso sozinha.

— Papai vai encontrar um homem rico para casar com você — Nomi insistiu. — Você pode ter filhos.

Serina se estendeu na cama e fechou os olhos.

— Não vou te deixar — ela disse de novo, num tom definitivo.

O coração de Nomi doía de medo e arrependimento. Ela olhou para a cama ao lado da janela e depois para a irmã. Mais que qualquer coisa no mundo, desejava que estivessem de volta em seu pequeno quarto em Lanos, deitadas lado a lado.

— Quer dormir comigo? Tem bastante espaço.

Serina virou de lado, dando as costas para Nomi. A resposta era clara: ela não abandonaria a irmã, mas também não a tinha perdoado.

Nomi ficou na cama sozinha.

A noite inteira, sentiu seus pulmões doerem ao respirar, como se seu peito estivesse amarrado a ferro.

Sou uma graça.

CINCO

Serina

QUANDO O SOL NASCEU, SERINA JÁ ESTAVA VESTIDA, sonolenta e faminta, ouvindo a aia-chefe falar sobre o que fazer com os pratos sujos, o que poderia requisitar da cozinha para sua graça e onde estavam os produtos para limpar o quarto. Cada aia também cumpria determinadas tarefas nas áreas comuns — tirar o pó, varrer, levar roupas para lavar. A lista era infinita. Serina procurou controlar o pânico. Ela se lembrou de que aprendia rápido. Aprenderia a agir como uma aia, do mesmo jeito que havia aprendido a agir como uma graça.

A aia-chefe levou Serina e as outras garotas até um cômodo grande com centenas de vestidos, prateleiras de sapatos e baús de roupas de baixo muito refinadas.

— Encontrem roupas que sirvam na sua graça — ela ordenou. — Temos uma enorme variedade de tamanhos; me avisem imediatamente caso alguma peça precise ser alterada para que eu possa agendar uma medição com nossa costureira. — A mulher abriu uma porta no fundo da sala, revelando um pequeno anexo revestido de estantes. — Seus uniformes ficam aqui. Cada uma pode levar três. Mandem as peças para a lavanderia uma vez por semana.

Serina caminhou entre as fileiras de roupas finas, deixando os dedos roçarem na seda e na renda. Ela escolheu um vestido verde suave que destacaria o tom de pele de Nomi e um preto bordado com fio de prata. Foi empilhando um vestido depois do outro no braço, abraçando os tecidos finos enquanto pensava na mãe.

A sra. Tessaro tinha cobrado muito de Serina desde o momento em que percebera que a beleza da filha era incomum. Ela nunca tinha permitido que Serina duvidasse de si mesma ou de sua habilidade de fazer o que era necessário para se tornar uma graça. Nunca tinha deixado Serina baixar a guarda, erguer os olhos, ou ser qualquer coisa além de graciosa, obediente e comedida. Com os dois olhos concentrados em Serina, ela não tinha visto o que Nomi se tornara.

A mãe não vira sua revolta por não poder ir à escola com Renzo. Não vira sua disposição rebelde, sua crença de que merecia o mesmo tratamento e os mesmos direitos que o irmão, que tinha nascido alguns minutos depois dela. Nomi queria ser Renzo, queria as liberdades de que ele desfrutava. Serina não sabia o que a mãe teria feito caso houvesse percebido. Puniria Nomi em casa, no âmbito particular, ou, pior, chegaria a denunciá-la. Mas a sra. Tessaro só tinha visto o que queria ver: a beleza de Serina. A utilidade de Nomi.

Mas Serina sempre esteve atenta. Sabia que a irmã tinha aprendido mais do que uma aia precisava. Mas ela não tinha a menor ideia do que significava ser uma graça. Era preciso mais que dançar, bordar e tocar harpa. Nomi não sabia ter um temperamento submisso.

Não como Serina.

Ele devia ter me escolhido.

Ela pegou três uniformes para si mesma e empilhou vários pares de sapatos no topo. De volta ao quarto, pendurou os vestidos cuidadosamente no armário, deixando um florido esvoaçante ao pé da cama. Então sacudiu o ombro da irmã.

Nomi acordou devagar. Quando sentou, Serina pôde ver em seu rosto as manchas das lágrimas secas. Sabia que Nomi havia passado a maior parte da noite acordada; tinha percebido sua agitação entre suspiros e gemidos. Parte dela queria abraçar a irmã, apertá-la forte e dizer que tudo ficaria bem. Mas ainda estava brava demais, com o orgulho ferido.

— Está na hora de se arrumar — Serina disse, ríspida. Ela foi em direção ao pequeno lavatório e voltou com um pano úmido e quente para limpar o rosto da irmã.

— Não foi um sonho — Nomi disse. Seus olhos arregalados se demoraram no rosto de Serina, implorando a ela que a contradissesse.

A irmã balançou a cabeça.

— Não, não foi.

Os olhos de Nomi ficaram vermelhos, ela parecia prestes a recomeçar a chorar.

Serina a conduziu até o banheiro.

— O café da manhã é em quinze minutos, depois você tem uma prova de vestidos.

— Preciso de um momento — Nomi disse, esfregando a testa. — Eu... não sei se consigo comer.

— Você não tem outra opção. — Serina enfiou o vestido florido nas mãos da irmã.

Era Nomi quem sempre ajudava Serina a entrar em vestidos bonitos, fazer a maquiagem, arrumar o cabelo. Agora tudo parecia fora do lugar. Serina não podia se dar ao luxo de pensar naquilo.

Nomi encarou o vestido.

— Não posso usar isso. É quase transparente.

— Não. É de bom gosto. — Serina pôs as mãos na cintura. — Você não é mais uma criada. Tem que se vestir para seduzir. Tem que...

— Não quero seduzir — Nomi retrucou. — Nunca usaria esse vestido.

— Bom, mas *eu* usaria — Serina afirmou, seca.

Depois de um momento de tensão, Nomi bufou e obedeceu. O vestido ficou grande, mas Serina passou um laço ao redor da cintura dela, logo abaixo dos seios, e amarrou atrás. A faixa impro-visada acentuou suas curvas.

— Mal consigo respirar — Nomi reclamou.

— Faz anos que não respiro fundo — Serina disparou. — Logo você se acostuma. — Ela própria usava um vestido marrom comum com um avental branco. O tecido era áspero e a cor era horrorosa.

Serina sentou a irmã em frente à penteadeira e abriu a bolsa de maquiagem.

— Eu faço — Nomi disse, pegando o kohl. — Você não sabe. — Havia anos que ela fazia a maquiagem de Serina.

— Você vai ter que me ensinar.

Serina não pôde evitar comparar o reflexo da irmã ao seu, se perguntando o que teria inclinado a balança a favor dela. Os olhos âmbar límpidos da irmã eram mais ardentes que os seus, casta-nho-escuros, mas a pele de Serina era impecável, seu cabelo era brilhante e espesso. As bochechas de Nomi eram coradas, mas ela apertava os lábios com força, o que os deixava mais finos. Parecia cansada, ansiosa e jovem demais.

— Destaque seus olhos — Serina ordenou. — São o que você tem de melhor.

Ela sentou ao pé da cama. Devia arrumar a cama e limpar o quar-to, mas ficou assistindo à irmã se maquiar.

Quando Nomi terminou, fez uma careta diante do espelho.

— Fico ridícula com toda essa maquiagem.

— Está bom.

Serina levantou e escovou o cabelo da irmã. As pontas estavam secas e o comprimento, opaco. Mas também era espesso, e Serina a ajudou a amarrá-lo em um coque baixo e discreto. Então Nomi fez questão de trançar o cabelo da irmã.

Agora a aparência delas estava de acordo com seus papéis: Se-rina como aia, Nomi como graça.

As testas franzidas e expressões infelizes combinavam.

— Vá — Serina disse. — Preciso limpar aqui.

Nomi não se mexeu.

— Sinto muito, muito mesmo.

O coração de Serina se partiu ao ver o medo nos olhos da irmã. Ela sabia que devia dizer algo reconfortante, que não podia ser tão fria. Mas também estava lidando com a nova realidade.

Serina suspirou.

— Eu sei.

O olhar de Nomi no espelho se fixou em algo acima do ombro da irmã. Ela se virou, pálida, e Serina seguiu seu olhar. O livro estava na mesa de cabeceira, exposto.

Ela olhou de esguelha para Nomi e correu para pegá-lo.

— Você precisa esconder isso. Ou jogá-lo pela janela. É perigoso.

Serina estendeu o livro, mas hesitou ao ver a capa. Por que parecia tão familiar? Ela sentou na cama e correu os dedos pelas letras. Nomi sentou ao seu lado.

— É aquele livro de lendas. Igual ao de Renzo. Não consegui evitar. Tudo é tão diferente aqui, mas quando o vi... foi como se tivesse encontrado um pedacinho de casa.

Contra sua própria vontade, Serina ficou mais calma. Ela lembrou das noites em que Nomi e Renzo tinham lido secretamente para ela, suas vozes tão vivas quanto a chama das velas, uma proteção contra o escuro. Serina abriu o livro na primeira história.

— "Os pombinhos", né? Sempre foi minha favorita.

Nomi sorriu.

— Você me fez ler tantas vezes que decorou.

O sorriso de Serina se desfez ao encarar as palavras que não conseguia decifrar. O passado a pressionava, como um peso no coração.

— Será que ainda lembro?

Nomi sorriu.

— Tente.

Serina fechou os olhos, retornando ao canto iluminado por velas do quarto de Renzo.

— Muito antes dos ancestrais dos nossos ancestrais nascerem, não havia terra aqui — ela murmurou, a memória ainda viva. — Viridia não existia, e o oceano corria incessante sobre enormes extensões de nada, sem nenhum litoral onde bater, nem penhascos rochosos para forçar...

A porta do quarto se abriu. Os olhos de Serina se abriram, mas as palavras continuaram a sair:

— ... uma abertura.

— Nomi, você deveria estar... — Ines já começava a dizer, mas então parou abruptamente, encarando Serina e o livro em suas mãos. Havia um homem vestido de branco logo atrás dela. — O que estão fazendo?

— Estávamos... — Serina começou, então se deteve. O que poderia dizer?

O guarda deu um passo à frente.

— Venha comigo, Serina — Ines disse, com o rosto endurecendo.

Serina deslizou da cama, ainda com o livro na mão. O homem o arrancou dela.

— Esperem — Nomi disse, desesperada. — Vocês não entendem! É...

Antes que ela pudesse terminar, Serina já era tirada dali, de mãos vazias. Ela se virou na direção de Nomi. Lutou contra a mão que a puxava. Lutou para ter uma última visão da irmã.

Ela viu Nomi envolver o corpo com os braços enquanto lágrimas escorriam por seu rosto. Ela parecia tão pequena naquele quarto enorme; tão frágil comparada à enorme cama com dossel. Foi naquele momento que Serina se deu conta de que nunca a vira desacompanhada — Renzo, a mãe ou ela própria sempre estavam ao seu lado. Nomi nunca tinha estado tão dolorosa e inevitavelmente sozinha.

Com um baque estrondoso, a porta do quarto se fechou entre elas.

Serina aguardava sua punição em um cômodo pequeno e escuro nas profundezas do palácio. Achava improvável que o superior a mantivesse como aia de Nomi. Talvez fosse restituída depois de algum tipo de período condicional. Ou talvez só fosse mandada para o açoite e voltasse a seus deveres em seguida.

Serina nunca sonhou que rezaria pelo açoitamento.

Ela não tinha revelado que o livro era de Nomi nem que a irmã sabia ler. Ines já tinha pego Serina em posição comprometedora, e falar a verdade só levaria as duas à ruína.

Se eu tivesse escondido o livro imediatamente...

Se Nomi não o tivesse roubado...

Possibilidades inúteis atormentavam sua mente enquanto andava de um lado para o outro do cômodo diminuto.

— Serina Tessaro. — Um homem vestido de verde destrancou a porta. — O superior vai vê-la agora.

Seu coração fraquejou e depois acelerou.

Ela seguiu o homem até uma parte do palácio distante dos aposentos das graças. Não conseguia parar de olhar através das portas, procurando Nomi em todos os cantos.

Por fim, o criado parou. Ela esperava deparar com um salão de visitas, algum cômodo imponente. Mas ele a guiou por uma sala pequena, revestida por estantes de livros.

A biblioteca.

O superior estava sentado em uma poltrona de couro perto da

janela. Seu rosto tinha um tom acinzentado, e ele era tão magro que seus ossos pareciam estar tentando perfurar a pele. Mas seus olhos queimavam.

— Serina Tessaro. — Sua voz era um vento gélido. Os braços dela se arrepiaram. — Minha aia-chefe diz que você sabe ler.

Serina abaixou o olhar para o chão de azulejos. Ela não conseguia se mover ou responder. Mal conseguia respirar. Ele não tinha dito nada ameaçador — *ainda* —, mas a observava como um falcão. Como se Serina fosse uma presa.

— Quem te ensinou? — A pergunta saiu como uma faísca.

— Ninguém — Serina sussurrou.

O superior se remexeu. Ela ouviu o estalar de seus ossos e engoliu em seco.

— Seu pai? Um primo?

Ah, Nomi, o que você fez?

Serina balançou a cabeça, infeliz. Tinha que dar alguma resposta. Precisava mentir. Não podia deixá-lo punir sua família.

— A-aprendi sozinha — ela gaguejou. — Eu roubava livros.

Por um momento, o cômodo ficou em silêncio; o único som era das ondas batendo do outro lado da janela aberta.

O superior se reclinou na poltrona.

— Do mesmo jeito que roubou o meu.

Serina baixou a cabeça, aterrorizada. Naquele momento, cada respiração do superior parecia uma flecha sendo apontada direto para o seu coração.

— E sua irmã? Ela compartilha das suas... *inclinações?* Dizem que isso costuma acontecer.

Serina balançou a cabeça, muda. Parte dela queria dizer sim e deixar Nomi enfrentar as consequências de suas escolhas. Mas ela não podia fazer aquilo. Só faria com que ambas fossem punidas.

— Não, vossa eminência. Ela não sabe ler e até hoje nem desconfiava que eu sabia. Por favor… por favor. Minha irmã não tem nada a ver com isso.

— Hum. — Ele ficou em silêncio por alguns minutos.

Serina não conseguia erguer os olhos, não conseguia suportar o silvo regular da respiração dele, entrando e saindo. Então rezou.

O açoite, por favor. O açoite.

Mas seu instinto já lhe dizia, mesmo antes de o superior dar a sentença final, que o que viria seria muito pior.

SEIS

Nomi

NOMI PEGOU SUA BOLSA E A JOGOU CONTRA A PAREDE, FURIOSA. O baque provocado a fez chorar ainda mais, tomada pelo medo que sentia por si mesma e pela irmã. Seu estômago vazio se revirava. Ela deitou na cama, cujos lençóis macios como nuvens ainda estavam amassados onde Serina havia sentado, e se enrolou ali. Apertou os olhos com força, tentando bloquear cada raio ofuscante de luz matinal, cada pensamento. Cada arrependimento.

Mas, em vez disso, ouviu de novo a voz da irmã. *Muito antes dos ancestrais dos nossos ancestrais nascerem, não havia terra aqui.*

Certa noite, um ou dois anos antes, Serina tinha contado uma história só pelo prazer de recitá-la. Elas estavam encolhidas sobre uma das colchas da sra. Tessaro, estendida no chão de seu quartinho. Renzo deveria estar estudando cálculo, mas ouvia também, apoiado nos cotovelos, as pernas esticadas até tocar a parede.

— Em um entardecer — Serina tinha recitado de memória, sua voz de mel soando ainda mais intensa pelas aulas de canto —, quando o sol descia suave em direção ao horizonte e a lua se erguia do seu descanso, dois pássaros voavam ao longo do caminho formado na água pelo pôr do sol. Eles baixavam e por vezes fraquejavam, suas asas cansadas quase incapazes de segurá-los no ar. Às vezes um vacilava e caía na água, perdendo toda a força. Então o outro mergulhava e o colocava nas costas, carregando-o por um tempo. Assim os dois pássaros viajaram por muitos quilômetros, até o trajeto do sol desaparecer, dando lugar à estrada prateada da lua. O oceano reluzia e dançava sob eles, intrigado pelo amor óbvio que tinham um pelo outro. Ele próprio nunca tinha amado nada assim, a ponto de carregar a vida de alguém em suas próprias costas. O oceano não entendia por que os pássaros não cuidavam apenas de si mesmos, por que o mais forte não deixava o mais fraco e seguia em frente. Levou algum tempo para ele compreender que, sozinhos, os pássaros nunca teriam chegado tão longe. — Serina jogara um braço sobre os ombros de Nomi naquele momento da história. — Que seu amor, seu sacrifício, dava força a ambos. Quando os dois pássaros, com suas penas vermelhas e verdes manchadas pela longa viagem, não conseguiram mais se manter distantes da água, o oceano se apiedou deles. Recompensando seu esforço, empurrou terra de suas profundezas: colinas enormes e verdejantes com água fresca e limpa, ciprestes altos e todas as frutinhas e sementes que poderiam desejar. Eles pousaram nos galhos sombreados e frescos de uma oliveira, passando as asas exaustas ao redor um do outro, tocando seus bicos. E enfim puderam descansar.

Na época em que a ouvira, aquela era só mais uma história, mas agora Nomi a sentia ressoando dentro de si. Serina a amava àquele ponto — o suficiente para se sacrificar por ela. Podia ter dito que o livro não era seu. Podia ter dito que não sabia ler. Mas não tinha feito aquilo. Não podia fazer aquilo, ou teriam punido Nomi também.

Nomi não sabia o que havia acontecido com Serina, ou se ela retornaria. Mas tinha certeza de que a irmã a tinha protegido, como sempre fazia. Nomi cometia erros; Serina arrumava a bagunça.

Ela apertou os braços ao redor da barriga, dominada pela infelicidade e pela culpa.

Em algum momento, voltou a dormir, o lençol úmido de lágrimas, e sonhou com os braços da irmã a levantando.

Quando acordou, alguém estava inclinado sobre ela.

— Serina? — Nomi murmurou, rouca.

— É hora de acordar — disse uma voz gentil. — Você dormiu o dia todo.

Ela sentou depressa, voltando à realidade.

A outra garota se afastou para lhe dar espaço.

— Perdão. Não queria assustar você.

Ela tinha mais ou menos a idade de Nomi, o corpo esguio, pele levemente morena e um rosto pequeno e anguloso. Seu cabelo loiro pendia nas costas em uma trança. Estava em pé, com as mãos unidas na altura da cintura. Não havia nada de notável ou de excepcional nela, fora o fato de que não era Serina.

— Sou Angeline, sua nova aia — a garota disse, fazendo uma pequena reverência. — Trouxe comida pra você. O almoço acabou já faz um tempo. — Ela apontou para um prato de doces e salgados na penteadeira. — Essas espirais de amêndoa são minhas favoritas. Já provou? São uma especialidade de Bellaqua.

Nomi olhou ao redor, desorientada pela luz do fim da tarde que invadia o quarto. As roupas de sua bolsa tinham sido dobradas e colocadas cuidadosamente em uma cadeira estofada no canto. Uma brisa suave chegava da janela aberta, acompanhada do som constante das ondas.

Tudo a nauseava — o quarto elegante, a cama confortável, até o tempo agradável. A ausência de Serina doía como a perda de um membro. Como ia sobreviver ali sem ela?

— Onde está minha irmã?

Angeline balançou a cabeça.

— Não sei. Sinto muito…

Nomi se ergueu num pulo, determinada a encontrar Ines ou alguém que *soubesse*, mas o movimento súbito fez com que sua visão escurecesse. Ela cambaleou.

— Você tem que comer — Angeline disse. Hesitante, tomou o braço de Nomi e a guiou até a penteadeira. — Ines disse que você não tomou o café da manhã. Deve estar faminta.

Nomi afundou na cadeira delicada de ferro forjado. Queria rejeitar a comida e o suco rosa-claro na taça de cristal, mas não ingeria nada desde a manhã anterior. Então deu uma mordida, e o cornetto amanteigado derreteu em sua língua. Angeline se retirou, ficando ao lado da porta entreaberta para lhe dar privacidade. Por um instante, foi como se a aia fosse uma guarda e o quarto, uma prisão.

O doce se transformou em cinzas em sua boca, mas ela se forçou a engolir. Precisava descobrir aonde tinham levado Serina e o que ia acontecer com ela. Nunca tinha ouvido falar de uma mulher pega com um livro antes; não fazia ideia de qual seria a punição. Mas alguém *certamente* sabia. Serina podia ser enviada a um campo de trabalho ou mandada para uma fábrica. No melhor dos mundos, deixariam que continuasse trabalhando no palácio, fazendo algum trabalho doméstico como punição. Pelo menos continuaria perto dela.

Nomi se ergueu devagar para evitar outra vertigem, então se dirigiu à porta.

— Eu gostaria de falar com Ines.

Angeline abaixou os olhos.

— Perdão. Devo levá-la para se arrumar.

Nomi abriu a boca para protestar, mas a fechou de novo. Ela não podia simplesmente disparar pelos corredores exigindo saber o que havia acontecido com Serina. Chamar a atenção alheia não ajudaria a irmã. Tinha que esperar pelo momento certo.

— Tudo bem.

Angeline a conduziu através de algumas salas vazias e um terraço, chegando enfim a uma sala grande com teto arqueado de vidro, adornado por espirais delicadas de metal que reluziam no fim de tarde. Havia uma grande piscina com água soltando um leve vapor no chão de ladrilhos de ardósia. Diante de tanto luxo, Nomi só conseguia pensar na pequena banheira manchada de sua casa, com dois minutos de água quente por dia que chegavam pelo encanamento rangente. Serina sempre tinha tomado banho primeiro — aqueles dois minutos pertenciam a ela.

Nomi se esforçou para não chorar.

As outras duas novas graças estavam mergulhadas até o pescoço na água, suas aias ajoelhadas na beirada da piscina para pentear e lavar os cabelos compridos. No canto, ao lado da porta, havia um guarda virado de costas, para dar a ilusão de privacidade.

Depois que Angeline a ajudou a tirar o vestido amassado, Nomi se afundou na água rasa, suspirando ao sentir o calor envolvê-la. Enquanto a aia organizava uma quantidade vertiginosa de sabonetes e cremes, Nomi afundou a cabeça.

— Ah, olha quem resolveu aparecer — disse a loira, Cassia, quando Nomi emergiu. — Perdendo as refeições e o treinamento logo no primeiro dia? Não está preocupada que o herdeiro fique sabendo?

— Não — Nomi disparou. O que lhe importava se ele estava descontente? Tinha problemas maiores. — Minha irmã foi levada hoje de manhã. Vocês a viram? Estão sabendo de alguma coisa?

Cassia franziu a testa fingindo preocupação; seus olhos azuis se abriram como uma flor.

— Ouvi rumores sobre um... incidente. Disseram que foi levada do palácio.

Levada.

Teriam mandado Serina de volta a Lanos? Nomi a imaginou voltando para casa, coberta de desgraça. Os pais iam rejeitá-la. Suas chances de se casar com um homem rico evaporariam. Ela provavelmente teria que trabalhar na fábrica de tecidos. Só teria Renzo para consolá-la, mas não havia muita coisa que ele pudesse fazer.

— Quem disse isso? — Nomi perguntou.

Cassia deu de ombros, criando ondas na superfície cintilante da água.

— Uma das graças do superior. Rosario parece saber todos os segredos desse lugar.

— Não completamente — Maris murmurou. Seu cabelo preto estava preso, revelando maçãs do rosto altas, pele de marfim e olhos castanhos luminosos. Quando ela sentiu o olhar de Nomi, disse mais alto: — Rosario não sabia se sua irmã estava doente ou se havia feito algo errado. Ela está bem?

Uma dor cortante percorreu o corpo de Nomi. Bem que ela gostaria de saber. Mas pelo menos Maris soava sincera, ao contrário de Cassia.

— Serina não está doente — foi tudo o que ela conseguiu dizer.

Angeline ensaboava seu cabelo em silêncio; sua presença era um lembrete de que, onde quer que Serina estivesse, não ia voltar. Não tão cedo, pelo menos.

— Que alívio — Cassia disse, com doçura. Ela balançou o cabelo platinado, molhando o rosto de Nomi, e saiu da água. — Mas então… — a garota acrescentou, inclinando a cabeça como se tivesse acabado de pensar naquilo. — Isso significa que ela fez algo errado, não?

Nomi não respondeu, se esforçando para conter a raiva. Cassia sorriu contente enquanto sua aia punha um roupão sobre seus ombros.

Nomi se inclinou para a frente quando ela deixou a sala, afundando o rosto nas mãos úmidas e soltando um grunhido.

— Por que ela está tão feliz com essa situação?

— Porque acha que vai se beneficiar com o escândalo — Maris explicou. — O herdeiro vai escolher uma favorita, e Cassia quer que seja ela. Pretende se tornar a graça-maior no futuro.

— Ela quer dar à luz o próximo herdeiro? — Nomi estremeceu. Como aquilo podia ser o objetivo de alguém? — No que depender de mim, o caminho dela está livre.

Os olhos escuros de Maris cintilaram, mas, antes que ela pudesse responder, Nomi vislumbrou Ines passando pela porta.

Ela pulou para fora da água, molhando Maris em seu movimento. Angeline correu atrás com um roupão.

— Ines, espere! — A voz de Nomi ecoou alto demais.

A graça-maior parou, franzindo a testa.

— Tenho que saber... — Nomi começou.

Ines agarrou seu braço e a arrastou pelo corredor até uma sala vazia, fechando as janelas para impedir a entrada dos últimos raios de sol.

— Você não pode me desafiar — Ines repreendeu. — Está proibida de me chamar aos gritos ou de me questionar. *Principalmente* onde os guardas estiverem. Entendido?

— O que aconteceu com minha irmã? — Nomi insistiu, sem se intimidar.

— Esqueça isso. Você tem sorte por haver sido poupada.

Mas *devia* ter sido ela. Era o livro *dela*. O crime dela.

— O livro não era... — Nomi começou, sentindo o corpo inteiro tremer.

— Sua irmã assumiu a responsabilidade pelos próprios atos — Ines interrompeu. — Nada que disser vai mudar o destino dela.

— Mas...

— *Nada*. Está feito. — Os olhos de Ines se encheram com uma advertência implícita. Se Nomi contasse a verdade, Serina seria exposta como mentirosa, e isso só resultaria em outra punição. — Tudo o que você pode fazer é parar com as perguntas e seguir as regras. Gostando ou não, agora esta é sua vida.

Então a graça-maior desapareceu pela porta, deixando Nomi para trás, arrasada.

SETE

Serina

O BARCO PARTIU COM UM MOVIMENTO BRUSCO, lançando Serina e as outras prisioneiras contra a grade escorregadia de metal onde seus pulsos estavam presos a algemas enferrujadas. Seu corpo doía a cada puxão. Lágrimas se uniram à camada de água salgada em seu rosto quando virou para ver o brilho de Bellaqua ficando cada vez menor atrás de si.

Ela tinha imaginado que o superior ia puni-la; ler era uma ofensa séria por parte de uma mulher. Mas não tinha imaginado *aquilo*.

Nada parecia real, exceto a dor nos braços e a espuma fria do oceano atingindo seu rosto. Toda a sua vida, ela tivera medo do que a rebeldia de Nomi poderia significar. Uma lei infringida, uma punição impiedosa.

Mas nunca tinha passado pela cabeça de Serina, nem uma única vez, que as correntes seriam para *ela*.

Os crimes de Nomi tinham lhe custado tudo.

A menina ao seu lado chorava com tanto desespero que parecia que ia engasgar.

Um guarda de ronda parou logo atrás dela.

— Se você não calar a boca agora, eu mesmo te jogo no mar.

Ela tentou ficar quieta, mas não conseguiu. O guarda se abaixou à sua frente. As mãos acorrentadas de Serina se estenderam como se pudessem impedir o que estava prestes a acontecer.

— O que foi, não consegue lidar com um pouco de choro? — uma voz rouca chamou do fim da fileira. — Ela está aterrorizada. Não é exatamente o que vocês querem? Nos assustar? Nos punir?

O guarda disparou pelo convés escorregadio até a dona da voz.

— Vou punir *você* — ele rosnou.

Mas, ao chegar perto dela, caiu de costas.

Serina esticou o pescoço e teve um vislumbre de pele morena e um olhar desafiador.

— Tente — a mulher disse. — Você não seria o primeiro. Mas não me curvei antes e não vou me curvar agora.

Ela continuou firme, mesmo quando o guarda se ergueu e lhe deu um tapa com as costas da mão.

Serina e as outras prisioneiras observavam em choque. Mulheres não falavam daquele jeito com homens. Não se defendiam. *Ou... ou acabam aqui*, Serina pensou, com o estômago embrulhado.

Os soluços da menina ao seu lado aumentaram de novo. Ela arfava sem parar, e o guarda voltou a encará-la.

Desesperada, Serina a acotovelou.

— Ei. Qual é seu nome?

A menina balançou a cabeça, limpando o rosto sujo no ombro.

— Converse comigo — Serina insistiu, observando o guarda de canto de olho. — Vai te distrair.

— Jacana — ela disse, mal podendo ser ouvida acima das batidas ensurdecedoras do motor a vapor.

— Que bonito — disse Serina. — É um tipo de pássaro, né?

Jacana assentiu, seu cabelo selvagem cobrindo as bochechas brancas como osso. Sua respiração ainda estava ofegante, mas os soluços tinham diminuído.

— Sou Serina.

Ela assentiu de novo, seu rosto um pouco menos pálido.

Algo além do barco atraiu a atenção de Serina. De início difuso, encoberto por um lençol de nuvens. À medida que se aproximavam, uma ilha foi se revelando, cinza e desfigurada. Uma montanha negra se erguia em seu centro e desaparecia na névoa rosada. Um vulcão.

Como toda criança em Viridia, Serina conhecia a história de Monte Ruína. Muito tempo antes, o lugar se chamava Isola Rossa. Seu litoral servira como um retiro de férias refinado para os mais ricos de Viridia, com construções planejadas para parecer com os prédios da realeza que haviam sido destruídos nas Inundações. Mas milhares de pessoas foram pegas de surpresa quando, sem nenhum aviso prévio, o vulcão entrara em erupção, derramando ondas de lava e gases fatais sobre os prédios requintados. Muitos morreram enterrados sob lava, sufocados pelo ar envenenado, ou afogados no mar impiedoso.

Então Isola Rossa se tornou Monte Ruína.

A ilha ficara abandonada, um memorial enegrecido às muitas vidas perdidas. Até o pai do atual superior decidir transformá-la em uma prisão feminina. Serina sempre tinha presumido que as mulheres enviadas para lá eram as mais depravadas de Viridia. Nunca, nem em seus piores pesadelos, imaginara que seria uma delas.

O impacto do barco no cais de pedra lascada fez as prisioneiras caírem de joelhos. Jacana deu um grito. A voz de Serina ficou entalada no peito, presa entre os pulmões sobrecarregados e o coração disparado.

Os guardas percorreram as duas fileiras de prisioneiras, soltando suas correntes. As mãos de Serina caíram como pedras, pesadas por causa das algemas enferrujadas.

Ela olhou para os pulsos como se pertencessem a uma desconhecida. Apenas uma semana atrás, estava confiante de que conseguiria encantar o herdeiro, de que deixaria a mãe orgulhosa, de que asseguraria um futuro para Nomi e para si mesma no palácio. Nada tinha acontecido conforme planejado. Quantos choques seu coração ainda poderia suportar?

— Sigam em frente, fila única — um dos guardas rosnou. Outros dois passaram alguns sacos de juta para uma carroça decrépita, que guinchou quando a empurraram para o cais.

Serina deu um passo instável até a margem e ergueu os olhos para o entorno. Não havia praia, só penhascos pontiagudos e um caminho traiçoeiro entalhado na rocha. Em uma elevação, um prédio de pedra feio, cercado por arame farpado, parecia montar guarda.

— Mexam-se.

Um guarda bateu no ombro de Serina e ela tropeçou, os pés vacilando no terreno irregular. A terra parecia formada por estranhas ondas negras congeladas, como se a montanha tivesse derretido. Eles foram em direção ao prédio talhado diretamente naquela pedra sobrenatural, com janelas pesadas de vidro fosco e barras de ferro largas.

Até o vento era diferente ali; em vez de suspirar, ele gritava.

O guarda continuou a empurrar Serina através da porta e de um corredor que cheirava a urina e fumaça. Jacana parou, ainda chorando, na frente dela. Ao ver o guarda erguer o braço para lhe dar um tapa, Serina cutucou suas costas para que continuasse andando. Era tudo o que elas podiam fazer: seguir em frente. Rezar para que seus corações não parassem de bater.

Finalmente, elas entraram em uma sala sem janelas. Os guardas as alinharam com as costas contra a parede no fundo. Havia uma coleção de ferramentas enferrujadas pendurada na parede da direita; a da esquerda ficava escondida atrás de estantes com pilhas de roupas e caixas manchadas pela umidade.

Os guardas do barco deram sua papelada para um grupo de homens de uniforme preto. Um homem alto e musculoso entrou.

— Boa noite, comandante Ricci — os guardas do barco lhe disseram batendo continência enquanto, um a um, saíam da sala.

O rosto desgastado do comandante e sua estatura enorme o faziam parecer tão inabalável quanto os penhascos lá fora. Ele gesticulou para a fileira de mulheres. Um guarda mais jovem se apressou até elas, com o rosto angular franzido, e soltou as algemas uma a uma.

Serina inspirou fundo quando os anéis de metal pesados se abriram e esfregou os pulsos doloridos. Marcas vermelhas maculavam sua pele macia.

Quando todas estavam soltas, o comandante Ricci ordenou que se despissem.

— Coloquem as roupas em uma pilha à sua frente. Os chinelos também.

As mãos de Serina tremiam enquanto ela desabotoava seu uniforme de aia, amassado depois de ter passado a noite nele, esperando em um quartinho trancado no cais até que o barco da prisão chegasse. O vestido caiu ao chão.

Ela nunca ficara nua na frente de um homem e tremeu ao sentir seu corpo exposto e vulnerável.

O guarda de rosto angular percorreu a fileira de novo, coletando as roupas enquanto o comandante Ricci inspecionava cada prisioneira. Serina não fazia ideia do que ele estava procurando. Quando chegou sua vez, ele a mandou abrir a boca, erguer os braços e se virar. Mas ela não conseguia se mover.

Ele agarrou seu braço e a sacudiu, cravando os dedos na pele dela.

— Você é surda? Abra a boca, erga os braços e vire.

Serina se endireitou e de alguma forma conseguiu obedecer. Mas foi incapaz de conter as lágrimas, que escorriam silenciosamente pelo rosto.

Será que Nomi não havia considerado, nem por um segundo, que punição poderia vir a receber quando pedira a Renzo que lhe ensinasse a ler? Quando roubara aquele livro? Serina achava que não. Nomi devia ter pensado que só corria o risco de um açoitamento. Talvez uma multa.

Ela havia sido tão tola.

Àquela altura, a maioria das outras mulheres também estava chorando. Jacana chegou mais perto de Serina. Mais adiante, ela notou a mulher que tinha desafiado o guarda no barco. Ela parecia um pouco mais velha que Serina e era muito mais magra, seu corpo moreno marcado por músculos. Mantinha o olhar fixo nos guardas, os olhos escuros faiscando. Serina esperou que alguém a repreendesse pelo desrespeito — ou a punisse pelo que fizera mais cedo —, mas os guardas não prestaram atenção nela. Talvez nem a tivessem notado.

O guarda de rosto fino entregou toalhas ásperas e um punhado de roupas a cada prisioneira. Serina vestiu as roupas de baixo, a calça azul desbotada e a camisa puída o mais rápido que conseguiu. Levava bem menos tempo para se vestir quando não tinha que lidar com espartilhos, fileiras infinitas de botões, rendas frágeis ou saltos altos.

— Vou chamá-las à frente para o processamento — o comandante Ricci anunciou, seu rosto enrugado revelando pouco além de uma completa indiferença. Mas algo em seus olhos, um movimento ocasional da cabeça rápido demais, sugeria que estava prestando muita atenção.

— Anika Atzo.

A mulher musculosa subiu na balança, calada. Aquele nome cortante combinava com ela.

Quando chegou a hora de Serina ser pesada e medida, o guarda que cuidava da balança soltou um assobio baixo.

— Vai levar um tempo pra você morrer de fome, flor.

Serina manteve os olhos baixos e os braços cruzados sobre os seios. Sua mãe tinha feito de tudo para que ela crescesse macia e cheia de curvas, como era apropriado a uma graça. Nem Renzo ou seu pai tinham porções de comida como as dela.

O homem acotovelou outro guarda, mais jovem que ele.

— Quer apostar quanto essa aqui dura? Um saco de flocos de arroz que...

— Não desperdiço apostas com garotas mortas — o guarda mais jovem interrompeu, falando com uma convicção tão entediada que fez Serina erguer os olhos. Ele tinha pele morena, olhos claros e um cabelo escuro que se curvava sob a aba do quepe, como se tentasse escapar. Ela sentia sua avaliação fria mesmo sem encontrar seus olhos.

— Mande-a para a caverna — ele disse. — Vai ser interessante.

— Não o hotel? — o outro guarda perguntou.

O mais jovem deu de ombros. Serina não fazia ideia do que eles estavam falando, mas suas palavras a enchiam de medo. O guarda cuidando da balança escreveu algo em sua papelada.

— Para a caverna então — ele disse, acenando para Serina passar.

Enquanto seguia as outras mulheres para fora da sala, ouviu a voz do guarda mais jovem murmurando para ela, num tom quase gentil:

— Bem-vinda a Monte Ruína, garota morta.

OITO

Nomi

UM DIA DEPOIS QUE SERINA FOI LEVADA, Nomi acordou muito antes do sol nascer. A ausência da irmã atormentara seus sonhos. Deitada na escuridão silenciosa, ela imaginou que estava em casa, no quarto que dividiam, com as duas camas estreitas unidas, o encanamento silvando suavemente, os vestidos de Serina parecendo dançarinos aglomerados no canto onde a mãe os pendurava, porque não havia armário. Mas a ilusão logo se dissipou. As formas na escuridão daquele quarto estavam todas fora do lugar. Angeline, dormindo sem fazer barulho na cama dobrável ao lado da porta, não mudava de posição ou suspirava do jeito que Serina fazia. Ela não dividiria a cama com Nomi quando estivesse frio nem poderia consolá-la quando acordasse no meio de um pesadelo.

A questão de onde Serina estava, de que punição tinha levado, pesava como uma montanha sobre o coração de Nomi. Ameaçava esmagá-la a cada hora que passava. Se tivesse alguma resposta, Nomi poderia sonhar em fugir para se juntar à irmã.

Ela se remexeu na cama. Ines tinha lhe dito para parar de fazer perguntas e seguir as regras. Mas Nomi sempre fizera perguntas e *nunca* seguira as regras. Era o motivo pelo qual sabia ler, para começo de conversa. Parecia também ser o motivo pelo qual chamara a atenção do herdeiro.

Ele sabia o que acontecera com Serina, Nomi se deu conta, com um susto. Se ela encontrasse o momento certo, talvez pudesse persuadi-lo a lhe contar. Descobriria um jeito de impressioná-lo, de se tornar valiosa para ele...

Nomi engoliu em seco, tomada pelo pânico. Havia um jeito óbvio. Mas era uma ideia que não podia suportar. Serina talvez estivesse preparada para *seduzir* o herdeiro, mas ela não. Tinha crescido imaginando que ia se tornar uma operária ou uma aia, presa a um trabalho, e não a um mestre. Não ter uma escolha para o futuro já era ruim, mas ser forçada a agradar um homem...

Ela havia cometido o erro de acreditar que, de todas as coisas, pelo menos não estava destinada a isso.

A princípio, Nomi tinha resolvido ficar tão longe do herdeiro quanto ele permitisse. Resistir. Forçar o máximo de distância que pudesse. Cassia queria conquistar a atenção e o afeto dele, e Nomi não pretendia ficar no caminho. Mas e se agradá-lo fosse a chave para descobrir o que acontecera com a irmã? Seria capaz de fazê-lo?

A questão se revirava em sua mente, sem resposta.

Quando os primeiros raios de sol invadiram o quarto, Angeline se remexeu e o dia delas começou. Nomi deixou a aia ajudá-la a entrar em um vestido esvoaçante com estampa de lírios. Ficou sentada em silêncio enquanto ela penteava seu cabelo e o prendia num ninho de tranças e laços, destacado por presilhas prateadas em forma de borboleta. Nomi olhou no espelho e franziu a testa, sentindo que encarava uma estranha.

Tinha passado tempo demais olhando o rosto de Serina e muito pouco contemplando o próprio. Mas agora podia ver, com clareza brutal, todas as formas em que Serina tinha sido preparada para aquela vida e ela não. A opacidade de seu cabelo comparado aos fios lustrosos de Serina. O modo como seus olhos largos com cílios escuros pareciam agressivos em vez de acanhados.

Ela não pertencia àquele lugar.

Quando estava tão arrumada quanto possível, Angeline a levou para uma longa mesa de vime numa sacada com vista para o oceano. Maris e Cassia já estavam sentadas em uma ponta, escolhendo delicadamente as iguarias de seus pratos, cheios de frutas coloridas e queijos suaves. Cestas de cornettos estavam espalhadas pela mesa.

As graças do superior ocupavam o restante da longa mesa. Ele não parecia ter um padrão específico de beleza: algumas tinham pele escura, outras eram brancas como fantasmas. Seus cabelos eram castanhos, loiros, pretos, encaracolados ou lisos. Variavam de um ano ou dois a mais que Nomi até os quarenta e poucos. O superior vinha coletando graças havia muito tempo.

Aos dezessete anos, Nomi certamente era a mais jovem ali, já que era preciso ter pelo menos dezoito para poder ser candidata a graça. Mas aquelas eram as regras do superior, e pelo visto seu filho podia quebrá-las.

Quisera eu ter o mesmo privilégio, Nomi pensou, revoltada, sentando na cadeira vazia ao lado de Maris. Ela pegou um doce sem entusiasmo. Cassia estava virada para as mulheres sentadas do seu outro lado, ouvindo avidamente enquanto fofocavam sobre o superior.

— Mas as massagens nos pés, Rosario! — uma das graças mais jovens disse.

A mulher com pele morena escura e cachos pequenos que devia ser Rosario estremeceu.

— É como esfregar cubos de gelo envoltos em papel de arroz.

Nomi observou a mulher com um interesse disfarçado. Ela era a graça que supostamente conhecia todos os segredos dali.

— O superior está muito doente? — Cassia perguntou, entrando na conversa.

Rosario deu de ombros.

— Ele está, mas é teimoso. Diria que ainda há alguma vida nele.

— O que vai acontecer com vocês quando ele morrer? — Maris perguntou, num tom neutro.

Rosario olhou para ela.

— Que pergunta animadora!

Nomi também olhou para Maris. Certamente não era uma dúvida absurda. O último superior morrera antes do seu nascimento; ela nunca tinha ouvido falar sobre o destino das graças dele.

— Vocês sabem? — Maris insistiu. — Ficam no palácio ou são mandadas pra casa?

Rosario deu de ombros, mas uma sombra cruzou seu rosto.

— A decisão é do herdeiro. Quando o superior morrer, nosso destino estará nas mãos dele.

Os olhos de Nomi se arregalaram. Havia tanto sobre aquele mundo que ela não sabia.

Rosario notou sua expressão e cutucou a mulher do seu outro lado. O sorrisinho em seu rosto indicava que seu bom humor tinha sido recuperado.

— Vocês lembram de ficarem pasmas desse jeito quando foram escolhidas?

Constrangida, Nomi abaixou os olhos para o prato e garfou um pedaço de melão.

— Não se preocupe, flor — Rosario provocou com sua voz melosa. — Você tem tempo pra se acostumar a esse lugar. Por enquanto sua rotina vai ser basicamente provas de vestidos e aulas de dança, até o aniversário do herdeiro. É aí que a diversão começa de verdade. Eu me pergunto com qual de vocês ele vai querer celebrar...

— Talvez as três — outra mulher sugeriu, rindo.

Cassia tomou um gole de café, com um sorrisinho no rosto. Maris olhou para o mar, impassível.

— Por que a diversão começa no aniversário dele? — Nomi perguntou.

Cassia ergueu uma sobrancelha.

— Você não sabe? É aí que nossa posição se torna oficial. Há uma cerimônia e tudo. O herdeiro não vai *consumar* — ela ronronou a palavra — sua união conosco até lá. A garota escolhida para entretê-lo nessa noite terá a chance de se tornar graça-maior. Veja Ines. Ela foi uma das primeiras do superior.

Nomi corou, furiosa. Sabia que, se Serina estivesse no seu lugar, estaria competindo com Cassia para ter o primeiro filho homem do herdeiro e se tornar sua graça-maior. Mas a ideia fazia seu estômago revirar. Ainda assim, ela via algum valor em ocupar aquela posição. Quando o superior morresse, Ines teria o conforto de saber que pelo menos o homem que decidiria seu destino seria seu filho.

Rosario se inclinou para a frente.

— Ines não é mãe apenas do herdeiro, mas também do segundo filho do superior. Ela é uma lenda.

Os olhos de Cassia perderam o foco enquanto imaginava uma vida parecida para si mesma.

— As graças criam seus próprios filhos? — Nomi perguntou. Ela não se lembrava das aulas de Serina sobre o assunto; nunca tinha prestado muita atenção. Estava sempre lavando roupa ou se queimando no fogão.

Rosario a encarou como se tivesse duas cabeças.

— Criar filhos? Você está vendo alguma criança por aqui?

Cassia revirou os olhos.

— É para isso que servem as amas.

Nomi nunca sentira o desejo de ter filhos, mas uma dor estranha a tomou com a ideia de que, se tivesse, seriam tirados dela. Será que Ines olhava para os filhos no salão de baile lotado e ansiava pelos momentos perdidos? Pelos *anos* perdidos?

— Ouvi dizer que Malachi vai dar um baile de máscaras em seu aniversário — Rosario contou.

Uma mulher do outro lado da mesa sorriu, ávida.

— É mesmo? Um baile de máscaras? São sempre os melhores.

As graças relembraram outros bailes e cerimônias, mas Nomi encarou o prato de frutas e doces, perdida em pensamentos. Serina ocupava sua mente, cada preocupação e temor voltando. Estaria bem? Ferida? Odiaria a irmã por ter roubado o livro?

Ela engoliu o nó na garganta. Era óbvio que a odiava. Tudo aquilo era culpa de Nomi.

Então Ines chegou.

— Bom dia, graças — ela disse. Seu vestido salpicado de ouro cintilava à luz da manhã. — O superior requisitou a presença de Eva, Aster e Rosario no almoço. Haverá um concerto hoje à noite com uma delegação de Azura. Sua eminência quer que apenas suas graças mais antigas participem. Ysabel, você tocará harpa. — Da ponta da mesa, uma mulher com pouco mais de trinta anos de cabelo acobreado assentiu. Ines se voltou para as novas graças. — O herdeiro requisitou uma audiência com cada uma de vocês. Enquanto esperam sua vez, gostaria que repassassem seus vestidos com suas aias e separassem aqueles que precisam de alterações. — Ela olhou cada garota por vez, terminando em Nomi. — Você é a primeira.

Nomi engoliu o pedaço de pão preso na garganta.

— Será um prazer — conseguiu dizer.

Ela não deixou de notar o olhar de inveja de Cassia quando levantou para seguir Ines palácio adentro.

Ines a levou por um longo corredor de ladrilhos até uma porta de madeira entalhada com ondas quebrando e peixes saltando.

— Não pergunte sobre sua irmã — a graça-maior avisou antes de abrir a porta. — Ele não vai gostar.

Nomi assentiu, mas sentiu seu gênio se inflamar.

— Então o que devo fazer?

Ines a encarou como se a resposta fosse óbvia.

— O que ele mandar.

Ela abriu a porta e empurrou Nomi gentilmente para dentro dos aposentos de Malachi.

A ampla sala de visitas se estendia até uma varanda enorme. Através da porta aberta à direita, ela avistou uma cama grande. Um calor subiu por seu rosto.

— Boa tarde, Nomi — o herdeiro disse, levantando de uma das duas poltronas de couro dispostas no centro do quarto. Ele era tão alto e musculoso que, mesmo não estando perto o bastante para tocar Nomi, ela ainda sentia sua presença vindo em sua direção, roubando todo o ar do quarto.

— Boa tarde, vossa eminência — ela disse, com uma cortesia desajeitada. Suas mãos agarravam o vestido com força demais. Bastou vê-lo para sua fúria voltar à superfície. Os ancestrais dele eram o motivo pelo qual as mulheres não tinham permissão de ler. O pai dele era o motivo de Serina não estar ali. Ele era o motivo de Nomi estar.

Malachi não disse nada, e ela fixou toda a sua atenção nos tornozelos de sua calça de linho, para que não visse o ódio em seus olhos. Como poderia agradar aquele homem, mesmo que fosse para descobrir o destino de Serina? Mal conseguia olhar para ele.

— Tenho certeza de que você não esperava ser escolhida — ele disse finalmente.

Nomi engoliu uma risada amarga.

— Não, não esperava. — Então acrescentou, com um segundo de atraso: — Vossa eminência.

— Não parece feliz com sua sorte — ele a repreendeu, cruzando os braços. Nomi sentiu uma pontada de medo no estômago. Não podia se dar ao luxo de desafiá-lo. Pertencia a ele; ele podia fazer o que quisesse com ela.

Inclusive machucá-la.

— Estou honrada por ser sua graça. — De alguma forma, Nomi conseguiu pronunciar as palavras sem fazer careta. — Eu... eu só queria que minha irmã pudesse estar aqui. Ela sabe quais são os deveres de uma graça. Eu... não.

À menção de Serina, Malachi se virou bruscamente e foi até a varanda. Depois de um momento, Nomi o seguiu, hesitante. Ele olhava por cima da balaustrada para as pontes de pedra e as gôndolas de Bellaqua. Era impressionante como o palácio do superior se empoleirava entre o mar e os canais da cidade, como um grande navio, isolado e impiedoso.

— Inspecionarei as tropas de Bellaqua amanhã — Malachi anunciou. — Vou ficar longe por dois dias. Assim que retornar, minhas graças vão assistir ao Prêmio Belaria comigo. Você está atrás das outras tanto em treinamento quanto em aparência. Espero que recupere o tempo perdido até o evento, quando vai aparecer publicamente ao meu lado pela primeira vez.

— É claro, vossa eminência — Nomi respondeu, dividida entre a decepção e o alívio. A viagem significaria mais tempo sem notícias de Serina e nenhuma oportunidade de persuadi-lo a dizer o que sabia. Mas também significava que não ficaria em sua presença perturbadora. Significava que teria tempo para formular um plano. De preferência um que fosse capaz de suportar.

— O que é o Prêmio Belaria? — ela arriscou a pergunta. Se fosse algum tipo de baile, estava condenada. Não conseguiria aprender a dançar de forma apropriada em apenas dois dias.

— É uma corrida de cavalos — ele disse, ríspido. — A mais famosa em Viridia.

— Ah — Nomi disse baixinho. Pelo menos não teria que dançar.

— Você cavalga? — ele perguntou.

— Se eu cavalgo? — ela repetiu, surpresa.

O herdeiro assentiu.

— Nunca tive a chance, vossa eminência — Nomi respondeu. Ela ficou pensando em como aquela pergunta era tola. Só as esposas e filhas mais ricas aprendiam a cavalgar.

As orelhas dele ficaram rosa.

— É claro.

— Vossa eminência gosta de cavalgar? — ela perguntou, dessa vez conseguindo soar educada.

— Sim — o herdeiro respondeu. Sua voz se suavizou um pouco quando ele acrescentou: — Bodi, meu cavalo, está comigo desde que nasceu. Eu mesmo o quebrei.

Nomi não sabia o significado daquilo, mas a palavra despertou um calafrio nela.

— "O caráter de um homem pode ser encontrado no valor que dá tanto aos homens quanto aos animais."

— O que disse? — Malachi se virou para ela com os olhos apertados.

Nomi perdeu o fôlego. *Idiota.* Era uma frase do livro de lendas de Renzo, tirada da história de um fazendeiro pobre que impressionava um mercador rico quando vendia uma herança de família preciosa para alimentar seu cavalo. Malachi devia ter reconhecido a frase. Ela se apressou em consertar o deslize.

— É... é algo que meu irmão costumava dizer, vossa eminência. Fiz mal em usá-la?

Malachi balançou a cabeça.

— Reconheci de um livro que li muito tempo atrás. Essa frase, em particular, me marcou.

Nomi sabia que, em seu lugar, Serina conduziria a conversa para tópicos mais superficiais. Mas não conseguiu segurar a língua.

— Meu irmão gostava dessa história. Ele dizia que era sobre dar o mesmo valor a toda vida. Homem, animal... mulher. — Seus olhos encontraram os dele.

— Você acha que só valorizo minha própria vida? — Ele estava tão perto que ela podia sentir sua respiração.

— Eu não teria como saber — Nomi respondeu. Era uma tentativa de parecer inocente, mas a julgar pelo modo como os olhos de Malachi se estreitaram ainda mais, tinha falhado.

— Você... — ele disse, dando um passo para perto. Perto demais. — Ainda tem muito a aprender.

Nomi estremeceu com a intensidade de sua voz. Os olhos dele eram castanhos como canela, com pontos âmbar que brilhavam na luz. Ela queria escapar, correr, se esconder dos sentimentos indefiníveis que de repente a percorreram.

O herdeiro ergueu a mão e ela recuou, assustada.

Mas ele só indicou a porta.

— Está dispensada.

Nomi fez uma reverência e atravessou o quarto com pernas bambas, ainda se sentindo ameaçada.

NOVE

Serina

SERINA ESPERAVA QUE AS PRISIONEIRAS fossem conduzidas para celas, mas os guardas as levaram para a área externa. Então, com um guincho de chacoalhar os dentes, abriram os portões. O sol estava logo acima da linha do horizonte, inchado e de um vermelho doentio. Pela primeira vez desde que deixara Lanos, ela ansiou pelas suas montanhas frias e escarpadas e pelas fábricas fumacentas.

Então avistou a forma pequena de Jacana e foi até ela.

— Aonde estão nos levando?

A menina envolveu o próprio corpo com os braços.

— Um dos guardas disse que esse prédio é só para o processamento. Que vamos ficar... lá fora. — Ela inclinou a cabeça em direção à rocha desolada além do portão.

— Lá fora? — Serina ecoou, horrorizada. *O hotel, a caverna...* Seriam outros prédios? Além das cercas e do arame farpado?

Anika surgiu ao lado delas.

— Como *você* acabou aqui? — Ela examinou Serina da cabeça aos pés. — Vão te comer viva.

Serina sabia que era diferente das outras, com sua pele lustrosa e polida, seu corpo delicado.

— Roubei algo — ela disse calmamente, escondendo seu medo tão fundo que ele não transpareceu. — Do palácio. — Ninguém precisava saber a verdade.

Anika estreitou os olhos.

— E o que *você* fez? — Serina perguntou.

— Matei alguém — Anika respondeu, com a voz dura. Uma sombra transpassou seu rosto, tão rápida que Serina quase não viu.

O guarda ao lado do portão gritou:

— Todas que foram designadas ao hotel, venham!

Anika deixou o complexo com outras quatro mulheres.

Serina observou até que estivessem fora de vista.

— Onde te colocaram? — ela perguntou a Jacana, que ainda se encolhia ao seu lado.

— Na caverna — a menina disse, com os olhos baixos.

— Eu também. — Serina se sentiu aliviada. — Pelo menos vamos ficar juntas.

Jacana se endireitou um pouco, e Serina se perguntou o que a teria levado até ali. Que crime aquela garota pequena e aterrorizada poderia ter cometido?

— Penhascos do sul! — o guarda berrou, e outro grupo de mulheres desapareceu.

Então:

— Caverna!

Elas seguiram outras duas mulheres, que se apresentaram aos sussurros como Gia e Theodora, através do portão alto. O guarda apontou duas mulheres esperando do lado de fora, iluminadas pelos últimos resquícios de sol.

— Sigam as duas.

De alguma forma, Serina se viu guiando o caminho através do portão.

As mulheres ficaram observando enquanto se aproximavam. A mais baixa tinha talvez quarenta anos, com um rosto amplo e comum, pele bronzeada e sobrancelhas grossas.

— Eu sou Penhasco — ela disse quando Serina e as outras a alcançaram. — Esta é Oráculo. Ela está no comando da caverna.

Serina perdeu o fôlego. Outra prisioneira estava no comando? Uma *mulher*? Como era possível?

Oráculo examinou o grupo em silêncio. Um de seus olhos era castanho, o outro, de um branco estranho e leitoso. Ela era um pouco mais jovem que Penhasco, mas não menos intimidadora.

— Fiquem perto, não vamos esperar por vocês — Oráculo disse. Então se virou e as conduziu por uma trilha pedregosa ao longo das escarpas. Elas seguiram os passos dos outros grupos, guiadas pelo brilho distante da luz de tochas. Oráculo caminhava depressa, e Penhasco a seguia com facilidade.

Os sapatos de Serina se prendiam na rocha vulcânica irregular, e ela tropeçou.

— Não devia haver um guarda conosco? — ela arriscou perguntar. — Não há...

A risada alta de Penhasco a interrompeu.

— Por favor — Gia murmurou, enxugando o suor na testa —, podemos beber um gole de água? Eles não nos deram comida ou...

— Vocês não vão querer comer antes — Penhasco disse. — Provavelmente nem depois.

Antes? Depois? O que ia acontecer?

Serina seguiu com dificuldade ao lado de Jacana, com a boca seca de medo. Elas seguiram as tochas tremeluzentes pela elevação até as praias e chegaram na parte de trás de um prédio destruído que devia ter sido grandioso no passado. Luzes brilhavam do outro lado das janelas sem vidro. Havia uma fonte de mármore rachada no centro do pátio, com dançarinas encarando o vulcão através de seus olhos cegos.

Penhasco inclinou a cabeça para o prédio.

— É o hotel Tormento.

Um calafrio percorreu a coluna de Serina.

O rumor de vozes se ergueu acima do som das ondas. Ela finalmente podia avistar seu destino, mais além. Um semicírculo gigante de pedra, com assentos esculpidos, dava para um palco à frente de um prédio alto. Rocha vulcânica transbordava de um lado. Um anfiteatro semidestruído.

Ela pensou em todas as horas que tinha passado praticando harpa, esperando o dia em que se apresentaria ao herdeiro. Nem imaginava o que era apresentado naquele palco.

Mais de cem mulheres ocupavam os bancos de pedra ou estavam sentadas nas faixas de lava congelada. Serina encarou rosto após rosto, mas não viu um único sorriso. Sentiu o coração doer.

Oráculo as levou a uma seção de assentos no centro, onde vinte ou trinta mulheres estavam reunidas. Então seguiu sozinha, apertando o ombro de algumas no caminho até o palco. Ali, dez mulheres se reuniram na beirada. Oráculo parou ao lado de uma delas, alta e com uma única faixa de cabelo ruivo no meio da cabeça.

Serina ficou olhando. Em Lanos, as mulheres não podiam usar o cabelo acima dos ombros. A maioria preferia mantê-lo na altura da cintura ou mais, e se orgulhava disso. *De que adianta pensar nisso agora?*, ela se perguntou, engolindo em seco.

Guardas ocupavam a sacada do prédio atrás do palco. Ela não sabia dizer quantos estavam ali, pois alguns se escondiam nas sombras, mas suspeitava que eram cerca de quarenta — bem menos que as mulheres que ocupavam o anfiteatro.

Penhasco olhou para Serina e as outras, baixando as sobrancelhas grossas.

— O que quer que aconteça, não chorem — ela ordenou. — Os guardas estão sempre à procura de fraquezas. Não deixem que eles tenham qualquer poder sobre vocês. Entenderam?

— O que exatamente está acontecendo? — Serina perguntou, tentando manter a voz firme. A tensão no ar era opressora e dificultava respirar.

Penhasco olhou para o palco.

— Da primeira vez, é melhor não estar preparada.

O comandante Ricci subiu no palco e o anfiteatro se aquietou em um segundo. A linguagem corporal do homem era relaxada e autoritária, sua mão nunca se afastava do revólver. Na sacada acima dele, os guardas puxaram suas armas e as apontaram para a plateia.

— Lutadoras, em posição — Ricci ordenou.

Lutadoras?

Cinco mulheres subiram no palco, incluindo a ruiva que estava falando com Oráculo. O comandante Ricci desapareceu por uma escadaria que levava à sacada.

Ninguém se mexeu. Ninguém falou.

Serina observava com os olhos arregalados, sem entender.

Alguns instantes depois, Ricci reapareceu na sacada, carregando uma caixa de madeira. Ele a jogou no palco e gritou:

— Comecem!

Quando a caixa atingiu o chão, a madeira se espatifou com o som de um machado talhando a lenha. Então um tubo preto grosso apareceu. Só que… não era um tubo. Ele começou a se mexer e desenrolar lentamente. Serina inspirou com força quando a cabeça da cobra se ergueu.

Uma das mulheres tentou pisoteá-la, mas errou. A cobra girou e picou seu tornozelo. Ela gritou. O tempo pareceu ficar mais lento. Um segundo. Dois segundos. Ela desabou, com a perna inchada enquanto o resto do corpo se debatia horrivelmente. Outra mulher agarrou o rabo da cobra e bateu sua cabeça com força no chão duro, várias vezes, até que ela pendesse flácida e imóvel de suas mãos. As outras se encontraram no centro do palco, com punhos, joelhos e cotovelos voando para todos os lados.

O coração de Serina despencou. Mulheres não brigavam. Nunca. Nem com homens, nem umas com as outras. Violência era sempre punida da forma mais severa. Ela já tinha ouvido histórias de mulheres que haviam tentado lutar — uma prima distante que tinha se defendido do marido abusivo, uma mulher na fábrica de tecidos que havia estapeado um homem quando ele tentara beijá-la. Todas tinham sido severamente punidas. Açoitadas, presas. Enviadas a Monte Ruína ou a uma prisão parecida. Como aquilo era permitido no lugar cujo propósito era conter tal comportamento?

Uma mulher grunhiu quando alguém a chutou no joelho. Serina fechou os olhos. Cobriu os ouvidos. Curvou-se. Aquilo não podia estar acontecendo. Não podia ser real.

Os golpes e gritos foram abafados, a escuridão atrás dos seus olhos fechados pareceu absoluta. Por alguns minutos, ela se deixou recuar. Viveu nas batidas de seu coração e no ruído da sua respiração.

Então um grito agudo e dolorido abriu um buraco na escuridão, penetrando seu casulo. Ela prendeu o ar. O som se transformou em um gemido agonizante até enfim cessar. Por um segundo, houve silêncio. Depois, ouviu-se o som inconfundível e pavoroso de aplausos.

DEZ

Nomi

Do lado de fora dos aposentos do herdeiro, Nomi se encostou na porta pesada, a curva de um peixe em pleno ar cutucando sua coluna. A expressão de Malachi enquanto ela saía do quarto a atormentava. Nomi tentou acalmar o coração.

Ines não estava por ali. Ela virou na direção da qual viera, mas não conseguiu encontrar o curto lance de escadas que haviam subido. Continuou andando, esmagada pelo impulso de fugir, embora não fizesse ideia nem de como voltar aos aposentos das graças.

O corredor eventualmente terminou em uma parede de vidro, com as divisórias abertas revelando uma varanda ampla com vista para o oceano. Uma brisa suave que entrava pelo corredor acariciou seu rosto. Atraída pelo vento tranquilo, Nomi se aproximou da balaustrada de mármore, apoiou as mãos frias na pedra dura e fechou os olhos.

As saudades de casa a devoravam. Ela sentia falta da voz suave da mãe, do orgulho rabugento do pai. Do apoio travesso que Renzo dava às suas pequenas rebeldias. Por anos, tinha sido a sombra dele, que a todo instante fora a voz da esperança. Mas, acima de tudo, Nomi sentia falta de Serina. Sempre soubera que algum dia teria que dizer adeus aos pais e ao irmão. Mas as duas deviam ter ficado juntas.

— Parece que você precisa de um tempo sozinha — ela ouviu alguém dizer. — Odeio interromper isso, mas acho que está perdida.

Os olhos de Nomi se abriram de repente. Constrangida, ela se virou da balaustrada. O mundo do palazzo foi de encontro a ela, a luz dura da tarde descolorindo o brilho suave de suas lembranças.

Em uma espreguiçadeira almofadada a alguns passos, estava o irmão mais novo do herdeiro com as pernas esticadas. Os olhos dela imediatamente foram atraídos para o livro em suas mãos, uma encadernação de couro com o título *Os deleites e os desvarios da guerra* estampado em ouro. A curiosidade queimou dentro dela, até que percebeu que Asa esperava que falasse.

Corando, Nomi se afastou, fazendo uma reverência desajeitada.

— S-sinto muito por incomodá-lo, vossa eminência — ela balbuciou. — Estou um pouco perdida. Vou deixá-lo imediatamente.

Asa se ergueu para segui-la, sem largar o livro.

— Espere, espere — ele disse, estendendo a outra mão. — Posso ajudar a encontrar o caminho.

— Por favor, não quero incomodar. Tenho certeza de que posso...

— Não é incômodo nenhum — ele interrompeu com um sorriso.

Com a cabeça inclinada, Nomi o seguiu até o corredor. O segundo filho do superior era tão alto quanto o irmão, mas não tão musculoso, e seu cabelo desgrenhado lhe dava um ar mais relaxado, bem diferente da intensidade taciturna de Malachi. Sua nuca bronzeada dava a impressão de que passava muito tempo ao ar livre.

— Você é uma das graças novas, não é? — ele perguntou enquanto andavam.

— Sim, vossa eminência. Meu nome é Nomi Tessaro.

— Ah, Nomi, é claro — Asa disse, espiando-a por cima do ombro. Ela não tinha certeza, mas parecia haver um interesse renovado em sua expressão. Um olhar mais afiado. — Você chegou ao palácio como aia, certo?

Ela ficou tensa, esperando alguma zombaria.

— Sim, vossa eminência.

— Deve ser tudo bem diferente para você — ele disse, gentil. Os músculos tensos de Nomi relaxaram um pouco. — De onde você é?

— De Lanos.

Ele diminuiu o ritmo até que estavam andando lado a lado no corredor dourado. Nomi manteve o olhar fixo no chão de mármore.

— Eu lembro de visitar as montanhas ao norte de Lanos quando era criança — ele disse, com uma voz suave. — Foi a primeira vez que vi neve.

— Sempre adorei o jeito como a neve consegue transformar as coisas — Nomi disse. — Prédios velhos e destruídos, ruas sujas... O mundo se torna brilhante e puro em apenas uma tarde.

A voz de Asa saiu pesarosa.

— Admito que eu estava mais interessado em fazer bolas de neve que em admirar o cenário. Embora, em minha defesa, tivesse sete anos.

Nomi sorriu para os próprios pés.

— Inteiramente compreensível, vossa eminência.

— E como está se ajustando à vida aqui? — ele perguntou. — Satisfeita com seu novo papel?

A expressão de Nomi se anuviou, o breve momento de conexão perdido. Ela imaginou se aquelas perguntas eram algum tipo de teste, como tudo o que acontecia naquele lugar parecia ser.

— O palazzo é lindo, e fico muito feliz por estar aqui — ela respondeu, obediente, embora seu rosto queimasse de raiva.

Ele continuou a olhá-la.

— Deve ser difícil, sem sua irmã.

Nomi perdeu o fôlego com a menção a Serina. Seus pés congelaram, e ela tropeçou na bainha do vestido florido. Automaticamente, estendeu uma mão para se equilibrar e agarrou o braço de

Asa. Ele se virou, ajudando-a a se firmar. Por um instante, os dois ficaram parados no corredor com as mãos dadas.

Nomi o soltou e deu um passo para atrás, com o rosto quente.

— Perdão.

Asa pigarreou.

— Eu que peço desculpas. Não devia ter mencionado sua irmã. Não queria chatear você.

Ele era muito parecido com o irmão, mas as feições que ficavam duras em Malachi eram suaves em Asa. Nomi se inclinou para perto. Talvez pudesse perguntar a ele...

A porta diante dos dois se abriu bruscamente, revelando Ines.

Asa se virou para a graça-maior, e a pergunta de Nomi morreu em sua garganta.

Ines fez uma reverência, estreitando os olhos ao perceber Nomi ao lado dele.

— Vossa eminência.

— Encontrei a sua graça extraviada — Asa disse alegre, quebrando a tensão e saindo da frente de Nomi.

— Desculpe — ela disse, mantendo a cabeça inclinada. — Eu me perdi.

Ines assentiu e a guiou para dentro. Nomi hesitou, olhando por cima do ombro até que Asa fizesse uma curva. Ela ignorou a expressão severa de Ines enquanto voltava ao seu quarto, perdida em pensamentos.

Talvez o herdeiro não fosse o único capaz de ajudá-la a descobrir o que acontecera com Serina. Ao pensar em Asa, um leve sorriso apareceu em seus lábios.

ONZE

Serina

A RUIVA DO GRUPO DE ORÁCULO VENCEU A LUTA. Quando Serina finalmente abriu os olhos, as mulheres ao seu redor erguiam os punhos no ar e o resto se mantinha em silêncio, enquanto as líderes arrastavam os corpos das lutadoras caídas do palco.

— Elas... estão mortas? — Serina sussurrou.

Jacana engoliu em seco, seu pequeno rosto pálido à luz das tochas.

— A maioria.

Penhasco voltou para conduzir as novatas para fora do anfiteatro. Ela ergueu uma tocha tremeluzente para guiar o caminho.

— O que foi isso? — Serina perguntou enquanto caminhavam. Suas mãos tremiam e seus dentes batiam. O que ela tinha acabado de ver e ouvir...

Penhasco a olhou de relance.

— Não há comida suficiente pra todo mundo. O superior não se importa se vivemos ou morremos. — Ela cuspiu na escuridão. — Então lutamos.

Jacana gemeu baixinho.

— Lutar? Por comida? — Serina perguntou, com a voz falhando. — Como os guardas permitem isso?

— Permitem? A ideia foi deles. Assistem a tudo, torcem e até apostam em quem vai vencer. — Ela fez uma careta e disse com a voz amarga: — Somos o *esporte* deles.

Serina lembrou de ser passada de mão em mão pelos dignitários do superior no salão de baile. Não davam a mínima para quem ela era ou o que dizia, desde que sorrisse. Aquilo não a tinha incomodado na hora.

— Mas isso…

— Temos cinco bandos com acampamentos em pontos diversos na ilha. Sempre que um barco chega, cada um escolhe uma mulher para enviar ao ringue. Só o bando da vencedora ganha rações. — Penhasco subiu numa pedra quebrada. — Hoje, nossa campeã venceu. Isso significa que vamos comer bem amanhã. Os outros bandos vão ter que vasculhar a ilha em busca do que precisam para sobreviver até o próximo grupo de prisioneiras chegar.

Serina engoliu uma onda de revolta.

— Como os guardas decidem quem vence?

Penhasco ergueu uma sobrancelha, como se a resposta fosse óbvia.

— Você não estava vendo? A vencedora é quem sobrevive.

— Então temos que nos matar? — A voz de Jacana falhou, saindo num gritinho agudo e aterrorizado.

Penhasco nem olhou para ela.

— Covardes podem se render e ser exiladas de seus bandos. Mas a maioria das que lutam e perdem preferem morrer. É mais rápido que a fome.

Os olhos de Serina ardiam por causa das lágrimas. Abrir o livro de Nomi tinha sido um gesto inocente. Um vislumbre de uma parte da infância, uma lembrança do irmão para afastar as saudades de casa e a dor. Um momento breve antes de esconder o livro e repreender a irmã por sua imprudência. Serina nunca imaginara o que estava colocando em risco. O que *Nomi* colocara em risco aprendendo a ler. Enquanto subia a trilha aos tropeços, com os gritos das mulheres mortas ecoando em seus ouvidos, tudo o que queria era ver aquele livro de lendas queimar.

Penhasco e as novas prisioneiras seguiram o bando de Oráculo por uma trilha serpenteante e rochosa que as levou através dos restos chamuscados de uma floresta. Ocasionais ciprestes retorcidos emergiam da terra arruinada, e heras tenazes contornavam pedaços de pedra, marcando o que poderia ter sido uma estrada. A única outra planta que conseguia criar raízes era uma gramínea resistente que brotava em pequenos tufos sobre a rocha vulcânica negra, farfalhando tristemente ao vento.

— Aonde estamos indo? — Gia perguntou. Ela retorcia o cabelo como se estivesse desesperada para se agarrar a alguma coisa.

Serina tentou recuperar o fôlego, sentindo as pernas queimarem. Penhasco não reduziu o passo.

— Vivemos numa caverna. Na verdade, num tubo de lava. As camadas exteriores esfriaram enquanto a lava ainda escorria, deixando um espaço oco para trás.

— Não parece seguro. — Gia fez uma careta. Sua pele profundamente bronzeada e o cabelo descolorido pelo sol sugeriam que vinha de uma cidade do sul, ou talvez de uma família de pescadores nômades que viviam em barcos no litoral oeste.

— Não é — Penhasco rosnou.

— Então por que moramos lá? — Serina quis saber.

— Oráculo não quer que fiquemos seguras. — Penhasco as olhou por cima do ombro. — Ela quer que sejamos resistentes. O tubo é um lugar terrível para morar, e é exatamente esse o ponto. Agora chega de perguntas. Andem.

A escuridão as cobriu. A iluminação da tocha tremeluzente de Penhasco era fraca, e Serina tropeçava com frequência. Apesar de toda a sua timidez, Jacana avançava na trilha com agilidade.

Por fim, elas chegaram a uma bocarra aberta na pedra. O bando desapareceu na caverna, enquanto as novas prisioneiras hesitaram, fraquejando de cansaço. O ar cheirava a fósforo queimado. Um brilho vermelho cintilava no céu a partir das colinas no centro da ilha.

Theodora encarou o túnel e balançou a cabeça, com os olhos arregalados de horror.

— Não consigo.

Gia puxou o braço dela.

— Quer ficar aqui sozinha a noite toda?

— É mais difícil sem a tocha — Penhasco disse sobre o ombro. Ela não esperou ninguém.

Quando Serina entrou na caverna, uma poeira amarga cobriu sua língua. A luz da tocha lampejava freneticamente contra as paredes. Mesmo assim, era impossível enxergar qualquer coisa além da forma pálida de Jacana à sua frente.

Por fim, uma chama mais forte apareceu para iluminar o caminho. O túnel se abria para cima e para os lados, criando uma sala natural. Havia mulheres sentadas em cadeiras enferrujadas no centro ou esticadas em catres encostados nas paredes curvas. No fundo, uma fogueira havia sido acesa sob um buraco grande e irregular.

Não havia guardas. Nenhum homem. Serina nunca vira tantas mulheres reunidas em um único lugar em toda a vida.

Oráculo foi até as novatas e cruzou os braços diante delas. O barulho na caverna ecoou até sumir.

— Todas têm um momento aqui, quando ficam à beira de um penhasco, e se perguntam se é mais fácil pular — a voz da líder preenchia a caverna. Ela encarou cada uma das prisioneiras. — Vou poupar vocês do debate interno. É mais fácil mesmo.

Por um longo momento, as palavras pairaram no ar, deprimentes e inescapáveis. Serina engoliu o nó que se formava em sua garganta.

— Aqui em Monte Ruína temos que merecer nossas rações — Oráculo continuou. — E *todo mundo* passa fome. Então pule se tiver que pular, mas não espere ser alimentada se não trabalhar. Se não lutar. Os guardas controlam a ilha, mas *vocês* controlam sua própria sobrevivência. Ouçam, aprendam e lembrem: as regras que aprenderam em Viridia, para ser discretas, modestas, humildes, fracas, não vão ajudar agora. *Aqui,* a força é a única moeda.

Serina havia sido treinada para ser gentil. Dócil. Sua graciosidade sempre fora sua maior força, e agora era inútil. *Ela* era inútil. Ninguém ali precisava de alguém que tocasse harpa, dançasse ou bordasse.

O olho leitoso de Oráculo pousou sobre ela, parecendo ler seus pensamentos aterrorizados. Quase como se falasse diretamente para Serina, acrescentou:

— Vocês devem ser tão fortes quanto esta prisão, tão fortes quanto a pedra e o oceano que as cercam. Vocês são concreto e arame farpado. Vocês são feitas de ferro.

Em outro dia, Serina talvez tivesse chorado. Mas ela não tinha mais lágrimas, nem energia para ficar triste. Aquela era sua nova vida. Teria que aprender a sobreviver.

Serina acordou tensa e em pânico. Um peso fantasma a pressionava, tão pesado quanto as rochas acima dela. Ela sentou e começou a arrancar a camisa, tentando libertar os pulmões daquela jaula.

Uma mão apertou seu ombro.

— É um sonho. Fique tranquila. Você está bem.

A estranha voz rompeu a névoa do sono que ainda se agarrava a ela. De repente, ela conseguiu respirar de novo.

Tochas tinham sido deixadas acesas na caverna principal, dividindo a escuridão em blocos laranja e cerosos de luz e sombra. Serina tentou se orientar sob a iluminação fosca.

— O túnel deixa algumas pessoas claustrofóbicas. Mas eu gosto. — A voz rouca era da mulher no catre ao lado de Serina. — Morei dez anos num porão sem janelas na casa de um homem poderoso, o tempo todo com medo do som da chave dele na fechadura. Me acostumei ao escuro.

— Como você acabou aqui? — Serina perguntou, trêmula, enquanto tentava se fixar no presente.

— Ele tirou meu filho de mim. — O rosto deformado da mulher ficou sombrio. Seus olhos eram buracos escuros que a luz não tocava. Ela ergueu as mãos, com os dedos curvados em garras. — Então tirei os olhos dele.

Serina apertou a borda do catre, tentando manter uma expressão neutra.

— Ah.

— Sou Garra — a mulher disse, estendendo uma mão. — Aqui, temos que merecer nossos nomes.

— Serina. — Ao apertar a mão da mulher, seu estômago se revirou e suor escorreu por sua nuca. De repente, não conseguia suportar o peso da rocha acima da cabeça, a pressão de tantas desconhecidas. Tinha que sair dali. — Onde é o banheiro? — perguntou, rouca.

— Depois do túnel, além das passagens de vapor à esquerda. — Garra inclinou a cabeça na direção da abertura do outro lado das brasas da fogueira.

Serina levantou rapidamente e atravessou a caverna com as pernas bambas.

O túnel não era iluminado, exceto pelo leve brilho da aurora que entrava através de pequenas rachaduras onde o teto tinha desabado — algo em que Serina tentou não pensar. Ela se manteve próxima à parede, correndo a mão ao longo da rocha sulcada para não cair. O chão era desnivelado e Serina tropeçava nos chinelos, que não impediam bolhas ardentes de surgir em seus pés. Ela tinha notado que algumas das mulheres usavam botas e se perguntou como as haviam arranjado.

Longe das outras, achou que teria mais espaço para respirar, mas o tubo de lava ainda a esmagava, cheio das lembranças de todas as mulheres que tinham chegado ali assustadas e sozinhas, como ela. E que haviam lutado e morrido.

Até que o túnel se abriu, seu chão de pedra se transformando num cascalho entremeado de gramas e vinhas. Babosas rasteiras com bordas vermelhas perfuravam o terreno pedregoso, e árvores cítricas margeavam uma pequena área de floresta. Serina tinha quase certeza de que fora por ali que haviam entrado na caverna na noite anterior, mas o escuro a impedira de notar qualquer detalhe.

À sua esquerda, vapor se erguia do chão, prateado à luz matinal. O ar pesado e úmido substituiu a umidade fria da caverna. Ela percorreu o terreno pedregoso com cuidado. Nunca precisara fazer qualquer necessidade física fora de casa. Aquilo era bem diferente dos canos rangentes da casa em Lanos ou dos banheiros arejados com ladrilhos de mármore do palazzo.

Quando terminou, subiu de volta nas pedras.

Um guincho e um chiado quebraram o silêncio da manhã. Serina recuou para a boca da caverna quando um guarda apareceu à frente, empurrando uma carroça enferrujada. Ele parou na clareira entre as fileiras de árvores cítricas, tirou o quepe e enxugou o suor da testa. Era o jovem que tinha sugerido que ela fosse designada à caverna.

Serina olhou ao redor, procurando Oráculo ou alguma pessoa que soubesse o que estava acontecendo e o que fazer, mas ninguém surgiu do tubo de lava. Sem parar para pensar, ela passou a mão no seu cabelo sujo e emaranhado e tentou alisar a camisa.

— Ah, é a garota morta — o guarda disse ao vê-la ali. O apelido cruel a irritava. Ela não conseguiu encará-lo, então se fixou no cabelo escuro e indomável que se curvava sob a aba do quepe. Ele encostou na carroça e cruzou os braços, com a camisa cinza manchada de suor. — Está bem acomodada?

Teria sido uma pergunta educada que exigia uma resposta polida se eles estivessem no palazzo. Mas não estavam, e na noite anterior Serina assistira a mulheres lutando até a morte enquanto guardas como ele torciam. Nomi não teria sorrido e sido educada. Então Serina tampouco o fez.

— É possível ficar acomodada no inferno? — ela perguntou, o veneno pingando da voz. — E por que eu me daria ao trabalho? Você deixou bem claro que estarei morta em pouco tempo.

Ele assentiu, quase com aprovação.

— Vejo que recuperou um pouco da coragem. Isso é bom.

Confusa, Serina disparou:

— O que isso quer dizer?

Ele deu de ombros.

— Muitas já chegam aqui furiosas, prontas para lutar. Mas outras precisam de ajuda. Imaginei que, se você tinha alguma chance, seria na caverna. E aqui está, já se defendendo no seu primeiro dia.

— Acha que estou pronta pra lutar só porque fui grossa com você? — Serina apoiou as mãos na cintura. O sol matinal a agredia, escaldando a pele exposta dos braços.

O guarda riu e se virou de novo para a carroça cheia.

— Definitivamente não. Mas se tem alguém que pode te preparar é Oráculo. Ela sabe como controlar as mais malucas e fortalecer as assustadas. O bando dela ganha mais lutas que qualquer outro. Vai ser bom pra você.

Confusa, Serina balbuciou:

— Calma. Então você… estava tentando me ajudar?

Com um grunhido, ele ergueu um saco de juta sobre os ombros.

— Tento ajudar todas, colocar cada uma onde vai se dar melhor. E você parecia precisar de mais ajuda que as outras.

— Bem, obrigada — Serina disse, sarcástica. Mas ela se deu conta na hora de que estava agradecida de verdade. Ela não era como Anika, dura e rebelde. Não pertencia àquele mundo novo e assustador.

O guarda carregou o saco e o depositou ao lado da parede de rocha da entrada da caverna. Então voltou para pegar mais um.

As rações, Serina imaginou. Seu estômago roncou dolorosamente.

— Então, garota morta — o guarda disse enquanto passava por ela pela terceira vez. — Qual é seu nome de verdade?

— Serina. — Ela estava prestes a perguntar o nome dele quando um grupo de mulheres apareceu das sombras da caverna.

Oráculo foi até o guarda. Eles trocaram um aperto de mãos, e a expressão dela relaxou minimamente. Até que olhou para os sacos.

— Três a menos que da última vez — Oráculo disse.

Baixando a voz, o guarda falou:

— O comandante Ricci manteve mais com ele outra vez. Só consegui trazer um saco extra sem correr o risco de levantar suspeitas.

— Obrigada. — Oráculo apertou o ombro dele. — Algum bando atingiu níveis críticos?

Ele balançou a cabeça.

— Os penhascos do sul estão quase lá, mas tiveram sorte na pesca. Conseguem durar mais um mês, se precisar.

Serina pulou ao sentir uma mão apertar seu braço. Ela se virou e encontrou Penhasco encarando-a com a testa franzida.

— Estava procurando por você — a mulher disse.

Serina exalou.

— Perdão. Eu… acordei mais cedo e tive que usar o banheiro. Estava só…

— Babando pelo Valentino? — Penhasco perguntou, apontando o queixo na direção do guarda.

Serina ficou vermelha.

— Ele apareceu quando eu estava voltando.

— Ah, só estou te provocando. — Um sorriso se abriu no rosto amplo e comum de Penhasco. — Todas gostamos de Val. Ele é o guarda mais jovem e entrega as rações. Às vezes nos dá umas dicas, como quando o comandante está de mau humor.

Serina abriu a boca para perguntar o que ela queria dizer com aquilo, mas o sorriso de Penhasco desapareceu.

— Fique longe dos outros guardas. Val é a exceção, entendeu? Os outros fazem promessas às vezes... — Penhasco balançou a cabeça. — Nunca acaba bem.

Ela não a compreendeu, mas assentiu, em silêncio.

— Vamos — a mulher mais velha disse. — É hora de tomar café.

Dentro da caverna, todas tinham se reunido ao redor da fogueira. Serina notou Jacana sentada sozinha, fora do círculo. Ela foi sentar ao lado da garota no chão.

— Conseguiu dormir? — perguntou baixinho.

Jacana assentiu, mas não ergueu os olhos.

Alguém deu a elas alguns pedaços pequenos de pão velho, tiras duras de carne-seca e gomos de laranja. Serina se curvou sobre sua porção e a devorou. Depois de tanto tempo sem ingerir nada, aquela comida parecia deliciosa. Jacana dava mordidas pequenas, como um pássaro, mas sua porção desapareceu tão rápido quanto a de Serina.

Nem Penhasco nem Oráculo apresentaram as novatas ao resto do bando, e ninguém tentou falar com elas. Quando Serina terminou a refeição e conseguiu se concentrar em outra coisa além do vazio que roía o estômago, ergueu a cabeça para examinar suas colegas. Havia cerca de trinta mulheres, as mais jovens com quinze ou dezesseis anos, e a mais velha uma idosa enrugada que se reclinava num catre perto da fogueira e mastigava seu pão com as gengivas. A maioria tinha aparência similar: jovens com rostos finos e famintos, cabelo curto ou bem preso, uniformes manchados e olheiras escuras.

Ao redor de Serina, as mulheres contavam histórias e piadas enquanto compartilhavam a parca refeição. A caverna estava cheia de risos, o que era surpreendente. Elas se entregavam à alegria do momento. Muito diferente dos risinhos baixos das mulheres no baile do superior.

Serina se perguntou quais eram as mais malucas e quais eram as assustadas.

— Sonhei ontem que Oráculo me jogou de um penhasco — Jacana murmurou.

— E acordou feliz ou decepcionada que não era verdade? — Serina perguntou com um sorriso irônico.

Jacana a olhou surpresa. Então, pela primeira vez, riu.

— Não tenho certeza. Não tem saída do inferno, tem?

Serina notou o nariz pequeno de Jacana, seu cabelo sujo e os olhos verdes assombrados. Ela era bonita, mas carregava as marcas de uma vida dura nas rugas prematuras no canto dos olhos e no cenho permanentemente franzido.

— Como você acabou aqui? — Serina perguntou, curiosa.

Jacana olhou para as mãos vazias, cobertas com fina poeira vulcânica, e as unhas maltratadas.

— Fui pega roubando.

Serina quase conseguia imaginar. Jacana era pequena e veloz. Mas tão tímida.

— O que você roubava?

— Tudo o que conseguia. — Jacana deu de ombros. — Meus pais morreram quando eu tinha sete anos, então fiquei sozinha. Fiquei longe do orfanato. Não queria ser esposa de ninguém, não que alguém quisesse saber minha opinião.

— De onde você vem? — Serina perguntou. — Sou de Lanos.

Jacana olhou surpresa para ela, o medo temporariamente sumindo do rosto.

— Não parece — ela disse. — Eu teria arriscado que era da Ilha Dourada.

Serina sorriu com o elogio, apesar de tudo. Não era como se sua beleza fosse ter alguma serventia ali.

— Nasci em Bellaqua — Jacana disse. — Mas morei em todo canto. Nas cidades, principalmente. Passei um bom tempo em Ressida e Diamante. — Ela se inclinou para a frente, os braços frágeis em volta dos joelhos. — Eu era boa em cobrir meus rastros. Mas um amigo me traiu. — Ela pareceu se encolher. — E agora vou morrer aqui.

Serina encarou as mãos vazias, com o estômago ainda roncando. A verdade era tão pesada e tão inescapável quanto as rochas acima delas.

Vamos todas morrer aqui, ela pensou.

DOZE

Nomi

Nos dias que se seguiram, Nomi procurou por Asa nas duas vezes que saiu dos aposentos das graças. Ela bolou e descartou vários planos terríveis para encontrá-lo. Lutou contra a sensação desesperadora de que tinha depositado suas esperanças em alguém que não voltaria a encontrar. Não poderia questionar Asa sobre Serina se nunca mais se vissem.

Ela se arrastou até a costureira, estudando cada graça e aia que passava e se perguntando se alguma delas sabia do destino da irmã. Tinha perguntado a Rosario, mas ela só tinha ouvido o que Cassia dissera — que Serina tinha sido removida do palácio em circunstâncias misteriosas.

— Acho que vão mexer no vestido preto hoje — Angeline disse, andando lentamente ao lado de Nomi. — Aquele não é muito estruturado. Não deve ser uma tarefa tão ruim.

Nomi agradeceu. A aia sabia como ela detestava as provas de vestidos.

— Acho que você devia usar aquele para a corrida — Angeline disse, pensativa. — Vai cintilar sob a luz da lua.

— Você já viu? Uma corrida, quero dizer? — Nomi perguntou.

— Meu pai me deixou acompanhar da janela uma vez. Foi inacreditável. Uma corrida de cavalos pelas ruas da cidade... é tão famosa que vêm pessoas do mundo inteiro só pra assistir. E você vai ter uma das melhores vistas de toda a Bellaqua. O superior e sua comitiva sempre assistem da torre do Sino, perto da linha de chegada.

Elas chegaram à porta no instante em que alguém a abria de dentro. Nomi parou apressada, a fim de evitar uma colisão.

Maris também parou abruptamente, quase pisando nos pés dela.

— Perdão — ela disse. — Não te vi.

Nomi a tranquilizou com um gesto.

— Tudo bem. Não aconteceu nada.

Maris colocou uma mecha de cabelo preto atrás da orelha. Ela era de longe a mais alta das graças, e Nomi suspeitava que devia ser quase da altura do próprio herdeiro. Naquele momento, parecia ainda mais imponente, em um vestido verde escultural coberto com tachinhas metálicas pontiagudas.

— Esse vestido parece letal — Nomi comentou quando Maris se mexeu e as tachas refletiram a luz. Angeline a observou, deslumbrada.

— Mais adequado para jantares que bailes — Maris concordou.

— É meu preferido. Me dá a ilusão de que posso manter alguma distância.

A resposta surpreendeu Nomi. A ideia não era chegar *perto* do herdeiro?

A aia de Maris se aproximou bem naquele momento.

— É hora da sua aula de harpa.

Maris assentiu, deu de ombros para Nomi e seguiu sua aia pelo corredor.

— Você tem aula de dança depois — Angeline informou. — Venho encontrá-la quando for a hora.

Nomi agradeceu com um aceno, mas seu estômago se revirava. *Aula de dança*. Seria a sua primeira. Pelo menos o herdeiro ainda não tinha voltado ao palazzo.

Assim que Nomi entrou, uma série de ajudantes a cercaram. Suas roupas desapareceram em instantes. Nomi foi colocada em um estrado no centro da sala pouco iluminada, tremendo em sua camisola, enquanto as mulheres giravam ao seu redor.

— Tsc, tsc. Tão magra — a costureira resmungou enquanto enfiava o vestido preto sobre a cabeça de Nomi. Em seguida, torceu o nariz para o modo como o tecido envolvia o corpo esguio. — Esse vestido não foi feito para o corpo de uma *aia*.

Nas últimas provas, a costureira e suas ajudantes tinham deixado claro que não aprovavam as origens comuns de Nomi. Mas a mulher estava certa sobre o vestido.

Teria servido em Serina perfeitamente.

— Mais alfinetes! — a costureira gritou.

Nomi manteve a coluna reta e a expressão neutra. Teria preferido arrancar o vestido e jogá-lo aos pés da costureira, especialmente quando a mulher "acidentalmente" a espetou com um alfinete. Mas Serina teria mantido a calma em tal situação e, pelo bem dela, Nomi estava determinada a fazer o mesmo.

Outro alfinete perfurou a coxa de Nomi, tirando sangue. Ela estremeceu, mas não deu à costureira a satisfação de emitir qualquer som. O vestido que Serina tinha escolhido era de um preto profundo com detalhes prateados, como um céu estrelado. Nomi teria gostado dele se o decote não chegasse quase ao seu umbigo e não fosse tão justo na cintura.

— Pronto — disse a costureira. — Vai servir. — Ela deu um passo para trás e examinou a bainha e as pregas. Seus olhos estreitados não viam nada exceto a forma do vestido. Nomi poderia ser um manequim nos fundos de uma loja.

Ines entrou na sala enquanto Nomi tirava o vestido.

— Espere, fique com ele — ela disse. — É hora da sua aula de dança. Um vestido longo e alguns alfinetes bem colocados só podem ajudar.

Nomi assentiu devagar, embora seu coração estivesse cuspindo fogo.

Ines não esperou por Angeline, conduzindo Nomi pessoalmente para fora dos aposentos das graças. Ela tinha quase desvendado aquele labirinto, mas o resto do palácio ainda era um mistério — provavelmente porque prestava mais atenção nos criados do que no seu entorno. Apesar do que Rosario havia dito, ela ainda fantasiava que Serina estava morando em algum lugar do palácio, desempenhando algum tipo de trabalho manual como punição, e que um dia, se fosse paciente, elas iam se cruzar. Mas, até então, nenhum sinal da irmã.

Nomi seguiu Ines por diversos corredores, seu vestido sussurrando contra o chão de ladrilhos. Por fim, chegaram à sala de música.

O lugar brilhava, com um papel de parede rosado e uma série de instrumentos pendurada nas paredes. Claraboias iluminavam a sala. Havia um piano em um canto. Uma mulher usando um vestido laranja-claro estava curvada sobre as teclas, dedilhando uma melodia. A mobília tinha sido removida. No centro da sala, Cassia girava nos braços de Asa. Um instrutor de dança observava e dava instruções.

Asa? Elas iam treinar com *Asa*?

Nomi estancou na entrada, em choque.

Asa a viu e errou o passo. Cassia sibilou quando pisou no pé dela. Nomi sentiu as bochechas ficarem quentes.

— Perdão — Asa murmurou, voltando sua atenção à parceira de dança.

Cassia inclinou a cabeça.

— Não foi nada, vossa eminência.

— Isso é suficiente — Ines disse, e a mulher no piano terminou a música com um floreio. Asa soltou Cassia de imediato.

— Obrigado pela dança — ele disse, curvando-se.

A garota se abaixou em uma reverência graciosa, o cabelo solto caindo em uma cortina reluzente e escondendo o rosto.

— O prazer foi meu, vossa eminência — Cassia ronronou.

Nomi se afastou para que ela pudesse sair, mas sua mente ainda estava lenta. Seu olhar não abandonava o irmão do herdeiro, que esperava no centro da sala, arrastando um pé no chão. Em todos os planos inúteis que criara, nunca tinha imaginado que ele estaria na sua aula de dança. Mas poderia arriscar questioná-lo sobre Serina ali? Ousaria fazê-lo?

O instrutor, magro e com mãos graciosas, bateu duas palmas.

Nomi pulou. Deu um passo à frente, desajeitada. Nunca tinha aprendido a dançar. Serina sempre praticava com Renzo, e ninguém havia pensado em incluí-la de alguma forma. O instrutor teria que fazer muito mais do que lhe dar dicas para refinar seu estilo. Ele teria que ensinar cada passo a Nomi, cada giro.

— Pare de franzir a testa — Ines ordenou. — Uma graça nunca fecha a cara.

Nomi endireitou os ombros. Para sobreviver ali, para descobrir o que acontecera com sua irmã, teria que controlar sua frustração. Teria que aprender aquelas coisas de verdade. Não podia arriscar desagradar ninguém.

Ela foi até Asa e fez uma reverência. Pelo menos a prática tinha ajudado naquilo. A luz do sol destacava a prata em seu vestido conforme ela se mexia, fazendo-o cintilar como estrelas.

— Devo me desculpar, vossa eminência — ela disse. — Não tenho muita experiência com dança.

As mãos quentes dele pegaram as dela. Os dedos de Nomi tremeram. Ele guiou a mão esquerda dela até seu ombro e tomou a outra. As primeiras notas límpidas de uma melodia encheram a sala enquanto Asa a puxava perto o bastante para sussurrar:

— Nem eu. Por isso meu pai me obriga a fazer as aulas com as graças.

Ele cheirava a café e areia quente. Quase sem perceber o que estava fazendo, Nomi se aproximou alguns centímetros. Um alfinete escondido cutucou sua coxa.

O instrutor contou as batidas.

— Um, dois, três, quatro. Para trás, esquerda, para a frente e de volta.

Nomi tentou se concentrar, mas a pergunta que queria fazer afogava todo o resto. Ela ousaria? Arriscaria tamanha insolência? Ines estava lá, observando. Ela tinha *dito* a Nomi para não fazer perguntas. Se a ouvisse...

Asa deu um passo à frente, acertando o pé de Nomi.

Ela recuou e tropeçou na barra do vestido, perdendo o equilíbrio. Os braços de Asa se apertaram ao seu redor. Os braços deles ficaram tensos, puxando um ao outro para mais perto para se equilibrar.

O instrutor pigarreou.

— Perdoe-me por criar confusão, vossa eminência. Minhas instruções eram para Nomi.

Asa deixou escapar um ruidinho estranho, como se estivesse segurando uma risada.

— É claro.

A música recomeçou. Ele deu um passo para a frente, Nomi foi para trás e de algum modo eles encontraram um ritmo. Deram várias voltas pela sala até que Ines disse:

— Nomi, erga o queixo. Você está olhando para os pés como se temesse que fossem sair andando sem você.

Ela ergueu o olhar a tempo de ver Asa conter um sorriso.

Ele se inclinou para mais perto.

— Nunca confio nos meus pés enquanto estou dançando. Eles têm um hábito de... — Asa pisou no vestido dela, puxando-a em direção ao seu peito e fazendo mais alguns alfinetes perfurarem sua cintura. Nomi tentou não estremecer quando ele riu. — Bem, de fazer isso.

Ela pisou à esquerda. Ele podia não ser muito habilidoso, mas Nomi não estava ajudando. Tampouco os alfinetes.

— Sou uma péssima parceira de dança. Sinto muito.

A mão dele apertou a dela.

— Você não é a desastrada aqui. Não nesse vestido, abraçada por estrelas.

Nomi nunca tinha recebido um elogio tão extravagante na vida. Com o rosto ardendo, ela olhou para baixo. O vestido pareceu piscar para ela, seus pontos prateados cintilando sobre o preto.

— Eu me sinto uma estranha — ela confessou. — Como se não fosse eu mesma.

— Sua vida inteira virou de cabeça para baixo. — Ele deu de ombros. — É desconcertante mesmo. Tudo é diferente e inesperado... não foi *sua* escolha.

Nomi ergueu os olhos, surpresa. Ninguém mais parecia entender aquilo. Todos agiam como se ela devesse estar agradecida ou a desmereciam por ser apenas uma criada que de repente subiu de nível. Ela olhou de esguelha para Ines, que olhava através da janela, focada. Talvez fosse sua chance.

— Eu queria perguntar... — Nomi começou.

— Tente um giro — o instrutor interveio.

Asa respirou fundo.

— Lá vamos nós.

Ele girou Nomi tão forte que ela teve que apertar a mão dele para não derrapar. De repente, eles estavam voando, girando em círculos rápidos apropriados a um ritmo mais rápido e selvagem do que o da música que a pianista tocava.

O cabelo de Nomi foi jogado para trás. Ela não conseguiu evitar e riu alto. Asa a girou de volta para seu peito firme, e eles cambalearam um pouco.

Asa sorriu para ela, seus olhos cor de café ligeiramente curvados para cima.

Eles partiram pela sala de novo, galopando segundo um padrão de passos que, até onde ela sabia, Asa poderia ter inventado. Mas Nomi não se importava, já nem sentia as alfinetadas. Pela primeira vez em uma semana, seus músculos tensos relaxaram, suas preocupações desapareceram e sua cabeça deixou de pesar com as perguntas e o arrependimento.

Era uma bênção girar como uma criança por um momento, como se fosse livre.

Ines pigarreou, alto e enfática. A música parou.

— Isso é suficiente — ela anunciou.

Com uma risadinha, Asa girou Nomi uma última vez e terminou a dança com uma reverência. Ele sorriu, o rosto tão corado quanto o dela. Ambos estavam sem fôlego.

Nomi abaixou os olhos para o chão. Parte da bainha tinha se soltado e sido pisoteada pelos sapatos prateados.

— Perdão, parece que me descuidei — Asa disse, não parecendo nem um pouco arrependido. — Obrigado pelo treino.

— Eu que agradeço, vossa eminência. — Nomi fez uma reverência, com o coração pesado. A dança tinha terminado e, com ela, qualquer oportunidade de perguntar sobre Serina.

Ela seguiu Angeline de volta aos aposentos das graças em silêncio, imaginando se teria outra chance. *Rezando* para que tivesse.

Quando chegou ao quarto, Angeline tirou rapidamente seu vestido preto cintilante, já um pouco maltratado.

— Não se preocupe — a aia disse, alegre. — Vou lavá-lo e costurá-lo imediatamente para que esteja pronto para o Prêmio.

Ela ajudou Nomi a vestir uma túnica creme macia e uma calça leve.

— Obrigada, Angeline — disse Nomi. — Posso ter alguns minutos a sós?

A garota se curvou.

— Claro. Vou esperar lá fora.

Ao ficar sozinha, Nomi desabou em uma cadeira, apoiando os cotovelos na penteadeira e a cabeça nas mãos. Repassou a aula de dança infinitas vezes na cabeça. *Devia* ter encontrado um jeito de perguntar a Asa sobre a irmã.

A frustração aflorou. Ela queria descansar um pouco, mas não conseguiria. Não enquanto pensava em Serina. Então se ergueu e, sem querer, derrubou um frasco de brilho labial no chão. Suspirando, ela o pegou e abriu uma gaveta da penteadeira para guardá-lo.

Então tomou um susto. Havia um livro escondido sob um cachecol de seda e dois tubos de kohl.

Nomi fechou a gaveta com força, olhando ao redor em pânico. Quando tinha certeza de que ninguém estava observando — as cortinas do quarto estavam fechadas e Angeline continuava lá fora —, abriu a gaveta de novo, devagar.

Ainda estava lá. Seus dedos acariciaram o couro macio e um tremor a trespassou enquanto o pegava.

Uma breve história de Viridia.

Nomi envolveu o corpo com os braços. Um livro era uma coisa perigosa de se ter, e o sumiço de Serina era a maior prova daquilo. Então de onde aquilo teria vindo?

Antes que pudesse parar para pensar no que estava fazendo, Nomi enfiou o pequeno volume entre o colchão e o estrado da cama, escondendo o melhor possível para que Angeline não o notasse quando fosse trocar os lençóis. Seu coração batia frenético. Ela deslizou para o chão e se recostou na cama.

De repente, se sentia como uma acrobata na corda bamba, com o mundo perigosamente distante. Alguém estava brincando com Nomi, e ela não tinha ideia de que jogo era aquele.

TREZE

Serina

— ORÁCULO QUER VER AS NOVATAS. VENHA. — De pé ao lado de Serina, Penhasco cruzou os braços. A garota comeu o último pedaço de pão do seu parco almoço e levantou depressa. Penhasco parecia ser a encarregada das novas prisioneiras. Era sempre quem dizia a elas o que fazer.

Jacana, Gia e Theodora também levantaram e seguiram Penhasco pelo tubo de lava. Havia muitas mulheres trabalhando — algumas colhiam laranjas e limões, enquanto outras vasculhavam as pequenas áreas de floresta. Penhasco pegou Serina olhando uma que estava com os braços carregados de frutas e vegetais.

— Morreríamos sem a comida extra — Penhasco disse. — Ainda temos umas frutinhas com um gosto bem ácido, embora não sejam venenosas, e javalis vagando pela ilha. Mas não por muito tempo — ela acrescentou, empurrando as novatas até uma trilha que atravessava a folhagem. — Nós os caçamos mais rápido do que eles conseguem se reproduzir. Qualquer uma que tenha chance de comer carne fresca, aproveita.

— Vocês pescam? — Gia perguntou. Serina tinha descoberto que ela vinha de uma família de pescadores. Tinha sido pega vestida como um menino para vender peixe no mercado quando o pai adoecera.

Penhasco esfregou a pele queimada de sol da nuca.

— O bando da praia e o dos penhascos do sul, sim. Em todos os outros lugares, as correntes não deixam os peixes se aproximarem da costa. O bando da floresta pega alguns em um trecho de água fresca perto de onde acampam, mas não muito. Elas passam tanta fome quanto o resto de nós — Penhasco concluiu, sombria.

Serina franziu a testa.

— O que acontece se um bando perde várias lutas consecutivas?

— As mulheres têm que encontrar comida sozinhas... ou acabam morrendo — Penhasco respondeu, num tom definitivo.

Elas emergiram das árvores em outro campo de lava. Um grunhido e a batida de pele contra pele atraiu a atenção de Serina. Alguns metros à direita, em um trecho amplo de grama que a lava não tinha coberto, várias mulheres se enfrentavam. Oráculo e aquela com uma faixa de cabelo ruivo e o resto da cabeça raspada assistiam à cena.

Jacana parou de repente. Serina congelou.

Penhasco indicou as lutadoras com a cabeça.

— Nós treinamos aqui. Âmbar lidera a maior parte do treinamento, mas ouçam os conselhos de Oráculo, caso ela dê algum.

Serina pulou quando uma das mulheres deu um soco no estômago da outra. Seus giros e suas esquivas formavam uma estranha dança; o calor e a claridade do sol tornavam os movimentos atordoantes.

Âmbar foi até elas.

Penhasco ergueu uma sobrancelha.

— Oráculo queria ver as novatas?

Âmbar examinou as novatas. Serina notou uma cicatriz horrível bem embaixo do seu queixo, branca e franzida. Parecia que alguém tinha tentado cortar sua garganta.

— Prendam o cabelo — a mulher ordenou.

Penhasco tirou alguns pedaços de barbante do bolso e os distribuiu. Serina fez uma careta enquanto prendia o cabelo sujo.

— Vamos ver do que são feitas — Âmbar disse, voltando para o campo.

Gia soltou um ruído de escárnio.

— Está brincando? — ela falou, expressando a mesma descrença de Serina. Elas não podiam ter que treinar... ainda não.

Âmbar parou e dirigiu um olhar frio à garota.

— Todo mundo tem que lutar por rações uma hora. Quanto mais cedo começar a treinar, menos chances terá de morrer.

Theodora engoliu em seco. Ela era a mais alta das novatas, tinha braços que se moviam como os de uma marionete. Seus dedos longos e finos torciam a bainha da camisa, um hábito nervoso que Serina já tinha reparado.

Âmbar gesticulou para o ringue improvisado.

— Agora entrem aí.

Ninguém protestou. Serina se posicionou ao lado de Jacana, com o coração batendo num ritmo frenético. A vida toda, ela tinha ouvido que as outras mulheres eram suas concorrentes. Sua mãe tinha repetido incontáveis vezes: *Nunca confie em outra mulher. Nunca confie que não vai tentar tomar seu lugar como graça ou atrapalhar suas chances de conseguir um marido. Você deve sempre ser a mais bonita e elegante da sala.*

A única coisa pela qual ela aprendera a lutar era atenção.

— Petrel, Espelho, trabalhem com elas — Âmbar disse, apontando para Serina e Jacana. As outras duas lutadoras foram enfrentar Gia e Theodora. Âmbar se juntou a Oráculo e Penhasco à margem da clareira.

Uma das lutadoras sorriu para Serina. Ela tinha cabelo liso, na altura do ombro, e orelhas furadas que a marcavam como uma antiga residente de Sola.

— Sou Petrel — ela disse. — Não se assuste com a gente.

— Tarde demais — Serina murmurou, sem conseguir evitar.

Para a surpresa dela, Petrel riu. A outra mulher, Espelho, também abriu um sorriso. Sardas cobriam cada centímetro da pele exposta, e seu cabelo preto estava cortado rente à cabeça. Seu olhar era rápido e afiado.

— Todas vocês cortaram o cabelo — Jacana disse baixinho.

Petrel assentiu.

— A maioria corta. É mais fácil de cuidar e as regras aqui não são tão firmes. Bem... — Ela se interrompeu, como se estivesse pensando melhor. — Talvez só sejam diferentes. — Um pouco da leveza em sua voz desapareceu. — Todo lugar tem regras, não é?

Até então, Serina não tinha conseguido entender quais eram as de Monte Ruína. E havia descoberto que aquilo era mais assustador do que viver em uma sociedade onde tudo era proibido. Se ela não sabia as regras, como evitar quebrá-las?

— Chega de conversa — Âmbar gritou, pondo fim às apresentações.

Petrel ergueu as mãos, cerrando-as em punhos.

— Mantenham as mãos soltas, assim. Ergam até o peito, deixando os braços em posição de ataque, mas não tensos. Entenderam?

Serina não entendeu, mas ergueu as mãos em uma tentativa. Jacana a imitou.

De repente, um punho voou em sua direção. Ela caiu de costas na grama, a dor explodindo em seu maxilar. Por um instante, encarou o céu nublado. Então se ergueu com esforço, esfregando a boca.

— Petrel, trabalhe os movimentos de pés. — A voz de Oráculo alimentou o pânico pulsando no peito de Serina. — Ela sabe dançar. Comece por aí.

Serina se virou para Oráculo surpresa. Como sabia que ela dançava?

O punho de Petrel encontrou o estômago de Serina, que voltou a caiu.

— Desculpe — ela disse alegre, enquanto Serina se erguia. — Afaste mais as pernas. Dobre mais os joelhos. Mantenha o corpo solto.

O treinamento durou a manhã toda. Petrel derrubou Serina repetidamente, sempre falando sobre a postura e o tempo de resposta de Serina. Depois foi a vez das outras lutadoras. Então as novatas lutaram umas contra as outras. Serina foi derrotada por todas elas. Até Jacana; que era a menor delas, se mostrou surpreendentemente rápida, como Serina tinha notado antes. Fazia sentido, conhecendo sua história.

As juntas de Serina estalaram. As bolhas em seus pés sangraram. Sua boca se encheu de sangue quando ela cortou o lábio. A única coisa que podia fazer era se erguer e continuar de pé, balançando, preparada para o próximo golpe. As mulheres com quem lutava eram armas, enquanto ela era só um corpo delicado e dócil, inútil como qualquer outra coisa além de saco de pancadas.

Se Nomi tivesse seguido as regras, Serina nunca teria sido enviada para lá. O pensamento disparou uma pontada de fúria nela. Serina lançou o punho no rosto de Espelho, mas a mulher bloqueou o golpe e a mandou para o chão outra vez.

Quando o treinamento acabou, ela não conseguia fazer muito além de se manter sob as pernas bambas, com os punhos machucados soltos ao lado do corpo, enquanto as outras mulheres espanaram a terra do corpo e se dirigiram para a caverna. Petrel jogou um braço sobre os ombros de Serina e a ajudou a andar.

— Venha, vamos arranjar algo pra você comer. A primeira vez é sempre terrível. Oráculo faz a gente pegar pesado com as novatas para ver do que vocês são capazes — ela disse. — Vai ficar mais fácil.

— Duvido. — Sua voz rouca estava tão machucada e hesitante quanto o resto do corpo. Ela não compartilhava do otimismo renovado de Valentino quanto a suas chances. Ele tinha acertado quando chegou. Ela *era* uma garota morta.

E a culpa é de Nomi.

Serina balançou a cabeça, tentando se livrar do pensamento. Parecia uma traição.

— Quando se recuperar, caminhe — Petrel sugeriu. — Fique longe das estações de guarda e dos outros bandos. Qualquer outro lugar é permitido. Ande o máximo que puder e corra quando se sentir pronta. Escale também, a rocha vulcânica vai ajudar a formar calos nas mãos e nos pés. Você precisa endurecer.

Serina riu. Aquilo era dizer pouco.

Petrel sorriu de novo.

— Qual é seu nome?

— Vamos chamá-la de Molenga — uma das outras lutadoras gritou, da frente da coluna.

Sua companheira riu.

— Não. Que tal Pancada, já que levou um monte logo de cara?

Naquele momento, Serina não conseguia se importar com o nome que escolheriam. Ela *era* mole. Derrotada. Fraca.

A fileira à frente reduziu o ritmo até parar. Oráculo esperou que a alcançassem. Olhou para o grupo pequeno, todas cobertas de suor e exaustas, Serina a mais desgrenhada de todas. Ela nunca tinha passado um dia sem o cabelo limpo e penteado, roupas passadas e um sorriso perfeito. Imaginou como devia estar sua aparência naquele momento, com a boca inchada, o maxilar machucado e o cabelo num emaranhado selvagem.

Oráculo lhe dirigiu um olhar que parecia enxergar tudo, compreendendo todas as suas esperanças, todos os seus sonhos e desejos... e todos os seus fracassos. Então virou e anunciou sobre o ombro:

— O nome dela é Graça.

CATORZE

Nomi

Parecia que o livro ia abrir um buraco na cama de Nomi. Seus cantos pontiagudos a impediam de relaxar, tentando seduzi-la enquanto Angeline dormia. No escuro, seu coração se concentrava em tinta preta e papel macio, sua mente tomada por um desejo que se tornava mais doloroso conforme resistia. Nomi queria dar pelo menos uma espiada naquelas páginas, mas deixou o livro onde estava. Não valia o risco. Ela não se esquecia da expressão de Serina ao fingir ler o livro de lendas, ou do seu grito enquanto a arrastavam do quarto.

Nomi balançou a cabeça, tentando afastar o pensamento. O problema era que ela não estava pensando no livro, e sim em Asa. Ele participava de todas as aulas de dança ou só quando o herdeiro não estava? Assistiria à corrida de cavalos que se aproximava? Quando ia vê-lo de novo? Estava determinada a encontrar um jeito de falar com ele sobre Serina. Não podia perder mais nenhuma chance.

Ela e as outras novas graças estavam acomodadas em uma das salas de estar mais privadas, com luz baixa e bacias de cerâmica com água quente diante de cadeiras estofadas. Elas deviam fazer massagem nos pés umas das outras, para praticar.

Nomi deslizou os dedos escorregadios de óleo pelo centro do pé de Cassia, apertando firme.

— Não acredito que estou dizendo isso, mas acho que você

está melhorando — Cassia disse, soltando um suspiro e recostando a cabeça no assento.

Nomi resistiu ao impulso de enfiar as unhas no pé da garota. Então abriu um sorriso irônico e disse, como se de fato se importasse:

— Já estava na hora de acertar alguma coisa.

Maris quase deixou a risada escapar.

— Odeio pés. — Ela estava praticando em sua aia, que ficava soltando risinhos porque Maris não apertava com força o bastante. — Não acredito que temos que fazer isso. É nojento.

A aia puxou o pé quando Maris apertou um ponto sensível.

— Perdão — ela murmurou.

Cassia afundou os pés na bacia de água.

— Eu acho sensual.

Nomi limpou as mãos, pensando que não tinha nenhum sentimento específico sobre massagem nos pés.

— Minha vez — disse Cassia. Ela levantou, dando um tapinha na cabeça de Nomi como faria com um cachorro, e as duas trocaram de lugar. Nomi afundou na cadeira macia e apoiou os pés descalços no banquinho coberto por uma toalha.

Antes que Cassia pudesse começar, a sombra de Ines surgiu na porta.

— O herdeiro está de volta — ela anunciou. O coração de Nomi deu um salto. — Ele gostaria de vê-la, Cassia.

Nomi soltou o ar. Graças às estrelas não seria a primeira daquela vez.

Cassia se dirigiu à porta, lançando um sorriso convencido sobre o ombro. Maris soltou um ruído de desdém enquanto ela saía.

Nomi se inclinou para a frente para estalar a coluna antes de afundar de novo na cadeira estofada. Ela fechou os olhos e tentou bloquear os pensamentos sobre Serina, Asa, o retorno de Malachi... tudo. Tivera tão poucas oportunidades na vida de simplesmente sentar em uma cadeira confortável e respirar. Seus pais trabalhavam na fábrica de tecidos e Renzo tinha a escola, então era sua responsabilidade manter a casa limpa, comprar comida, preparar as refeições e lavar a louça depois.

A aia de Maris riu de novo, e a graça jogou fora sua pedra-pomes, cheia de nojo. O guarda pálido e vestido de branco à porta parecia inquieto. Nomi olhou de esguelha para ele, imaginando o que acharia delas.

— Você está bem? — ela perguntou baixinho a Maris.

A garota secou o óleo nas mãos com a toalha.

— Queria que a gente pudesse andar na praia ou nadar — ela resmungou. — Sinto como se estivesse esperando por uma tempestade que está cada vez mais perto, mas nunca chega.

Nomi passou as mãos nos próprios pés, tentando espalhar o óleo que restava em seus dedos.

— Faltam só algumas semanas para o aniversário do herdeiro — ela disse. — Depois disso...

Depois disso, elas teriam que cumprir seus deveres como graças. Nomi estremeceu.

As duas ficaram sentadas em silêncio por muito tempo, nenhuma delas ansiosa pela próxima tarefa. Nomi tinha quase adormecido, sugada por seus próprios pensamentos, quando Maris levantou.

— Esse cheiro de óleo está me deixando enjoada. Vou tomar um banho.

— Eu também — Nomi disse.

Não ventava desde a noite anterior e a pele dela estava pegajosa devido ao ar quente e úmido. Sua mente pesava com o medo do que deveria fazer depois do aniversário de Malachi.

As duas atravessaram os aposentos silenciosos, seguidas por suas aias quietas. Angeline sempre ficava calada quando estavam nas áreas comuns. Guardas ocupavam todos os cômodos, como se fossem uma parte da mobília, mas Nomi nunca esquecia de que relatavam tudo ao superior.

Quando chegaram à sala de banho, as aias as ajudaram a tirar as roupas. Com um aceno de Nomi, Angeline saiu, com a aia de Maris logo atrás. O homem que as acompanhava permaneceu do outro lado da porta. Maris entrou na água com um suspiro, criando ondas na superfície. Nomi se juntou a ela.

— Você gosta daqui? — Maris perguntou. Seu cabelo preto brilhava como uma mancha de óleo na superfície da água.

Nomi envolveu o corpo com os braços, fazendo mais ondas surgirem. Ficou olhando cada uma atingir a beirada curva de mármore, até a última. Se Cassia tivesse feito a mesma pergunta, Nomi teria respondido que sim. Mas, por algum motivo, ela se sentia segura para dizer a verdade a Maris.

— Odeio — sussurrou para que o homem do lado de fora não ouvisse. — Tenho saudades da minha irmã, da minha família... meu irmão e eu nascemos com minutos de diferença. Em dezessete anos, nunca passamos mais de um dia sem o outro. E minha irmã... — A voz dela falhou. Não conseguia falar sobre Serina.

Maris observou a sombra do homem na entrada por um longo tempo.

— Minha mãe costumava dizer que se enfurecer com uma vida que não se pode mudar só causa dor. — A voz dela estremeceu. — Mas ela teve sorte. Morreu jovem.

— Sinto muito — Nomi disse. Algo no olhar fixo da outra fazia o coração dela bater rápido demais. Ela se deu conta de que estava com medo. Medo de que Maris dissesse algo que não devia. Medo de que ela mesma o fizesse.

A voz de Maris flutuou sobre a água, inexorável.

— Eu *poderia* ter sido feliz. Mas meu pai, ele... ele estragou tudo. — Ela fechou a boca abruptamente.

Antes que Nomi pudesse perguntar o que aquilo significava, algumas graças do superior entraram na sala de banho. Maris abriu um sorriso falso na hora. Era como se a garota que estava ali até um segundo atrás tivesse evaporado.

Nomi se deu conta de que não era a única com um segredo ali. Maris também estava escondendo alguma coisa.

QUINZE

Serina

SERINA TREINOU DIARIAMENTE COM PETREL POR uma semana. Estava conseguindo se manter de pé por mais tempo e evitar punhos e cotovelos mais depressa, mas seus braços ainda eram fracos e seus socos ineficazes. Ela sentia como se estivesse em outro corpo quando Âmbar ordenava que entrasse no ringue improvisado. Seus músculos gritavam, tão raivosos quanto as gaivotas guinchando no céu.

— Você está indo bem — Petrel disse, dando um tapinha alegre no ombro de Serina.

A garota se dobrou, apoiando as mãos nos joelhos e tentando recuperar o fôlego.

Petrel riu.

— Vá dar uma volta. Alongue as pernas para evitar cãibras — ela disse, antes de ir assistir ao treino de Espelho e Jacana.

— O que você quer, Graça? — Oráculo perguntou quando Serina se aproximou dela. A chefe do bando estava sentada na entrada da caverna, afiando gravetos para fazer as lanças com que caçariam javalis.

Serina se irritou. Ela odiava o nome que supostamente tinha *merecido*. Nunca fora uma graça.

E certamente não parecia mais com uma. Não tinha cortado o cabelo, mas precisaria fazê-lo em breve, porque vivia atrapalhando mesmo estando preso em uma trança frouxa e imunda nas costas.

Suas mãos estavam cobertas com uma camada de fina poeira vulcânica preta. Não importava quantas vezes as esfregasse, nunca pareciam ficar limpas. E sua pele oliva, que já fora brilhante, agora estava vermelha e ressecada pelo sol.

— O vulcão — ela disse, erguendo os olhos para a nuvem de fumaça que pairava acima das colinas atrás de Oráculo. — Por que ficamos tão perto dele? Não é perigoso? E se entrar em erupção?

Oráculo parou, ainda segurando o graveto.

— Se o vulcão despertar de novo, ninguém vai ficar vivo nesta ilha. Prefere ir rápido ou ter tempo de entrar em pânico antes de morrer?

— Acho que não posso aceitar a morte tão facilmente — Serina retrucou.

— Ela vem, aceitando ou não — Oráculo afirmou. Ela voltou ao seu trabalho, em uma dispensa óbvia.

— Posso dar uma volta? — Serina perguntou para o topo da cabeça da mulher.

Oráculo riu, sem se dar ao trabalho de erguer o rosto.

— Por que está perguntando isso pra mim? Faça o que quiser. Só fique longe dos guardas.

Serina se afastou pisando forte. Era uma pergunta tão estranha assim? Ela estava em uma *prisão*.

Foi para o norte, seguindo pela borda da caldeira. O terreno irregular estragava seus sapatos frágeis. Uma torre de vigia estreita se erguia à distância; quando Serina se aproximou, notou um único guarda ali, em silêncio, com a mão na arma de fogo. Ela caminhou mais rápido até que ele estivesse fora de vista.

Por fim, chegou à beirada mais distante da enorme cratera, a rocha cinza e branca fumegando em alguns pontos. Nenhuma planta crescia ali, nem mesmo a grama dourada resistente. O brilho forte do sol e a falta de água faziam a cabeça dela doer.

Ofegante, Serina escalou uma grande rocha até o topo. Esfregou a sujeira das mãos doloridas e cheias de bolhas. Não tinha nenhum calo ainda. À frente dela, o oceano cintilava. Atrás, a caldeira expelia fumaça.

Não havia ninguém à vista, em nenhuma direção. Até a torre de vigia tinha desaparecido, escondida por uma dobra no terreno. Ela poderia muito bem ser a única pessoa na ilha. A única pessoa no mundo.

Faça o que quiser.

As palavras de Oráculo martelavam em sua cabeça. Ninguém jamais tinha lhe dito algo assim. Toda sua vida havia sido ditada pelo dever. E ninguém, nem mesmo as pessoas que Serina amava, haviam deixado que ela esquecesse aquilo.

Ela sempre esperara que se tornar uma graça seria a sua recompensa. Mas foi Nomi quem tinha ganhado a vida que Serina sempre imaginara para si: uma série de bailes, concertos e refeições deliciosas. *Nomi* estava sendo embelezada e mimada. *Nomi* dormia em uma cama macia em um quarto só dela. *Nomi* não temia por sua vida todos os dias.

Às vezes Serina desejava que Nomi tivesse sido pega com o livro, que tivesse sido forçada a pagar por seu próprio crime. Então se sentia a pior irmã do mundo. Quem poderia desejar um destino como aquele para uma pessoa que amava?

Tudo em que Serina conseguia pensar era na cama de Nomi, e em como a irmã pedira que dormisse com ela na sua primeira noite no palazzo. Na *única* noite de Serina no palazzo. Nomi precisara dela, e Serina tinha lhe dado as costas. Ela pensou na manhã seguinte, quando podia ter dado um abraço ou dito palavras de incentivo à irmã, mas não o fizera.

Serina ia morrer ali, de um jeito ou de outro. Nunca mais veria Nomi. Poderia ter dito que a amava e que estava orgulhosa dela. Jamais teria outra chance.

Com um suspiro, ela desceu da rocha e começou um trajeto lento até o tubo de lava. O pôr do sol ditava seu ritmo, pairando logo acima do horizonte e deixando as bordas da torre de vigia salpicadas de vermelho.

Então ela ouviu um barulho de pedras e uma figura saiu das árvores para a trilha. O guarda que vira antes entrou na sua frente, bloqueando seu caminho, com o rosto fino de lado.

— Ou você é uma novata, ou foi exilada — ele disse, examinando Serina da cabeça aos pés. — Não tem outra desculpa pra estar aqui fora sozinha.

Ela não gostou do seu olhar calculista. Baixou o olhar e cruzou os braços de um jeito protetor. Um arranhão ardeu quando a pele se esticou.

— Com licença — Serina disse, tentando passar por ele, com o coração disparado.

Ele bloqueou sua passagem com o corpo. Não era particularmente alto, mas não precisava disso para assustá-la. A mão na arma de fogo e o modo como chegou perto e rápido demais bastaram. Era como se estivesse acostumado a intimidar as prisioneiras.

O guarda se inclinou para perto e murmurou no ouvido dela:

— Seus sapatos estão se despedaçando. Posso conseguir botas novas para você.

Uma mão continuava na arma. A outra tocou o ombro de Serina, os dedos se abrindo na lateral do pescoço.

Cada inspiração dela parecia um grito. O que devia fazer? O que aquele homem queria em troca das botas estava óbvio, e ela não ia lhe conceder.

Resistiria.

Mas por que isso fazia diferença agora?

Não parecia fazer quando queria ser escolhida como graça.

Serina finalmente entendeu o que Nomi tentara dizer naquela noite no palazzo, quando dissera que não era uma escolha se não havia a possibilidade de dizer não. Serina tinha escolhido desejar, *querer* o herdeiro. Mas não importaria se sua vontade fosse outra.

E não importava agora.

— N-não quero botas — ela gaguejou, incapaz de fazer a voz sair mais alta que um sussurro. Serina tentou dar um passo para trás, mas o guarda a segurava com força, mantendo a mão em seu pescoço.

— Você quer, sim — ele disse, cravando os dedos na pele dela.

Serina fechou os olhos. Sua respiração saía ofegante.

— Ela não quer as botas, Bruno — alguém disse, e a voz foi seguida por um grunhido e um baque surdo. Serina cambaleou para trás, livre da mão do guarda.

Ela abriu os olhos. Bruno estava no chão, com as pernas abertas. Petrel estava sobre ele.

— Ela é do bando da caverna — Petrel disse, encarando o homem. — E disse *não*.

Bruno levantou desajeitado, o rosto fino ficando vermelho.

— É melhor você tomar cuidado — ele rosnou, mas Petrel só riu.

— Você sabe quais são os limites de Oráculo — ela disse.

Ele cuspiu aos pés de Petrel antes de voltar para as árvores, a caminho da torre de vigia.

Ela se virou para Serina.

— Você está bem?

A garota assentiu, muda, embora não estivesse. Seu coração ainda martelava e seu crânio parecia em chamas com a dor de cabeça. Petrel tinha *batido* naquele guarda. Ela o tinha impedido.

— Quais são os limites de Oráculo? — Serina perguntou, a voz ainda baixa e trêmula.

Petrel jogou o braço nos ombros de Serina e a guiou pela trilha.

— O sistema é delicado aqui. No ringue, os guardas têm todo o poder. Mas aqui, divididos em patrulha e torres... às vezes podemos nos defender. Oráculo não tolera que os guardas forcem qualquer tipo de coisa com a gente. — Petrel abriu um sorriso reconfortante. — A maioria deles nos deixa em paz. Bruno é um idiota. Não vai durar muito aqui.

As mãos de Serina tremiam. Ela encarou os pés, seguindo aos tropeços pela trilha irregular.

— Eu não sabia o que fazer.

Petrel apertou o ombro dela antes de tirar o braço.

— Resista. Sempre.

Petrel continuou andando quando chegaram à caverna. Não havia ninguém do lado de fora, embora fosse quase hora do jantar.

— Aonde estamos indo? — Serina perguntou. A dor de cabeça anuviava as bordas de sua visão, dando um aspecto surreal ao crepúsculo.

— Vai haver outra luta. — Petrel colocou o cabelo, que ficava na altura do ombro, atrás das orelhas. — Oráculo me mandou vir atrás de você. Ela sabia que eu gostaria de alguns momentos sozinha.

Serina ergueu a cabeça abruptamente.

— Chegou outro barco? Já?

Petrel assentiu.

— Novas rações. Novas prisioneiras.

Serina engoliu em seco.

— Quem Oráculo escolheu para lutar?

Petrel não respondeu. Ela percorria a trilha acidentada com facilidade, mesmo na escuridão quase completa. Serina tropeçava atrás dela. Uma inquietação profunda e nauseante a percorreu. Só havia um motivo para Petrel precisar de tempo a sós antes da luta.

— Petrel...

— Não se preocupe — ela respondeu por fim, num falso tom alegre. — Já ganhei duas lutas.

Quando chegaram ao anfiteatro arruinado, a maior parte do bando já estava lá. Com um último aperto no braço de Serina,

Petrel se dirigiu à beirada do palco, onde Oráculo esperava. Serina encontrou um lugar ao lado de Jacana e Gia. Penhasco foi até elas, com uma mulher mais velha e enlameada atrás.

— Sente aqui — ela disse à novata. — E não chore. Os guardas estão sempre à procura de fraquezas. Não deixe que eles tenham qualquer poder sobre você. — Era o mesmo discurso que fizera antes. Serina se perguntou quantas vezes Penhasco dissera aquelas palavras.

— Onde você estava? — Jacana sussurrou, cutucando o braço de Serina.

O fantasma da mão de Bruno apertando sua garganta ressurgiu. Serina ergueu os olhos para a sacada, mas não o encontrou.

— Dando uma volta — foi tudo o que ela disse.

Serina virou o rosto para Petrel. Ela e Oráculo estavam lado a lado, com as cabeças próximas.

— O que ela está dizendo? — Serina perguntou, apontando para as duas.

Penhasco seguiu seu olhar.

— Oráculo consegue identificar o estilo de luta de alguém, suas forças e fraquezas, quase de imediato. Um ou dois movimentos e ela sabe exatamente o que a adversária vai fazer. É assim que ganhou seu nome. Já viu todas essas mulheres lutarem e está dizendo a Petrel como derrotá-las.

— Essas são as outras líderes de acampamento e suas campeãs? — Serina observou as mulheres perto do palco e as analisou. As lutadoras daquela semana seriam boas? Petrel conseguiria derrotá-las?

Penhasco inclinou a cabeça para o par mais à esquerda. Uma das mulheres era muito mais alta que a outra, seus braços e pernas finos e retos como barras de ferro.

— A mais alta é a líder da praia. Elas acampam no litoral da costa norte. Seu nome é Graveto.

— Porque é alta e magra? — Serina perguntou, tentando se concentrar. Tentando respirar.

Penhasco olhou para ela.

— Porque ela quebra os ossos de suas adversárias como se fossem pedacinhos de pau.

O estômago de Serina se revirou.

Penhasco apontou para o próximo par.

— Aquela com o cabelo espetado é Retalho, líder do hotel. Ela faz facas.

A mulher ao lado dela pulava no mesmo lugar, sua nuvem de cabelo escuro balançando com o movimento.

— Os guardas permitem o uso de armas nas lutas? — Gia perguntou, com os olhos arregalados.

Penhasco bufou.

— Não. Eles confiscam as armas, mas o bando sempre parece encontrar material para fazer mais. Não somos exatamente o tipo de mulheres que segue regras.

— Por que as pessoas te chamam de Penhasco? — Jacana perguntou.

Ela lhe lançou um olhar mais demorado.

— Porque, depois que assisti uma luta pela primeira vez, quase pulei de um.

O comandante Ricci chamou as lutadoras para o palco como da outra vez e foi para a sacada. O único som era o rumor das vozes dos guardas fazendo suas apostas.

Ricci ergueu uma caixa sobre a cabeça.

— Que caixa é essa? — Serina sussurrou para Penhasco, cuja atenção estava focada no palco.

— Ele gosta de deixar as lutas mais interessantes — a mulher respondeu. — Cada caixa tem algo diferente. Uma vez foram cordas, e as lutadoras se estrangularam.

O comandante Ricci soltou a caixa e gritou:

— Comecem!

Quando a caixa se estilhaçou no chão, uma nuvem de vespas irrompeu dela. As mulheres nas primeiras fileiras correram para longe do palco.

A campeã da floresta chutou o vespeiro na direção de uma mulher e foi atrás de Petrel. Quando tentou dar um soco na cara dela, Petrel se abaixou e, com um movimento rápido e brutal, envolveu a cabeça da adversária e a torceu.

A mulher desabou, seu pescoço inclinado em um ângulo estranho.

Acima, os guardas torciam. Serina conteve um soluço. Não conseguia bloquear os pensamentos, nem fechar os olhos. Não era capaz de acreditar que um dia teria que fazer aquilo também. Nunca sobreviveria quando chegasse sua vez de lutar.

Um grito cortou o ar — uma das mulheres estava se afastando das outras, contorcendo seu corpo em agonia. Tinha sido atacada pelas vespas e arranhava o próprio rosto. Uma mulher alta — a campeã da praia — chutou os joelhos dela, que caiu ao chão se retorcendo e berrou:

— Eu me rendo! Eu me rendo!

Ninguém a puxou para longe nem a ajudou com as vespas. Alguns segundos depois, enquanto as três lutadoras restantes se moviam e lutavam, ela parou de chorar. Parou de se mover. Parou de respirar. Seu rosto estava inchado e roxo, como se tivesse sido estrangulada.

Cada músculo, cada átomo do corpo de Serina queria tirá-la do banco de pedra áspero e levá-la para fora da arena, para longe dos horrores daquele ringue.

Com um estalo medonho, a campeã do hotel matou a campeã da floresta. Petrel a atacou enquanto ainda estava sobre o corpo, de forma rápida e dura. Só restavam as duas.

A campeã caiu, mas, antes que Petrel pudesse atacar novamente, esticou uma perna e a derrubou. Petrel se ergueu num pulo e recuou alguns passos, evitando a luta no solo.

Por um momento, as duas se avaliaram, com os corpos caídos ao seu redor. A adversária de Petrel tinha a mesma altura que ela, cabelo castanho e um rosto magro. Serina não sabia dizer quem era a mais forte.

Soco, golpe, defesa.

Petrel desviou de todas as investidas, quase como se soubesse exatamente o que esperar. Seu jeito simpático e seu sorriso doce tinham desaparecido sob um calculismo frio de que Serina nunca teria imaginado que fosse capaz.

Ela acertou o maxilar da outra mulher de novo, que deu um grito de frustração. Petrel aproveitou a vantagem para desferir outro golpe duro. Sua adversária recuou. Petrel avançou. Ela atingiu o rosto e o estômago da outra, cada soco concentrado com toda a sua força. Foram golpes de quebrar ossos.

Ninguém torcia nem vaiava, nem mesmo os guardas. Todos estavam em silêncio.

O rosto da campeã do hotel estava ensanguentado e inchado. Sua nuvem de cabelos pendia com o peso do suor e do sangue. Ela ficou de pé na beirada do palco, com as mãos erguidas para se proteger, sem nem tentar outro ataque. Petrel girou e chutou seu joelho. Com um grito oco, a mulher desabou. Ela se contorceu toda ao redor da perna machucada, curvando a cabeça. Serina percebeu que Petrel estava esperando. Queria que sua adversária se rendesse.

Mas ela não disse uma palavra.

Petrel apertou os punhos por um instante, retorcendo o rosto. Então abaixou as duas mãos, para estrangular a mulher ou quebrar seu pescoço.

Bile subiu pela garganta de Serina. Ela não podia ver. Não podia assistir a *mais uma* mulher morrer. Era tão deliberado, sem o calor de batalhas múltiplas, da luta pela sobrevivência. Petrel não estava agindo em autodefesa. Estava cometendo assassinato.

De repente, o aperto dos corpos era demais, o calor, o silêncio eletrizante enquanto todos testemunhavam os momentos finais da campeã do hotel. Serina não conseguia suportar. Afundou a cabeça nas mãos justo quando um arquejo coletivo se ergueu ao seu redor. Ela ergueu o rosto a tempo de ver um lampejo, alguma coisa refletindo a luz.

A boca de Petrel se abriu.

Suas mãos deixaram a garganta da adversária... e apertaram a dela própria.

Os dedos de Petrel ficaram pretos. Não, vermelhos. Ela estava tentando estancar o sangue. Escorria dela, do seu pescoço.

Ouviu-se um som gorgolejante. Enquanto Petrel caía de joelhos devagar, a campeã do hotel se ergueu, tomando cuidado com a perna machucada. Algo brilhou em sua mão. Era uma faca.

— Trapaça! — alguém gritou com fúria. Sussurros de indignação se propagaram pelo anfiteatro.

O gorgolejo parou. Petrel caiu de lado, com os olhos ainda abertos.

Serina não conseguia respirar. O mundo começou a desvanecer, como se fosse ela própria deitada ali, morrendo em uma poça do próprio sangue. Seu cérebro não funcionava. Ela não conseguia aceitar...

A campeã do hotel ergueu um punho ensanguentado no ar.

Seu bando comemorou.

Houve um alvoroço perto do palco; Oráculo e Âmbar pularam para recolher o corpo de Petrel. Conforme a carregavam, gotas vermelhas marcavam seu trajeto. Serina encarou o rastro na pedra clara. Tanto sangue já tinha sido derramado ali. Como não havia nem uma marca?

DEZESSEIS

Nomi

Nomi estava no telhado do prédio mais alto de Bellaqua, seu vestido preto e prateado esvoaçando ao vento uivante. Angeline passara o dia todo agitada, contando histórias sobre o Prêmio Belaria, "a corrida de cavalos mais famosa do mundo. A única que atravessa as ruas da cidade. A mais difícil da história". Nomi tinha ouvido, em detalhes, sobre os corredores mais famosos, fosse por ter vencido ou por ter morrido durante a disputa.

— Sua eminência Asa participou dois anos atrás — Angeline tinha dito, com enorme intensidade. — Foi o competidor mais jovem de todos os tempos, e *ganhou*. E foi um ano brutal! Muitos corredores morreram.

Nomi nunca ficara nem remotamente interessada em corridas de cavalo. Mas parada ali, bem acima das ruas, descobriu uma ansiedade relutante aflorar dentro de si.

Em quase toda janela e todo telhado à vista, podia ver as silhuetas dos espectadores. Mas as ruas e os canais abaixo, iluminados por lampiões, estavam macabramente vazios.

— A cidade parece estar prendendo o fôlego — Maris murmurou. Ela estava usando seu vestido verde com tachinhas. Com o cabelo solto levantado pelo vento e a luz das tochas tremeluzindo sobre o rosto, tinha um aspecto perigoso.

Atrás delas, uma torre se erguia na escuridão. A passarela estreita que a cercava estava lotada, com o superior, o herdeiro e as graças de ambos. Também havia alguns dignitários e criados ali, e vários guardas em posição, dos dois lados da porta que dava para a escadaria no interior. Asa tinha que estar em algum lugar. Nomi tinha passado a noite inteira tentando achá-lo, imaginando se conseguiria um momento a sós com ele.

Ela o tinha visto brevemente quando saíra das escadas em caracol, com os pés doendo por causa dos sapatos desconfortáveis. Quando o procurou mais tarde, tinha desaparecido.

— Isso é tão empolgante — Cassia disse, aparecendo ao lado de Nomi na amurada. — Não temos corridas de cavalo em Sola.

Maris balançou a cabeça.

— Não sei como os cavalos não morrem, correndo pelas ruas de pedras e por todas aquelas pontes estreitas.

— Muitos morrem — Malachi disse, aparecendo atrás delas. — Alguns cavaleiros também. O Prêmio Belaria é bastante duro. Tem esquinas cegas, ruas estreitas, chão irregular, até um trecho de água. É preciso habilidade, sorte e um cavalo excelente para ganhar.

— Parece perigoso. — Cassia se virou e se encostou na amurada, acentuando sua figura curvilínea. Seu vestido roxo cintilava à luz dos lampiões. — Vossa eminência já participou?

Um músculo se contraiu no maxilar de Malachi.

— Não — ele disse. — Mas meu irmão, sim.

Nomi não conseguia interpretar a expressão dele, mas havia certa tensão sob as palavras. Ela olhou de novo para a cidade abaixo; a rota da corrida estava bem iluminada, mas o resto ficava encoberto pela escuridão. A linha de chegada era marcada por grandes bandeiras vermelhas, penduradas bem acima da rua a partir da base do prédio onde estava.

Um emissário sinalizaria o início da corrida, mas o superior em pessoa entregaria o prêmio ao vencedor. Ele não estava muito longe dali, com as mãos esqueléticas apertando a amurada. Parecia frágil e abatido, mas sua coluna estava reta como uma vareta. Nomi o viu acenar para alguém. Um soldado se afastou da parede e desapareceu na escada.

Ela se virou para Malachi.

— Ouvi dizer que seu irmão ganhou a corrida, vossa eminência. — Nomi tinha passado o dia todo tentando imaginar Asa competindo em uma corrida daquelas, mas tudo o que surgia em sua mente era seu sorriso irônico e gentil.

— Sim — Malachi afirmou, brusco. — É verdade.

Nomi ergueu uma sobrancelha. Teria o herdeiro inveja dos feitos do irmão?

De repente, um guincho agudo cortou o ar.

Os ouvidos de Nomi zuniram no silêncio que se seguiu. Ela não tinha visão do início da corrida daquele ponto, mas conseguiu escutar um som parecido com um trovão distante e um cavalo relinchando.

Cassia deu um gritinho animado. Maris se inclinou sobre a amurada para vislumbrar os cavaleiros. A multidão se virou para o outro lado da torre para ver melhor. Malachi ofereceu o braço e Cassia o tomou rapidamente, antes que Nomi ou Maris tivessem a chance de fazê-lo, e os dois seguiram o grupo de espectadores. Maris foi atrás. Nomi virou para segui-los, mas então viu Asa inclinado contra a amurada a alguns metros dali, sozinho. Só havia algumas pessoas daquele lado da torre. Ela hesitou.

Malachi não olhou para trás. Ele desapareceu depois da curva do prédio, com Cassia e Maris em seu encalço. Depois de um último instante de incerteza, Nomi foi para o lado oposto.

Ela ouviu a celebração à distância, e o barulho dos cascos aumentou. Então foi até um ponto vazio ao lado da amurada, próximo de Asa, esperando não estar sendo óbvia demais.

Ele sorriu quando a notou.

— A vista não é muito boa daqui. Não é muito fã de corridas de cavalo? — Havia algo de contagiante e irreverente nele, muito diferente de Malachi, com seus olhos estreitados e sua cara fechada.

— Nunca assisti a uma corrida, então não sei dizer — Nomi respondeu. — Mas não gosto de multidões.

Asa se inclinou sobre a amurada, tentando ver os cavalos se aproximando. O volume dos sons subia: o rugido dos espectadores, os relinchos dos cavalos, a batida pulsante dos cascos.

Nomi queria puxá-lo para longe da beirada. O modo como ele se inclinava, com a maior parte do corpo suspensa no ar, a deixava nervosa.

— Ouvi dizer que *você* é fã de corridas de cavalo — ela comentou. — E que até ganhou essa corrida uma vez, mesmo sendo o homem mais jovem a competir.

Ele virou o rosto para ela, com um brilho maroto no olhar.

— É verdade — ele disse. — O grande campeão do Prêmio Belaria. Tenho um troféu dourado para provar. Às vezes bebo algo nele só para lembrar do meu talento infinito e capacidade de feitos incrivelmente extraordinários.

— E modesto? — Nomi acrescentou, rindo.

Asa fez cara de inocente e arregalou os olhos.

— Supremo mestre de todas as coisas, ao seu dispor — ele disse, fazendo uma reverência. — Peço perdão, mas mestres supremos não são nada modestos.

Nomi revirou os olhos, sem conseguir parar de sorrir.

O primeiro cavalo irrompeu virando a esquina e disparou pela rua abaixo deles. Os cavaleiros ainda tinham que dar uma volta na piazza principal e atravessar uma pequena ponte e um canal antes de voltar à linha de chegada, mas daquele ponto o resto da corrida seria visível. A amurada já estava se enchendo de pessoas outra vez.

— Mestres supremos são oniscientes? — Nomi perguntou, com um olhar provocativo para Asa.

— É claro — ele disse. — Posso inclusive dizer que aquele cavalo de amarelo, com o jóquei manchado de sangue, será o vencedor. — O cavalo e o jóquei em questão não eram os únicos mostrando sinais de cansaço. Nomi viu um animal com um corte no ombro e um jóquei tão inclinado sobre a montaria que parecia prestes a sair rolando.

— Quando eu participei, já estava coberto de sangue na metade da corrida — Asa comentou num tom casual. — Cortei a testa sob uma ponte. Acredite neste mestre supremo onisciente: é uma corrida selvagem.

O coração de Nomi martelava em seus ouvidos. Ela olhou ao redor. Malachi não estava por perto e ninguém parecia estar prestando atenção neles. Era sua chance.

— Com toda essa onisciência — ela arriscou, encarando a corrida só porque não conseguia olhar diretamente para Asa —, o mestre supremo teria ideia do que aconteceu com a irmã de uma humilde graça?

Um dos cavalos na dianteira empinou de repente, seus cascos deslizando para fora da ponte. Ele caiu no canal, espumando e relinchando.

Nomi prendeu a respiração. Alguém esbarrou nela — um homem mais velho com papadas pesadas e sobrancelhas compridas. Asa a puxou para mais perto de si. Quando falou, o tom de brincadeira tinha se perdido.

— O mestre supremo sabe, mas temo que você não vá gostar da resposta — ele disse, gentil.

O estômago de Nomi se revirou. Ela fechou os olhos.

— O que aconteceu? — Nomi sussurrou, se preparando.

— Ela foi enviada para Monte Ruína — Asa murmurou. — Sinto muito.

As palavras caíram como pedras no peito de Nomi, esmagando-a. *Monte Ruína...*

— Por quanto tempo?

— Sinto muito — ele repetiu. — Mas ninguém volta de lá.

Nomi cobriu o rosto com as mãos, com o coração em pedaços. Não conseguia suportar aquilo.

A culpa é minha.

Os gritos dos espectadores explodiram ao redor deles quando o cavalo vencedor atravessou a linha de chegada. Ela abriu os olhos e pegou um vislumbre de amarelo antes que o resto dos cavaleiros passasse com um estrondo. Enxugou as lágrimas, lembrando de onde estava. Não podia desmoronar ali, naquele momento, no centro do turbilhão.

Espectadores se inclinavam de todas as portas e janelas, balançando lenços brancos. Um a um, eles flutuaram até os competidores, que se arrastavam pelas ruas agora que a corrida tinha acabado.

Nomi se assustou quando Asa a tocou de novo.

— Posso tentar descobrir mais — ele disse baixinho. — As condições do lugar, se ela está confortável... qualquer coisa.

Nomi sentiu um nó se formar na garganta. Mulheres nunca eram executadas em Viridia. A punição mais dura era a prisão, e Monte Ruína era a pior de todas. Era para onde enviavam assassinas, traidoras e ladras.

Serina só tinha sido pega com um livro nas mãos. Como aquilo podia ter acontecido?

— Lembra a varanda onde conversamos pela primeira vez? Acha que consegue chegar até ela de novo? — Asa perguntou, sua voz cheia de urgência.

Nomi assentiu, muda.

Ele deu um aperto animador no braço dela.

— Me encontre lá daqui a três dias, quando a lua estiver alta e todos dormindo. Vou conseguir mais informações.

— Obrigada. — A palavra saiu rouca e estranha.

De canto do olho, ela avistou Malachi vindo em sua direção, com Cassia e Maris de cada lado.

Desesperada, tentou controlar as emoções que deviam estar marcando seu rosto.

Asa ergueu os olhos para o irmão. Ele abriu um sorriso descarado para ela.

— Vou coletar meus ganhos. O mestre supremo de todas as coisas escolheu o cavalo certo.

Então desapareceu na multidão assim que Malachi e seu séquito chegaram.

— Aí está você — disse o herdeiro. — Gostou da corrida?

Nomi assentiu.

— Foi ainda mais emocionante do que eu esperava, vossa eminência.

E mais devastadora.

Ela se uniu às comemorações com um sorriso duro no rosto, mas por dentro era uma terra devastada, queimando até virar cinzas.

DEZESSETE

Serina

Oráculo e Âmbar carregaram o corpo de Petrel até a caverna, onde a colocaram com cuidado sobre uma velha mesa de madeira com pernas chamuscadas que ficava em um canto, longe dos catres. Duas mulheres acenderam tochas perto da cabeça e dos pés de Petrel. Outra levou água para limpar o sangue.

Serina sentou com as demais, apertando os joelhos junto ao peito enquanto observava. Ninguém falou nem se preparou para dormir, mesmo que tivesse passado muito da meia-noite.

Os olhos de Serina ardiam.

Oráculo envolveu Petrel com um lençol branco, alisando o material puído desde o rosto até os braços. Âmbar e duas outras mulheres se aproximaram, e juntas as quatro ergueram o corpo sobre os ombros.

Serina se juntou à procissão que saía da caverna e adentrava a noite. Não sabia aonde estavam indo. Só sentia a escuridão próxima, com o lençol branco de Petrel guiando o caminho.

Elas andaram pelo que pareceu horas. Em certo momento, um brilho vermelho engoliu a luz das tochas. O caminho ficou mais íngreme e estreito. Quando a última fileira de mulheres parou, Serina sentiu um calor sulfúrico e seco pulsar contra seu rosto.

Outra caldeira se estendia na escuridão, mas aquela estava viva.

Abaixo delas, a superfície da terra tinha estourado, expondo uma pequena piscina de lava que brilhava tão forte a ponto de tingir a visão de Serina de vermelho.

A voz de Oráculo se ergueu na noite. Uma a uma, as mulheres se uniram a ela, e uma música fluiu sobre o estalar e crepitar inquieto da lava. Serina não conhecia a letra, mas a cadência sombria fincou raízes em seu peito, de modo que logo estava cantando também.

Fogo, respire
Água, queime
Terror, amaine
Seu reino terminou.
Fogo, respire
Água, queime
Estrela, guie
Sua irmã chegou.

Com um grito alto, Oráculo e as outras três ergueram o corpo de Petrel acima da cabeça. Então todas as outras mulheres gritaram também, as vozes se alastrando na noite como um bando de aves de rapina. O lençol branco ficou vermelho quando o corpo de Petrel mergulhou no vulcão. Faíscas voaram alto, flutuando até as estrelas.

Elas fizeram vigília até a última fagulha morrer e a noite ficar em silêncio outra vez.

Serina engoliu o nó na garganta, dolorida de tanto gritar. Suas mãos se fecharam em punhos ao lado do corpo. Seu rosto estava úmido. Ela seguiu a fileira através da floresta, mas quando chegou à entrada da caverna continuou andando, desesperada para ficar sozinha.

Uma trilha estreita levava ao litoral. O luar a guiou através das árvores até outro campo de lava enorme, onde as cristas de rocha reluziam prateadas. O silêncio era total. Pelo canto do olho, ela viu luzes cintilando à distância.

Serina seguiu a trilha através da terra devastada em direção a elas. Só quando seus pés deslizaram na beira do penhasco e o vento uivante e o quebrar das ondas golpearam seus ouvidos, percebeu que eram as luzes de Bellaqua. Com o sol, a cidade ficava invisível, mas agora a escuridão era tanta que mesmo a centelha mais fraca se destacava.

Seu coração se apertou. Em algum lugar, fora de vista, em um palazzo decorado em ouro e vidro, Nomi devia estar dançando com o herdeiro. Serina sabia que a irmã não desejara nada daquilo. Mas, com todas as células do corpo, queria que, uma vez na vida, Nomi tivesse se comportado como uma mulher de Viridia deveria se comportar.

Ela encarou a espuma branca mais abaixo. Conseguiria pular? Poderia tentar nadar, escapar da atração da ilha e deixar que as correntes a levassem até Bellaqua. Ou talvez afundasse e encontrasse seu próprio santuário, pondo um fim a todo o desespero.

— Esse não é o melhor penhasco para pular.

Serina recuou depressa da beirada, sentindo uma pontada de terror. Mas não era Bruno. Valentino estava ao seu lado, o cabelo preto despenteado pelo vento. O rugido das ondas tinha impedido que ela o ouvisse se aproximar.

Olhando para o mar revolto abaixo, ele acrescentou:

— As correntes arrastariam você por uma boa distância antes de engoli-la. Os melhores penhascos de onde pular são os que têm mais pedras embaixo, porque aí as chances de morrer com o impacto são maiores. É mais rápido. E talvez até indolor, se cair do jeito certo. Algumas quebram a coluna ou as pernas e gritam enquanto se afogam. Os penhascos do sul são os ideais. O fundo é mais duro.

Serina envolveu o corpo com os braços. Quase valeria a pena saltar para lavar o sangue da mente e silenciar os pesadelos.

— Não pule — Val disse, sua voz roubada pelo vento.

Serina ergueu os olhos para ele. Na escuridão, não conseguia ler seu rosto.

— Você acabou de me falar como fazer isso.

— Bom, a escolha é sua. Você deveria estar bem informada. — Ele encarou as luzes distantes. — Mas espero que não pule.

— Por quê? — Serina perguntou. Valentino não estava fazendo nenhum joguinho, como Bruno. E não era possível que tivesse um interesse romântico nela. Em seu uniforme de prisão puído, com o rosto queimado de sol e o cabelo encardido, Serina estava muito longe da candidata elegante que subira as escadas do palazzo do superior duas semanas antes.

Então por que se importava se ela vivesse ou morresse?

Val deu de ombros, sem afastar o olhar do oceano tocado pelas estrelas.

— Alguém que eu amava foi enviada pra cá. Antes de eu chegar. Ela pulou.

Serina perdeu o fôlego, com outro aperto se espalhando pelo peito.

— Sinto muito, Valentino.

— Val — ele corrigiu. — Penso muito nela. Me pergunto o que teria acontecido se alguém estivesse ao seu lado, como estou ao seu agora. — Ele tirou o quepe e passou a mão pelo cabelo desgrenhado. — Talvez ainda estivesse viva.

— Então você tenta convencer as suicidas a desistir — Serina disse. Mas ele ainda era um guarda. Permanecia ali, desempenhando seu papel em meio a tanta crueldade. Como Bruno. Ela observou seu perfil, nítido ao luar. Sua voz endureceu. — E as lutas? Te incomoda ver mulheres se matando? Ou ficar torcendo, como todos os outros guardas?

— Se me incomoda? — Ele virou o corpo para ela, com um músculo tremendo na mandíbula. Sua voz vibrou de emoção quando disse: — Toda noite, toda vez que fecho os olhos, vejo aquelas mulheres. Elas estão sempre, sempre, em agonia. Eu as levo comigo, e vou levá-las até morrer.

Serina olhou para ele chocada. Era a última coisa que esperava ouvir.

— Por favor. — Ele estava implorando, quase inaudível por causa do vento. — Eu não quero te ver quando fechar os olhos.

Ela o encarou, amolecendo mesmo sem querer. Tinha certeza de que as palavras não haviam sido ditas a fim de reconfortá-la, mas o efeito fora aquele. Se morresse ali, pelo menos uma pessoa ia se lembrar dela.

Val se virou para o penhasco. Alguma coisa no modo como se portava ou na dor que ouvira na voz dele fizeram com que Serina perguntasse:

— *Você* já se encontrou na beirada?

Ele olhou para ela, as sombras em seus olhos profundas e incomensuráveis.

— O tempo todo.

Às vezes, Serina se perguntava o que Nomi faria se estivesse em seu lugar. Talvez fosse uma lutadora forte, ou alguém como Oráculo, inteligente o bastante para criar estratégias e ajudar as outras. Talvez tentasse contornar as regras, como tinha feito em casa. Era impossível prever, mas havia uma coisa que ela *sabia*: se Nomi estivesse ali, nunca desistiria. Era uma das suas qualidades mais frustrantes.

Lágrimas brotaram nos olhos de Serina.

Nomi tampouco ia querer que ela desistisse. Serina teria que viver com a lembrança de Petrel, com o sangue e os pesadelos. Teria que continuar lutando. Até Petrel tinha lhe dito aquilo. *Resista*, ela dissera. *Sempre.*

O vento cortante atravessava sua camisa fina. Ela deu as costas para o brilho frio e distante de Bellaqua e voltou para a trilha. Sem pensar, estendeu a mão e apertou o pulso de Val.

— Não pule — ela disse.

DEZOITO

Nomi

COMEÇOU COMO UM SONHO COMUM, não um pesadelo. Nomi e Serina estavam aconchegadas junto a Renzo enquanto ele lia "Os pombinhos" para elas.

O quarto escuro da memória de Nomi se partiu e tornou-se o céu aberto, correndo diante dela e da irmã, as duas transformadas em pássaros, com o vento acariciando seu rosto. Nomi voava mais acima.

Serina voou muito, muito, muito longe, até o mar. Logo se cansou, ficando cada vez mais próxima das ondas. Nomi agitou as asas e deixou que a irmã se acomodasse em suas costas.

Mas Serina era pesada, e Nomi fraca demais. Ela procurou por algum pedaço de terra subindo do oceano, então o céu escureceu. As ondas rebentavam umas nas outras. O vento açoitava seu rosto.

Nomi não conseguiu segurar a irmã. Suas asas penderam, pesadas como chumbo.

Serina caiu, gritando, e foi engolida pelo mar.

Nomi acordou encharcada de suor, com o coração martelando. Por um segundo, pensou que estava em casa, no quarto que dividia com a irmã. Mas aquela cama era macia demais, grande demais. E Serina não estava afastando seus cabelos da testa úmida, reconfortando-a depois do pesadelo. Do outro lado do quarto, na cama dobrável próxima à porta, Angeline se remexeu e suspirou durante o sono.

Não. Ela não estava em casa.

Pela janela, Nomi conseguia ver as estrelas esvanecendo, a luz lenta da aurora se esgueirando. Estaria Serina olhando para o mesmo céu? Estaria bem?

Eu a deixei cair.

Nomi não conseguia se livrar da sensação de desespero. Serina estava em Monte Ruína, vivendo um pesadelo real, por causa *dela*.

Mesmo consumida pela culpa, o livro misterioso a atraía. Alguém o havia deixado para ela. Por quê? Seria uma armadilha? Uma mensagem?

Angeline se remexeu de novo. Nomi saiu da cama e pegou um vestido de verão do armário.

Ela foi a primeira a chegar para o café da manhã. Escolheu uma cadeira de vime perto da amurada para poder olhar para o brilho do oceano. Nuvens brancas lentamente se insinuaram no horizonte. Criados apareceram com tigelas de frutas frescas e iogurte, além de uma cesta de folhados quentes.

Maris apareceu e sentou ao lado de Nomi.

— Bom dia — ela murmurou, bocejando.

Nomi dava pequenas colheradas em um pote de iogurte coberto com um punhado das frutas coloridas, atormentada pela ausência da irmã.

— Gostou da corrida? — ela perguntou.

— Sangrenta demais — Maris disse isso encarando o prato, com a cara contorcida de nojo. — Coitados daqueles cavalos.

Cassia entrou na varanda a passos largos.

— Nunca vi nada tão empolgante. Você viu aquele cavalo que *saltou* da ponte para o canal? Achei que fosse se afogar.

Nomi estava feliz por ter perdido a maior parte da corrida. Ouvira os comentários a respeito depois: quantos cavalos tinham morrido, quantos precisariam ser sacrificados por causa de pernas quebradas. Um jóquei também acabara morto.

— E onde você se meteu? — Cassia perguntou, agitando os dedos para Nomi. — Malachi não gostou de ter que ir procurá-la.

O estômago dela se revirou.

— Queria ficar perto da linha de chegada pra ver quem ia vencer.

Cassia revirou os olhos.

— Você realmente não entendeu como isso funciona, não é? É preciso agradar o herdeiro, Nomi.

Ela deu de ombros. Ela sabia que devia agradá-lo. Só não queria fazê-lo.

Quando todas as graças tinham chegado, Ines fez os anúncios do dia.

— Não há atividades à noite, então descansem. Vai haver uma festa em um barco na semana que vem em honra de uma delegação de Gault. O superior requisitou harpistas e uma vocalista. Informarei as escolhidas nos próximos dias. Por favor, se certifiquem de separar seus vestidos e submeter à minha aprovação *antes* do fim da semana. — Ela voltou a atenção para as graças do herdeiro. Nomi tentou não se remexer na cadeira. — O superior não ficou impressionado com a aparência de vocês ontem à noite. Suas aias precisam de mais treino. Depois do café, eu gostaria que todas trabalhassem juntas com seus cosméticos. As aias podem aprender umas com as outras.

Nomi conteve um suspiro.

Maris balançou a cabeça.

— Odeio maquiagem — murmurou.

Elas se reuniram em uma área de provas perto da sala de banho. Mesas delicadas com espelhos com moldura dourada cobriam a parede, com banquinhos à frente para acomodar os vestidos com saias largas.

Angeline apareceu com um kit de maquiagem. Nomi sentou na penteadeira ao lado de Maris, que estava se olhando no espelho enquanto sua aia a penteava. O sofrimento escurecia seus olhos.

— Aqueles pobres cavalos — ela sussurrou de novo.

Angeline colocou o kit de maquiagem na penteadeira e lançou um olhar compreensivo a Maris.

— Sempre fui encantada pela corrida, mas é realmente perigosa. — Ela pôs a mão no coração. — Quando era pequena, eu ficava deitava na cama sentindo as vibrações dos cascos no peito, e rezava para que os cavalos sobrevivessem. Não me importava muito com os jóqueis naquela época.

Maris sorriu também, relaxando o rosto.

— Eu também estava mais preocupada com os cavalos.

Nomi focou em seu próprio reflexo. A luz baixa e a moldura filigranada do espelho davam à sua pele um tom dourado. Antes de chegar ao palácio, nunca tivera tempo ou vontade de olhar para si mesma; agora parecia ser tudo o que fazia. Ela se perguntou se seus olhos sempre pareciam tão assombrados.

As aias testaram diferentes técnicas em suas graças. A pele de Nomi ficou toda esticada e suas pálpebras pareceram pesadas. Assim que Ines aprovou o trabalho de Angeline, Nomi se ergueu.

— Ainda estou cansada de ontem à noite — ela murmurou. — Acho que vou me deitar.

— É claro — a aia disse. — Bom descanso.

Nomi foi para o quarto, fechando a porta e se recostando nela. Encarou os lençóis perfeitamente brancos na cama e a cama dobrável onde Serina tinha dormido naquela primeira noite, que se tornara preciosa em sua lembrança. Lá fora, as nuvens brancas e macias agora estavam pesadas e escuras, bloqueando o azul do céu.

Quanto tempo tinha antes que Ines fosse atrás dela para mais treinamento? Antes que Angeline retornasse?

Ousaria?

Nomi enfiou a mão sob o colchão. Seus dedos encontraram um canto duro. Ela tirou o livro e se esticou na cama, acariciando o couro macio.

Uma breve história de Viridia.

Nomi já conhecia a história de Viridia. Um rei tinha governado o país antes que as Inundações assolassem a maior parte do território. Quando as águas recuaram, grande parte da população já tinha perecido, assim como a família real. Um novo governo tinha que ser estabelecido. O primeiro superior havia sido um dos conselheiros mais próximos do rei. Ele assumiu o poder e reconstruiu Viridia.

Nomi abriu o livro mesmo assim.

O passado de Viridia é longo e atribulado, desde o momento em que seus primeiros ocupantes chegaram, em tempos remotos...

Nomi apreciava as palavras, sentindo cada uma na boca sem pronunciá-las e deixando que silenciassem as perguntas em sua mente. Lendo, não podia pensar em Serina.

Ela estava vivendo nas palavras gravadas na página em tinta preta. Virava uma depois da outra.

Os primeiros ocupantes deram lugar a um governo religioso liderado pelo cardeal Bellaqua. Renzo tinha aprendido muito sobre Bellaqua na escola. Ele era visto como uma figura heroica e trágica, deposto pelo rei mercenário Vaccaro.

O longo e ilustre reino do cardeal chegou a um fim impressionante quando ele foi seduzido — Seduzido? Nomi franziu o cenho — *e envenenado por uma guerreira de Azura. Reivindicando o trono para si, ela se tornou a rainha Vaccaro, mantendo seu poder...*

O corpo inteiro de Nomi enrijeceu. *Rainha* Vaccaro? Não era a história que ela conhecia. Ela ficou enjoada, o mundo de repente de ponta-cabeça.

... por quase trinta anos, apesar das tentativas de depô-la. Sua filha e sua neta também governaram com mão forte, mas a resistência cresceu.

Nomi lia cada vez mais rápido, sem acreditar. Mas lá estava. Toda a história que pensava conhecer sobre seu país recontada.

O choque final foi a explicação que o livro dava quanto à origem das Inundações. Nomi sempre tinha ouvido que um desastre natural havia afetado o mundo todo. Mas *Uma breve história de Viridia* afirmava que a infraestrutura do país inteiro havia sido adulterada com o propósito de causar um desastre que colocasse a monarquia em jogo. E foram os conselheiros mais antigos da rainha que articularam o golpe e assumiram o poder enquanto os outros lidavam com as consequências.

Os heróis de Viridia, o historiador dizia.

O primeiro superior tomou a rainha e suas duas filhas como suas primeiras graças e limitou os direitos e as atividades das mulheres no país, temendo que ameaçassem o seu domínio e acabasse tendo o mesmo fim do cardeal Bellaqua. A abordagem rigorosa foi bem-sucedida, e assegurou que o superior e seus herdeiros mantivessem um domínio completo e indisputado sobre o país. Hoje, a tradição das graças é a mais reverenciada em toda a Viridia.

O primeiro superior havia tomado *a rainha* como sua graça. Todas as leis do país, todos os modos de manter as mulheres na ignorância e sem poder... se deviam ao fato de que um grupo de homens não queria que a história se repetisse.

Nomi se deu conta de que o tatatataravô do superior havia destruído Viridia. E de propósito.

Ela olhou pela janela para um grupo de nuvens se formando no horizonte. Então foi tomada por uma fúria pesada e ardente. Do tipo que não conseguiria ignorar.

As mulheres de Viridia eram oprimidas porque os homens tinham *medo* delas.

Mulheres já tinham governado aquele país. E a história as tinha desacreditado. Apagado. Nomi tinha *certeza* de que não era aquilo que Renzo havia aprendido na escola. Ele teria contado a ela.

Mas o superior sabia. Quem quer que tivesse lhe dado aquele livro sabia.

E agora ela sabia também.

DEZENOVE

Serina

SERINA DEU A JACANA UM PEDAÇO DE PÃO DURO. Depois da derrota de Petrel, não havia o suficiente para todas. Um javali assava num espeto acima da fogueira, as gotas de gordura estalando e chiando sobre as chamas. O aroma de carne fresca fez Serina salivar. Mas ainda era hora do almoço, e o javali não ficaria pronto até o jantar.

A alguns passos dali, uma das caçadoras, Tremor, grunhiu. Um corte profundo descia pelo seu antebraço, cortesia da presa afiada do animal. Cada bando tinha um pequeno estoque de suprimentos médicos — ataduras, unguento para evitar infecções, agulha e linha — e tinha que se cuidar sozinho. Espelho tentava costurar o braço dela, que fazia uma careta toda vez que a agulha perfurava a pele. Os pontos eram desajeitados e desiguais.

Tremor soltou outro grunhido. O rosto de Espelho ficou lívido sob o cobertor de sardas. Serina não conseguia parar de olhar. Os pontos estavam tão espalhados que partes do corte continuavam abertas. Ia infeccionar. O unguento não fazia milagres.

Ela não conseguia mais suportar.

Entregou o resto do pão a Jacana e foi até a mulher ferida.

— Me dê a agulha — disse, ajoelhando ao lado de Espelho. — Você está machucando ainda mais o braço dela.

Espelho ergueu os olhos arregalados.

— Quê? Sei o que estou fazendo...

Serina tirou a agulha dos dedos da outra.

— Não sabe, não. Agora me dê licença. Consigo fazer melhor.

Pelo menos ela achava que podia. Se fosse uma peça de tecido e linha, não teria dúvida. Mas nunca tentara costurar pele antes.

Serina olhou para a mulher pálida.

— Certo — ela disse, tentando soar calma e reconfortante. — Vou costurar seu braço, está bem?

— Sim — ela rosnou. — Só vai logo.

Serina assentiu. Espelho saiu do caminho, com a boca franzida. Serina se concentrou no ferimento. Estava limpo, mas ainda escorria sangue. Cerca de um terço do corte tinha sido costurado. Ela começou por aquele lado, acrescentando pontos menores para preencher as lacunas. Logo tudo o que ocupava sua mente era o movimento das mãos, o perfurar da agulha e a amarração rápida da linha. Pele se tornou tecido, e em minutos Tremor tinha uma fileira de pontos caprichados fechando seu corte. Serina deu um nó no fio, pegou o pote de unguento e cobriu a fileira em relevo.

— Pronto —- ela disse. — Acabou.

Tremor olhou para o braço.

— Você foi tão rápida — a mulher disse, maravilhada.

Âmbar bateu no ombro de Serina. Sua faixa de cabelo ruivo tinha sido raspada também, o que a deixou particularmente feroz.

— Bom trabalho, Graça.

Espelho apertou o braço de Serina. Um pouco da cor tinha retornado ao seu rosto.

— É, você tinha razão. Seus pontos são melhores. Da próxima vez, chamo você.

Serina se ergueu e só então notou o sangue cobrindo suas mãos. Suor escorria por sua nuca e seus dedos tremiam. Ela correu até o túnel. Lá fora, o calor da tarde era opressivo. Serina enfiou as mãos no riacho que alimentava as laranjeiras. Então as esfregou sem parar, até muito depois que todos os vestígios de sangue tinham sumido.

Ela havia costurado a pele de alguém sem nem pensar. No que aquele lugar a estava transformando?

Algum tempo depois, ouviu passos vindo de dentro da caverna. Jacana parou ao lado dela.

— Âmbar disse que deveríamos estar treinando.

Sem responder, Serina seguiu a garota através das árvores. Quando chegaram ao campo de treinamento, Gia, Oráculo e algumas das outras já estavam lutando. A novata ainda parecia desnorteada de terror. Serina só estava ali havia algumas semanas, mas de alguma forma se adaptava. Todo o treinamento para se tornar uma graça, com aulas sem fim e a negligência forçada de suas próprias necessidades tinham alguma serventia ali. Em vez de dançar, ela lutava. Em vez de tocar harpa, buscava comida. Em vez de bordar, costurava pele. E, em vez de agradar o herdeiro, tentava agradar o bando.

Pensando daquele jeito, focando no seu propósito, Serina não lamentava tanto as coisas que tinha deixado para trás. Ou as pessoas de quem sentia falta.

— Graça, é sua vez! — Oráculo gritou de dentro do círculo.

Serina se preparou e foi até as outras mulheres. Estava melhorando, mas ainda odiava lutar.

Quando chegaram a um espaço aberto na grama pisoteada, Oráculo se pôs à sua frente. Os olhos de Serina se arregalaram. Ela virou para Gia, que enfrentava uma novata.

— Achei que eu ia lutar com... — ela começou.

— Você vai lutar comigo — Oráculo interrompeu. Seus olhos desparelhados se concentraram em Serina, que de repente se sentiu horrivelmente exposta. Se era verdade que Oráculo podia prever os movimentos da adversária só de olhar, já devia ter concluído que ela queria sair correndo dali.

Mas Serina tinha aprendido que fugir não era uma opção. Não em Monte Ruína.

Ela ergueu os punhos.

Oráculo acertou seu estômago antes que Serina percebesse que a luta tinha começado. Ela grunhiu. Desviou do próximo golpe, jogando o peso na planta dos pés. Então abaixou e se deslocou, desferindo um soco também. Não foi bem-sucedida, mas pelo menos tinha um pouco de força. Oráculo se abaixou e girou, tentando agarrar as pernas de Serina, que conseguiu se livrar com um pulo. Ela aproveitou o ímpeto do giro para empurrar Oráculo. Foi um golpe traiçoeiro, e o primeiro que Oráculo não antecipou. Ela recuou alguns passos, ainda que não tivesse caído.

Serina aproveitou a vantagem para acertar um direto no estômago de Oráculo, então a empurrou outra vez. A líder foi de encontro a outra mulher, tropeçando nas pernas dela. Ela caiu, mas, antes que Serina pudesse alcançá-la, já tinha se erguido e disparado para a frente. Oráculo a agarrou pela barriga e as duas rolaram no chão, ficando a centímetros de bater a cabeça na pedra vulcânica que cercava o campo de treinamento.

Serina encarou o céu, ofegante, enquanto esperava o ar retornar aos pulmões. Oráculo sentou, esfregando o antebraço.

— Nada mal, Graça — disse, soando mais triste que impressionada. — Um empurrão pode lhe dar a vantagem da surpresa, mas não use com muita frequência. Você fica com a cabeça e nuca expostas.

Serina se ergueu devagar, e um pouco de ar finalmente entrou em seus pulmões. Levou um minuto para conseguir responder.

— Vou me lembrar disso.

— Continue praticando os movimentos de pés. Seus conhecimentos de dança ajudam, mas você está se movendo devagar demais. Trabalhe a velocidade e o tempo de reação — ela disse, voltando a atenção às outras lutadoras.

— Por que fazemos isso? — Serina perguntou. Era uma questão que a perturbava desde a primeira noite na ilha. — Por que deixamos que os guardas nos obriguem a lutar? Se todas recusássemos, teriam que nos alimentar.

Ela entendia que as rações eram limitadas, mas com certeza aquele sistema era pior que dividir a comida que tinham.

Os olhos de Oráculo voltaram a Serina. Sem dizer uma palavra, ela a puxou consigo.

— Venha comigo — ordenou, já se afastando das outras lutadoras.

Elas andaram em silêncio por alguns minutos, até chegar a um trecho de arbustos longe de todas as outras. Oráculo se virou para Serina com um olhar intenso.

— Nunca fale sobre se recusar a lutar, está ouvindo? Nunca.

Os olhos de Serina se arregalaram.

— Eu não entendo.

Oráculo franziu o cenho. Linhas profundas apareceram ao redor de sua boca. Seu olho pálido e leitoso, em contraste com o castanho, quase parecia brilhar. Por um longo momento, ela só encarou Serina em silêncio.

— Logo que cheguei aqui — ela disse, por fim —, houve um protesto. As campeãs subiram ao palco e se recusaram a lutar. Sabiam que ninguém receberia ração naquela semana, mas não queriam ser peões nas mãos dos guardas.

Serina respirava com dificuldade.

— Eles atiraram em todas — Oráculo continuou, com a voz neutra. — Alvejaram a plateia também. Quinze mulheres morreram. Os guardas não deixaram que removêssemos os corpos. Na semana seguinte, as campeãs tiveram que lutar sobre os cadáveres apodrecendo. Foi quando venci pela primeira vez.

O horror se desvelou, inescapável, na mente de Serina. Oráculo prosseguiu:

— Lutamos porque temos que lutar. Entendeu, Graça? — ela disse, e se virou para subir a colina de volta.

— Sobre o nome que você me deu... — Serina aproveitou sua chance. — Não sou uma graça.

Oráculo parou e virou para ela.

— Mas foi treinada para se tornar uma. Eu sei.

— Como? — Serina estava toda suja, tão dolorida e queimada de sol quanto as outras.

— O treinamento, o porte. É inconfundível. — As mãos de Oráculo se fecharam em punhos. — Eu sempre soube que outra graça chegaria aqui um dia.

— Outra? — Serina congelou, compreendendo tudo.

Oráculo se abaixou em uma reverência lenta e graciosa, as mãos erguendo delicadamente uma saia invisível. O sol clareou o cabelo castanho no topo de sua cabeça.

O choque deixou Serina muda. Tinha visto Oráculo lutar, dando golpes quase cirúrgicos que deixavam suas oponentes ofegando de joelhos no treinamento. Ela a vira carregar o corpo de uma mulher montanha acima por quilômetros, para jogá-lo em um vulcão. A súbita graça e elegância aristocrática de Oráculo eram a *última* coisa que esperaria ver.

— Como você acabou aqui? — Serina perguntou finalmente.

Oráculo ergueu o queixo.

— Passei a vida toda treinando para ser uma graça. Eu era perfeita. Mas o superior me escolheu por outro motivo: porque eu era *inteligente*. — Ela parou, tentando se controlar. — Ele sabia que quebrar uma garota obstinada seria mais prazeroso.

— Quebrar?

O olhar desafiador de Nomi lampejou na mente de Serina.

— Ele pode ter tudo que quiser — Oráculo disse. — Por isso mesmo não está interessado em coisas fáceis. É tudo um jogo.

Serina lembrou do gelo na voz do superior quando anunciara sua sentença. Do modo como perguntara sobre Nomi.

Oráculo continuou, seu rosto tomado pela emoção:

— Quando não podia mais suportar, eu me defendi. Sabia que ele ia me matar, como tinha feito com outras. A morte era minha única saída.

Serina não conseguia se livrar das imagens que passavam por sua mente.

— Mas eu não podia morrer. Via os golpes chegando. Tinha aprendido os padrões e evitava os golpes fatais. Foi um guarda dele que me derrubou, atacando meu olho e me deixando assim. — Ela apontou para o olho cego. — Se não tivesse me impedido, eu teria matado o superior.

— Então eles te mandaram pra cá — Serina sussurrou. Traição, tentativa de assassinato. Nada tão inocente quanto ler um livro. O superior considerava leitura tão perigosa quanto assassinato? Ou os requisitos para ser enviada a Monte Ruína estavam sujeitos aos caprichos volúveis dos magistrados?

— Então eles me mandaram pra cá. Fico feliz por você não ter sofrido como eu — Oráculo disse, seus olhos perfurando os de Serina. — Passar a vida nesta prisão, apesar de tantos perigos, é preferível àquele inferno.

— Minha irmã… foi escolhida no meu lugar. — Ela estremeceu, pensando no olhar gélido do superior. — Mas ela é uma graça do herdeiro. Ele deve ser diferente; não pode ser tão ruim quanto pai… — A voz dela morreu quando olhou para Oráculo, que a olhava com pena óbvia.

— Pela minha experiência, os filhos são piores. Reze para que sua irmã se quebre fácil. As rebeldes sofrem mais.

Com um choque nauseante, Serina pensou em Nomi e seus conhecimentos secretos, sua desobediência. Por que outro motivo

Malachi a teria escolhido senão para esmagar seu espírito? Serina era dócil demais, *obediente* demais. Como fora educada para ser.

Fúria e temor como nunca sentira antes a varreram com a força de uma onda.

Ela olhou para o oceano, seu brilho distante quase invisível através das árvores. Sua irmã era uma prisioneira em seda e renda, sofrendo nas mãos do herdeiro. Resistente.

Naquele instante, Serina fez sua escolha. Monte Ruína não podia ficar com ela. E com a certeza do fogo que devorara aquela ilha de dentro para fora, não deixaria o herdeiro ficar com Nomi. Ela escaparia. *De alguma forma*, escaparia. E salvaria a irmã.

VINTE

Nomi

NOMI OUVIA A RESPIRAÇÃO REGULAR DE ANGELINE com os olhos fechados, oprimida pelo peso quase físico da escuridão. Asa tinha dito a ela para encontrá-lo quando a lua estivesse alta, mas naquela noite as nuvens pairavam amuadas no céu, escondendo o luar. Nomi fingiu dormir até não aguentar mais. Contou cem inspirações e exalações de Angeline. Então contou mais cem.

Por fim, ela se ergueu e jogou um roupão de seda sobre a camisola. Não se deu ao trabalho de calçar sapatos. A respiração da aia não se alterou nem mesmo quando a porta se abriu com um clique. Nomi espiou o corredor. Fechou a porta depressa, apoiando a cabeça na madeira fria.

Havia um guarda no final do corredor.

Ela esperou um minuto. Dois.

Espiou de novo. A forma robusta do homem desaparecera.

Nomi inspirou fundo, prendeu o fôlego e escapou do quarto. Ela se recostou na porta, sentiu uma corça entalhada pressionar suas costas e ouviu.

Nos dois dias anteriores, tinha ficado acordada até mais tarde, fingindo sofrer de insônia. Na verdade, estivera observando os homens que vigiavam os aposentos das graças. A maior parte ia embora quando elas se recolhiam, mas dois permaneciam a postos a noite toda, andando pelos corredores, inspecionando as varandas, percorrendo a sala de jantar e o salão de baile com passos pesados. O circuito levava cerca de cinco minutos. Às vezes, os dois andavam juntos. Às vezes um deles fazia uma rota alternativa.

Nomi rezou para que naquela noite ficassem juntos.

Ela apertou o roupão em volta do corpo. Se fosse pega, diria que era sonâmbula. Fingiria estar confusa. Assustada.

A última parte não seria tão difícil.

Foi até o fim do corredor na ponta dos pés. Em geral, os homens inspecionavam as varandas primeiro, de modo que ela teria tempo de escapar na direção oposta. Não adiantaria pensar no que aconteceria se sua sorte acabasse.

Nomi estava chegando à sala de estar circular quando ouviu o som de sapatos logo atrás de si. Ela entrou por uma porta e se manteve imóvel, segurando a respiração.

Tap, tap, tap.

De repente, não conseguia lembrar em que direção os guardas iam depois da varanda. Estariam se aproximando ou pegando o corredor que levava aos banhos? Ela sentia as batidas de coração nos ouvidos, tão altas que não tinha certeza se havia mesmo som de passos.

Então se decidiu e correu para a porta do lado oposto da sala, saindo dos aposentos das graças.

Sua mão tocou a maçaneta. Ninguém soou o alarme. Em um segundo, ela passou para o outro lado. O corredor estava na penumbra, iluminado por lâmpadas tremeluzentes e esparsas. Ela virou em um canto e correu ao longo de uma parede de vidro.

Todas as divisórias estavam fechadas. A escuridão além era absoluta. Ela não sabia se Asa a esperava. Com dedos trêmulos, abriu o vidro apenas o suficiente para passar para o outro lado.

Uma lufada de vento soprou pela abertura, fazendo a bainha do roupão esvoaçar atrás dela. Uma mão agarrou seu pulso e a puxou.

Nomi puxou o ar para gritar.

— Shh. — Outra mão cobriu sua boca no escuro. — Sou eu.

Ela relaxou de alívio com a voz familiar.

Asa estendeu a mão e fechou a porta de vidro.

— Desculpe por assustar você — ele murmurou. — Fiquei com medo de que alguém a visse.

Nomi tentou acalmar o coração acelerado, mas era difícil, com o vento, a noite e o corpo dele tão próximo.

Ela deu um passo atrás para ter espaço para respirar.

— O que aconteceria se nos pegassem, vossa eminência? — perguntou. Seus olhos estavam se acostumando à escuridão, e ela conseguia divisar a sombra do rosto dele agora, virando-se na direção do brilho do corredor que atravessava o vidro.

— Não sei — ele respondeu. — Nunca fiz isso antes.

— Se uma pessoa pode ser mandada a Monte Ruína por ler... — A voz dela estremeceu.

— Não, Nomi. Eu não deixaria isso acontecer com você — Asa disse, com seriedade, então se inclinou na direção dela. — Prometo.

A frustração, a culpa e o sofrimento que ela guardara dentro de si ameaçaram transbordar.

— Não consigo suportar isso, Serina não deveria estar naquele lugar. — As palavras se atropelavam. — Não é justo.

— Você tem razão, não é justo. — Asa a guiou até a amurada, o mais longe possível da luz filtrada pelo vidro. — Nada em Viridia é.

— O que posso fazer? Deve haver algum jeito de persuadir o superior a libertar minha irmã. — Nomi sabia que aquilo era improvável, mas não podia deixar Serina sofrer por ela. Não se havia alguma coisa a fazer, *qualquer* coisa. — Talvez se eu dissesse que fui eu quem pegou o livro, que sou eu quem sabe ler...

Ela hesitou. Ele perceberia que era uma confissão? *Queria* que fosse. Queria que todos soubessem que sua irmã era inocente, que não merecia ser punida. *Presa.*

Asa balançou a cabeça.

— De jeito nenhum. Meu pai puniria vocês duas. Ele e Malachi... — Nomi sentiu as mãos de Asa tremerem. — A mais leve infração pode ser mortal. Meu pai é implacável e Malachi é ainda pior... ele é volátil. Num dia oferece misericórdia, no outro, dor. Temo o que possa vir a fazer como superior. Sua imprevisibilidade pode pôr Viridia em perigo.

O estômago de Nomi se contorceu num nó. Ela lembrava daquele primeiro dia no corredor, quando Malachi a havia pressionado contra a parede, furioso, só para escolhê-la como graça duas horas depois. Volátil, sim. E aquele era o homem a quem a vida dela estava acorrentada para sempre.

— Então não há nada que possamos fazer? — Nomi sentiu os olhos ardendo. Por Serina. Por si mesma.

Asa apertou as mãos dela com mais força.

— Sinto muito. Queria ter mais poder. *Qualquer* poder, na verdade. Mas não há muito que eu possa fazer. — O olhar dele perdeu o foco enquanto refletia. — Há *uma* coisa, pelo menos — ele continuou num leve murmúrio, tão suave que ela teve que se inclinar para mais perto para ouvir. O vento que soprava em suas costas a impelia para a frente, a bainha do roupão flutuando na direção de Asa. — Posso te ajudar a fugir.

— O quê? — O choque reverberou por ela. — Por que faria isso?

Ele passou uma mão no cabelo.

— Entendo você, Nomi. Nunca foi criada para ser uma graça, nunca quis ser uma, mas ele te escolheu mesmo assim.

— Por que ele fez isso? — Nomi ainda não fazia ideia. Malachi não parecia particularmente interessado nela, com certeza não mais que nas outras. Ela não entendia por que o teria atraído mais do que as belas candidatas que *queriam* ser escolhidas, que tinham sido treinadas para aquela vida.

Asa demorou tanto para responder que ela pensou que ou não contaria ou não tinha uma resposta. Por fim, ele disse baixinho:

— Acho que para punir você. Por não ter se deixado intimidar por ele. Você demonstrou poder quando o encarou naquele dia e disse onde ficava o lavatório. Meu irmão vai tentar quebrar seu espírito, como se fosse um dos cavalos dele.

Ouvir aquilo de um jeito tão direto era algo horrível, mas Nomi descobriu que não estava inteiramente surpresa. Fazia sentido. O herdeiro tinha ficado bravo. Quisera feri-la. Para ela, ser escolhida como graça era como ser enviada à prisão. Passaria o resto da vida servindo um homem que odiava.

Asa se apoiou firme na amurada e olhou para a noite escura e nebulosa.

— Ninguém deveria se sentir assim impotente. Nem você nem eu. Ninguém.

Nomi nunca ouvira alguém falar daquele jeito antes, nem Renzo.

— E aonde eu iria? — ela sussurrou.

— Qualquer lugar que quisesse.

Sua mente rejeitava a vastidão da ideia. *Qualquer lugar.*

Ele estava falando de liberdade.

— Não foi sempre assim — Asa murmurou. — Antes das Inundações…

Antes das Inundações.

Nomi perdeu o fôlego. Tinha sido Asa quem deixara o livro? Ela não se arriscaria a perguntar, não ousaria confirmar que estava em posse de um. Ou que sabia lê-lo.

— O que aconteceu antes das Inundações? — perguntou com cuidado.

Ele deu de ombros.

— Eu só... Acho que podíamos fazer muito *mais*, muito melhor do que estamos fazendo agora. Se meu pai pudesse ver do que esse país realmente precisa, se tivéssemos um visionário nos guiando, em vez de um velho desalmado... ou meu irmão...

— Do que acha que esse país precisa? Se *você* fosse o herdeiro, o que mudaria?

Asa encostou na amurada e suspirou.

— Sinceramente? Tudo. Não escolheria graças. Permitiria que as mulheres lessem. — Ele olhou para ela, sua expressão suavizando. — Libertaria Serina.

A resposta tinha gosto de chocolate e queimava como fogo. Era doce. Sedutora.

Perigosa.

Ele deu um riso amargo e balançou a cabeça.

— Conversei com meu pai sobre isso uma vez. Argumentei que eu devia ser herdeiro, e não Malachi. Tentei convencê-lo de que seria o melhor para Viridia.

— Você conseguiu convencê-lo?

Asa deu um sorriso triste.

— Não.

— Gostaria que você fosse o herdeiro — Nomi disse, melancólica, encarando as ondas pretas e prateadas.

Asa riu.

— Eu também. Mas, a não ser que algo aconteça com Malachi, vamos ter que lidar com ele quando meu pai morrer.

Nomi pensou na rainha Vaccaro, que tinha deposto o cardeal Bellaqua usando apenas seu sorriso e seu perfume envenenado. O livro de história tinha tratado aquilo como uma traição do pior tipo, mas para ela...

Para ela era uma esperança. As mulheres já tinham sido poderosas naquele país. Talvez pudessem voltar a ser. Sua mente girava, desfiando linhas delicadas e perigosas de possibilidade. A culpa e a dor da perda a impulsionavam. E, sob elas, havia a fúria, sempre queimando. Mulheres não eram seres inferiores.

— E se algo *acontecesse* com Malachi? — ela perguntou, tão baixinho que o vento roubou as palavras.

Asa a olhou de forma calculista.

— Não vou matar meu irmão.

— Não, não matar. — Em sua mente, as linhas se estreitaram, as possibilidades se entrelaçando em um padrão torto que poderia se tornar um plano. *Escândalo. Subterfúgio.* Assim como a rainha Vaccaro, exceto pelo assassinato. — Se ele fosse culpado de um crime, talvez...

— Ele seria punido por algo que não fez — Asa respondeu, mas soava pensativo, não indignado.

— Você disse que ele *já fez* coisas. Não é inocente — Nomi retrucou.

Asa apertou os ombros dela e a virou gentilmente para encará-la.

— Um plano assim leva tempo. Envolve incerteza. Risco. *Muito* risco. — Asa afastou uma mecha do cabelo de Nomi. De repente ela percebeu como seus corpos estavam próximos na escuridão. *Aquilo* envolvia risco.

— Você poderia só fugir — ele disse. — Eu posso te ajudar a sair do palácio, a encontrar um lugar para viver. Teria uma nova identidade. Trabalharia como empregada ou como criada, o que preferisse. Poderia escolher.

— Se eu fizesse isso — ela disse suavemente — nada mudaria.

E Serina não seria salva.

Ele se inclinou para mais perto. Mesmo no escuro, Nomi podia ver a faísca em seus olhos.

— Então o que faremos?

Os dois passaram metade da noite armando um plano.

— Tem que ser algo que impacte diretamente meu pai — Asa disse com um toque de amargura. — Caso contrário, ele não vai se importar. Talvez até comemore.

— E se Malachi planejasse uma guerra? — ela sugeriu.

— Peças demais. Difícil de fingir. Teríamos que começar uma guerra de verdade para que fosse convincente.

— Uma tentativa de assassinato?

— Do superior? Pode funcionar. Meu pai está muito doente, mas ainda tem forças para lutar. Malachi poderia estar impaciente para assumir o comando, então decidiu ajudar a natureza.

Ela pensou no perfume da rainha.

— Ele usaria veneno?

Os dois estavam sentados em uma espreguiçadeira, encolhidos diante do vento frio.

— Veneno é difícil de encontrar, e ninguém acreditaria na ameaça sem provas. E se ele contratasse alguém para cometer violência física?

— Você poderia impedir o ataque no momento certo, expondo a trama e salvando seu pai. — Para Nomi, aquilo soava como um conto de fadas.

Toda a raiva fluindo em seu sangue tinha se tornado júbilo. Ela ia mudar as coisas. Os dois iam devolver a Viridia sua herança. Tornariam o país o que deveria ser.

E libertariam Serina.

— Não pode ser um assassino de verdade — Asa ponderou. — Não quero meu pai realmente morto. Isso é importante. Tem que ser alguém que entenda as sutilezas, que saiba que precisamos de uma encenação, não de uma ameaça real.

— Alguém em quem confiamos. Que podemos proteger de uma punição.

— Sim — Asa concordou. — Sem garantia de que sairá vivo, por que alguém ajudaria?

— Conhece um homem assim? — Nomi perguntou.

— Há vários guardas do palácio que acredito que são leais a mim — ele disse. — Mas seriam reconhecidos. Todos saberiam que são da minha guarda pessoal e fariam a conexão.

— Não conheço ninguém fora minha família. — O coração dela pulou. *Renzo.*

Não. Nomi não podia envolvê-lo. O risco era grande demais.

— Como protegeríamos nosso falso assassino? — ela perguntou. — Não será suficiente implorar a seu pai que seja piedoso. Você mesmo disse que ele é implacável.

— Você tem razão. Precisaríamos planejar uma fuga, talvez um disfarce...

Nomi se endireitou.

— O aniversário do herdeiro. As graças só falam disso. Parece que vai ser um baile de máscaras. — Naquela mesma noite, o herdeiro poderia convocá-la a seus aposentos, se assim escolhesse.

Mas não se ele estiver preso.

— Isso. Perfeito. — Asa parecia animado. — Um disfarce *e* um meio de fuga. Nosso conspirador permaneceria desconhecido. Entraria no palácio, desempenharia seu papel e desapareceria. Sem risco, sem nenhum modo de ser pego.

Sem risco.

Ela se virou para estudá-lo. O céu tinha finalmente desanuviado, e uma faixa de luar brilhava sobre o rosto jovem de Asa.

— Você não consegue pensar em ninguém para nos ajudar? — ela perguntou de novo, rezando.

Depois de um longo momento, Asa balançou a cabeça.

— Só conheço guardas e cortesãos. Com um disfarce, talvez pudéssemos usar um guarda, mas todos devem trabalhar durante o baile. Seria difícil evitar a exposição. E não há um único cortesão em quem confie. Mas vou continuar pensando, fique tranquila.

Nomi balançou a cabeça.

— Não. Sei de alguém que pode ajudar. Alguém em quem confio plenamente. Meu... — Ela se interrompeu de repente. — Meu primo.

Ela tinha que ser esperta e cautelosa. Era a vida de Renzo.

— Um primo seria bom — Asa disse, acariciando de leve o braço dela. Nomi não tinha certeza se ele percebia o que estava fazendo, mas gostava do toque suave. — Onde ele mora? Como podemos entrar em contato?

— Eu posso fazer isso — Nomi disse. Ela não queria contar mais do que o necessário sobre Renzo.

— Como? Ele mora em Bellaqua?

— Eu... — Ela hesitou. Como *poderia* contatar Renzo sem contar a Asa quem ele era? Onde morava?

Faria alguma diferença?

Ela já tinha confiado tantas coisas a Asa. Ele podia tê-la enviado para a prisão só por aquela conversa. Ainda assim, estava arriscando apenas a si mesma, não Renzo. Nomi respirou fundo.

— Vou escrever para ele.

Asa ficou imóvel.

— Então você *sabe* ler e escrever.

Nomi se virou, de repente desesperada para que ele entendesse.

— Sim. Fui *eu* que aprendi sozinha. Fui *eu* que roubei o livro. Não minha irmã. Ines a viu com o livro nas mãos, mas era meu. Não sei por que Serina não contou a verdade. Mas você entende agora? Ela não deveria estar em Monte Ruína. *Eu* deveria.

— Nomi, ninguém deveria ser preso por ler. Nem você, nem sua irmã. — Asa apertou a mão dela com delicadeza. — Vamos libertar Serina. Juntos, vamos mudar tudo.

Nomi balançava em um precipício, tão fustigado pelo vento e tão perigoso quanto se fosse real. Havia uma diferença entre desafio e rebelião aberta. Poderia fazer aquilo? Seria capaz de pular?

Talvez não por si mesma. Mas, por Serina, sim.

VINTE E UM

Serina

Decidir escapar de Monte Ruína era fácil; fugir de fato seria bem mais complicado.

— Este lugar é íngreme — Jacana disse, andando com cuidado sobre um trecho de rocha vulcânica.

Serina chegou o mais próximo que ousava da beirada do penhasco e examinou a estreita faixa de praia abaixo.

— Íngreme *demais*. Os guardas e as outras prisioneiras não vêm pra cá. Seria quase impossível descer daqui.

— Talvez em algum ponto mais ao sul? — Jacana sentou na rocha e limpou as mãos antes de enxugar o suor na testa. Elas tinham caminhado a manhã toda.

Serina estava feliz por ter companhia. Toda vez que elas passavam por uma torre ou um guarda, todos os seus músculos se enrijeciam e seu estômago embrulhava. Ela vira Bruno à distância uma vez, mas ele não tinha se aproximado. Aparentemente, o aviso de Petrel havia sido eficaz.

Serina não conseguia parar de pensar que, se Petrel não tivesse aparecido, ela teria feito o que quer que Bruno mandasse. Fora treinada a vida inteira para ser submissa. Para seguir a vontade dos homens. Só tinha aprendido a lutar fazia algumas semanas.

— A melhor madeira fica ao sul — ela disse, banindo da mente os pensamentos sobre Bruno e Petrel. — Isso ia nos poupar de ter que carregar os materiais por toda a ilha. — Ela se acomodou ao lado de Jacana. — Mas V... — Ela parou. Não tinha contado a ninguém sobre a conversa com Val, nem a Jacana. — Hum, várias pessoas me disseram que as pedras de lá são perigosas. Seria difícil sair com a jangada.

Jacana olhou por cima do ombro para a torre de vigia à distância.

— Acho que vai ser difícil de qualquer forma.

Serina puxou profundamente o ar úmido e encharcado de sal.

— Vai ser quase impossível e vai levar tempo, mas sei que vamos conseguir.

Jacana deu um puxão na ponta da trança. O sulco entre suas sobrancelhas se aprofundou.

— Estou mais preocupada com a construção da jangada. Nunca fiz nada do tipo. E não temos ferramentas nem materiais...

Serina esfregou as mãos sujas e cheias de calos.

— Com minhas boas maneiras e sua habilidade de ladra, podemos arranjar ferramentas. E, quando estivermos prontas pra começar a construir, contamos a Gia. Ela morou a vida inteira num barco. Vai poder nos ajudar. Onde cabem duas, cabem três.

Jacana encarou o oceano cintilante.

— Vão pegar a gente. Ou vamos zarpar, a jangada vai se desmanchar e vamos nos afogar.

— Talvez. — Ao sentir o olhar de Jacana, ela emendou: — Provavelmente.

Serina levantou. Não podia negar que era um plano perigoso e tolo. Encontrar um esconderijo na praia e construir uma jangada com madeira e vinhas? Absurdo.

Mas ela já tinha considerado todas as possibilidades, e não havia nenhuma melhor. Fazer alguma coisa, *qualquer* coisa, era melhor que nada. Nomi precisava dela, e quanto mais tempo Serina ficasse ali mais provável era que tivesse que lutar. E então morreria. Sob qualquer perspectiva, o tempo estava acabando, e o destino de Nomi e o seu próprio estavam se aproximando cada vez mais do desastre.

— Em algum momento vamos ter que lutar — ela disse, as mãos se fechando em punhos. — Prefere morrer no joguinho do comandante ou tentando escapar?

— Prefiro não morrer — Jacana disse baixinho. De repente, seus ombros se enrijeceram. — Tem um guarda vindo para cá.

Serina sentiu um arrepio. Ela se virou para olhar, mas o homem que ia ao encontro delas não apertava a arma nem as olhava com suspeita. Seu cabelo escuro escapava do quepe e seus olhos brilhavam com curiosidade.

— Recebi relatos da torre de que tínhamos suicidas — Val disse, erguendo uma sobrancelha para Serina.

— Não estamos aqui pra pular — ela assegurou. — Estamos, hum... procurando um lugar para nos refrescarmos.

Jacana continuou sentada na pedra áspera, imóvel como uma estátua. Congelada de medo, talvez. Serina entendia. Se fosse qualquer um exceto Val...

Ele apertou os olhos diante da luz quente e intensa do sol.

— Tem algumas praias do lado leste onde dá pra entrar na água sem se preocupar com a contracorrente — ele sugeriu. — Mas fiquem no litoral, longe do bando da floresta, e não se afastem muito para o norte, ou vão dar de cara com Graveto.

Serina esfregou as mãos na calça e disse, casualmente:

— Queríamos encontrar um lugar com sombra e algumas árvores firmes, sabe? E privado... não precisamos dos olhares dos guardas.

Val coçou a nuca morena de sol.

— Árvores, um lugar privado... — ele disse, pensando. — É, ao leste ainda é a melhor opção. Tem algumas praias assim. Mas talvez tenham que passar por outros bandos.

— Obrigada. — Serina sorriu, ansiosa para investigar o lugar. Ela olhou pra Jacana, que ainda estava congelada. — Consegue andar mais um pouco?

Jacana assentiu e se ergueu devagar, ainda observando Val com suspeita.

Com um último olhar simpático para Serina, ele disse:

— Tenho que continuar a ronda. Tomem cuidado. É só chão duro pela frente, e vocês devem ter que andar mais algumas horas. — Então ele se dirigiu para o sul, ao longo dos penhascos.

Serina virou em direção ao centro da ilha.

— Você confia nesse guarda? — Jacana perguntou, ao lado dela.

Ela pensou por um momento. Confiava em Val?

— Acredito que ele não vai me machucar de propósito — ela disse por fim. — E confio no que disse sobre a praia do leste. — Ela andou com cuidado sobre as raízes grossas se curvando sobre uma faixa de rocha vulcânica. — Mas não confiaria minha vida a ele — acrescentou. — Continua sendo um guarda, que está sob as ordens do comandante Ricci.

Jacana apressou o passo, praticamente saltando sobre o chão desnivelado, como se estivesse correndo de algo.

— Ouvi histórias sobre os guardas. Quando vi que ele estava vindo na nossa direção, congelei.

Lembranças indesejadas de Bruno surgiram na mente de Serina. Tentando tranquilizar Jacana, ela contou o que Petrel tinha lhe dito.

— Fazer parte do bando de Oráculo nos protege. Estamos a salvo, Jacana.

A garota riu de repente.

— A salvo? Eu me sentia mais segura em um depósito abandonado em Sola com as autoridades derrubando a porta, mesmo tendo itens roubados lá dentro. Essa ilha, e tudo nela, é pior do que o pior pesadelo que já tive.

Elas subiram as colinas até a sombra de uma floresta arbustiva. Serina olhou ao redor para a vegetação exuberante que de alguma forma tinha se salvado da fúria do vulcão. Entre aquelas árvores, podia quase imaginar que estava dando um passeio agradável.

— Sabe que, antes de vir pra cá, nunca fiz um passeio sozinha? Nem com minha irmã ou uma amiga. Talvez...

— Talvez não seja tão ruim? Os guardas, as lutas, a fome, o *vulcão.* — Jacana passou uma mão no cabelo desgrenhado e balançou a cabeça. — Não existe talvez. Esse lugar *é* ruim. É o inferno.

Ela nunca soara tão amarga. Serina respondeu, gentil:

— Eu ia dizer que talvez faça parte do pesadelo ganhar um tanto de liberdade só para ficar encantada, mesmo sabendo que é uma ilusão. Mesmo sabendo que Monte Ruína vai te matar de alguma forma, independente do que faça.

Jacana parou por um momento para recuperar o fôlego, com a mão apoiada em uma árvore dobrada pelo vento.

— A não ser que a gente construa nossa jangada.

Serina sorriu.

— Vamos construir. E vamos encontrar um jeito de sair desta ilha.

Jacana não parecia particularmente esperançosa, mas recomeçou a andar. Serina mantinha os olhos abertos para frutas ou qualquer outra coisa que pudessem comer. Só haviam recebido alguns pedaços de pão no café da manhã, e ela estava tão mole que era como se usasse saias de chumbo.

As duas caminharam pela maior parte da tarde, contornando o acampamento do bando da floresta e parando para beber água de um riacho que fluía torto perto de uma torre de vigia. Quando enfim chegaram ao litoral leste, levaram algum tempo para encontrar um lugar que poderia ser adequado aos seus propósitos. Mas a animação de Serina não diminuiu. Elas estavam isoladas ali, a uma hora de caminhada da floresta e ainda mais longe do hotel ao sul. Havia poucos motivos para os outros bandos se aventurarem tão longe.

Por fim, encontraram um ponto onde havia uma praia tranquila e de fácil acesso, com ondas suaves, ciprestes se retorcendo para fora da areia, e uma caverna pequena, culminando em penhascos mais à frente.

Madeira para a jangada, um lugar para escondê-la e águas calmas por onde zarpar.

Era perfeito.

— Agora só precisamos de algumas ferramentas improvisadas e de tempo pra trabalhar. — Serina deu um abraço rápido em Jacana. — Vamos conseguir.

O rosto tímido da garota se abriu num sorriso hesitante.

— Talvez.

VINTE E DOIS

Nomi

Na manhã seguinte ao encontro com Asa, Nomi se curvava na penteadeira sobre um pedaço de papel e um tubo de kohl. Asa havia lhe oferecido material de escrita, mas ela tinha medo de que Angeline o encontrasse. O delineador preto se destacava contra a página branca que tinha relutantemente arrancado do final do livro de história. Quanto mais pensava, mais convencida ficava de que fora Asa quem deixara o livro para ela. Ele não tinha ficado surpreso quando dissera que daria um jeito de escrever a carta.

Nomi levou um longo tempo para codificar a mensagem. Com sorte, Renzo entenderia as palavras entremeadas em uma das lendas preferidas deles, sobre a misteriosa mulher tatuada.

A história era sobre um irmão gentil que se apaixonava por uma criada com um segredo: seu pai era um pirata e lhe deixara uma fortuna. Ela tatuara o mapa do tesouro na pele para nunca esquecer sua localização e planejava encontrá-lo com a ajuda do irmão bondoso. Mas o irmão mais jovem e cruel acabava estragando os planos deles, matando ambos quando a mulher se recusava a lhe revelar o mapa. Ele o encontrava e seguia até o tesouro, mas os fantasmas do irmão e da mulher apareciam. De tanto terror, o coração do irmão cruel acabava congelando e ele morria, deixando o tesouro perdido para sempre.

Era um conto bem sangrento. A versão alterada de Nomi dava pistas a Renzo.

O irmão mais velho era cruel.

O irmão mais novo sabia como impedi-lo.

A mulher escolheu ajudá-lo, confessando seu segredo.

Na versão de Nomi, a irmã da mulher estava em grave perigo. Ela foi o mais explícita que sua ousadia permitiu. Pedia a ele que fosse a Bellaqua assim que possível e enviasse notícias de que tinha chegado. Nomi avisava que seria perigoso.

Mesmo com uma máscara, mesmo com um plano, seria perigoso.

Ela assinou com um simples N para que o melhor amigo de Renzo, Luca, para quem a carta seria enviada, não soubesse o remetente. Arrancou outra página do livro e a dobrou como um envelope ao redor da carta, então escreveu o endereço de Luca. Não podia enviá-la, mas Asa sim. E sabia que Luca passaria a mensagem para Renzo mesmo sem entender seu significado. Por fim, Nomi pingou um pouco de cera de vela para selá-la.

Naquela noite, Nomi tentaria passar a carta escondida para Asa na festa no barco. Seria difícil conseguir um momento propício, mas ambos tinham concordado que seria menos perigoso do que tentar outro encontro clandestino.

Uma batida oca na porta a fez se apressar.

— Só um minuto! — Nomi exclamou, escondendo o bilhete embaixo do colchão, junto com o livro.

Angeline entrou no quarto desajeitada, carregando uma montanha de tecido vermelho.

— O que é isso? — Nomi perguntou, lançando um olhar desconfiado à pilha.

A aia ajeitou o tecido na cama.

— Seu vestido para a festa desta noite. A costureira *finalmente* terminou. O seu ficou por último, quase que ela não acaba a tempo.

Que surpresa, Nomi pensou. Seu relacionamento com a costureira continuava hostil.

— Esqueci como é grande. — Ela não tinha nem conseguido respirar durante a prova. Aquele vestido a fazia parecer uma estranha.

Sem querer, Nomi se pegou pensando em que Asa pensaria da saia ampla e do espartilho estruturado com decote baixo.

— É vermelho — Angeline disse, sorrindo. — A cor favorita de Malachi.

O estômago de Nomi se revirou. Ela tentou retribuir o sorriso da aia.

— É lindo.

Angeline continuou a tagarelar:

— Sabia que o cavalo dele é um baio?

Nomi a encarou perplexa.

— Vermelho — Angeline explicou. — Um animal enorme com uma longa crina negra. Outro dia eu estava limpando a varanda e o vi cavalgando. Uma coisa linda. O cavalo, quero dizer. Sempre achei que o herdeiro era um tanto aterrorizante, pra ser sincera. Ele é sempre sério daquele jeito? Mas é bonito, não acha?

— Eu... eu não sei — Nomi respondeu. De repente, queria estar em qualquer lugar menos naquele quarto. Não tinha nenhum desejo de ficar falando sobre o herdeiro. O que Angeline diria se confessasse que ele também a aterrorizava?

— Faltam quatro horas para a festa. Acho que vou trabalhar no meu bordado. Tomar um ar. — Nomi reuniu suas coisas e saiu apressada para o corredor. Passando pelas salas ornamentadas, todas ocupadas por um silêncio opressivo, desejou poder escapar do palácio e dar uma volta em algum outro lugar, onde sentisse o vento no rosto. Mas o máximo que podia fazer era ir até uma das varandas.

— Ah, perdão — ela disse, notando Maris em uma cadeira de vime ao lado da amurada. A garota encarava o oceano através dos buracos entre as flores de ferro sinuosas.

Maris acenou para a cadeira ao seu lado.

— Tudo bem.

Nomi se acomodou no assento e pegou o bastidor para bordar.

Um guarda apareceu no umbral e ficou parado ali por alguns momentos, observando as duas. Por fim, foi embora, seus sapatos brancos silenciosos sobre os ladrilhos. Nomi se perguntou se era um dos homens de que tinha desviado na noite anterior. Retornar ao quarto tinha sido um pouco menos aflitivo do que sair dele; Asa lhe dera orientações pela entrada dos criados, que não era incluída nas rondas dos homens.

Maris olhou de relance para a porta.

— Odeio como eles ficam parados nos cantos, só ouvindo — ela murmurou. — Ontem o superior repreendeu Eva por alguma coisa que ela disse quando um dos guardas estava observando.

— Você sabe o que ela disse? — Nomi perguntou.

Maris meneou a cabeça.

— Não ouvi. Mas ela ficou morrendo de medo quando Ines disse que tinha sido convocada pelo superior. E Rosario me contou que nós vamos com o herdeiro para uma excursão amanhã no lugar delas. As graças do superior não vão mais como punição pela impertinência de Eva. Ines vai anunciar no almoço.

— Então vamos sair do palácio? — Nomi perguntou. A ideia de que o superior ia punir Eva lhe dava calafrios, mas ela não podia negar que estava ansiosa para sair do confinamento do palazzo. — Sabe aonde vamos?

Maris assentiu.

— Uma perfumaria. Pelo menos é o que Rosario disse. Não me importa *aonde* vamos, contanto que seja bem longe daqui.

Nomi examinou a garota. Parecia que ela não era a única que se sentia presa. Com um suspiro, voltou a seus pontos, tentando não espetar o dedo com a agulha.

Maris gesticulou para o bordado de Nomi.

— É um belo trabalho. Você é talentosa.

Ela analisou o bastidor nas mãos, com uma paisagem de Bellaqua pela metade. Estivera tentando terminar o trabalho de Serina, mas seus pontos eram desajeitados comparados aos da irmã, e não conseguia deixar de pensar que estava arruinando o bordado.

Até a noite anterior, sentira que estava arruinando *tudo*. Mas agora tinha um plano. Correu um dedo sobre os pontos delicados que Serina deixara. A ausência da irmã era um buraco no peito, cada vez maior. Ela *tinha* que salvar Serina. Ou nada restaria dela.

— Minha irmã fez a maior parte — Nomi disse. — Ela é a talentosa. Consigo remendar meias e costurar retalhos, mas isso é um desafio pra mim. — Ela soltou um ruído de desdém. — Como tudo aqui.

— Você descobriu o que aconteceu com ela? — Maris afastou o cabelo preto como tinta do ombro.

Nomi enfiou a agulha no tecido com força.

— O superior a mandou para longe. Rosario tinha razão.

— Para casa?

Nomi engoliu em seco.

— Não.

Maris voltou a atenção para o oceano.

— É difícil ser separada das pessoas que amamos.

— É por isso que você não é feliz aqui? — Nomi perguntou baixinho. — Sente falta da sua família também?

A expressão de Maris endureceu.

— Não tenho família. Minha mãe morreu e meu pai está morto pra mim.

Nomi olhou de relance para a porta. Ainda vazia. Nem uma sombra espreitando.

— Você disse que poderia ser feliz aqui, se não fosse por seu pai. O que aconteceu?

Maris se inclinou para a frente e escondeu a cabeça nas mãos.

— Deixa pra lá, não é da minha conta — Nomi disse, arrependida. Não queria perturbá-la.

— Não — Maris disse através dos dedos. — É só que... eu nunca pude falar sobre isso. E está me matando. — Ela respirou fundo.

Nomi continuou observando a porta; suspeitava que aquela não era uma conversa que Maris gostaria que chegasse ao superior.

As palavras da outra saíram numa torrente:

— Meu pai pagou o magistrado da nossa província para me escolher. — O rosto dela ficou vermelho. — Logo depois ele me pegou beijando... — Ela não conseguiu continuar.

— Você estava apaixonada por alguém que não devia? — Nomi perguntou em voz baixa.

Maris ergueu a cabeça e encarou o horizonte.

— O nome dela era Helena — sussurrou.

Nomi conteve sua reação. Uma mulher amar outra mulher era proibido em Viridia.

— Tínhamos um plano... ela ia vir como minha aia, para que ficássemos juntas. Mas, quando meu pai nos pegou, ele me ameaçou — Maris continuou, mais alto agora, a raiva dominando suas palavras. — Ou eu faria o herdeiro me escolher como uma de suas graças e viria sem Helena ou ele informaria as autoridades e eu seria levada. E é claro que Helena não poderia vir como minha aia. — Ela fechou a boca bruscamente, então se virou em busca dos olhos de Nomi. — Então fiz minha escolha.

Nomi não conseguia desviar os olhos da garota. Estava paralisada. Se Maris não tivesse sido escolhida e seu pai tivesse cumprido a ameaça, ela podia ter sido mandada para a prisão, como Serina.

A crueldade maior era que, de qualquer jeito, Maris ficaria eternamente separada da pessoa que amava.

Nomi se perguntou o que seus próprios pais teriam feito se descobrissem que ela sabia ler. Teriam entrado em contato com as autoridades, como o pai de Maris ameaçara fazer? Ou tentariam protegê-la? O pai de Maris era um monstro ou só um cidadão de Viridia, fazendo o que qualquer outro faria?

— O que aconteceu com Helena? — Nomi perguntou.

Maris levou um longo momento para responder.

— Não sei.

— Sinto muito — Nomi disse, sem saber como consolá-la. O herdeiro sabia que duas de suas três graças eram resistentes a ele? Que *sempre* seriam? Talvez as tivesse escolhido justamente por tal motivo, por algum desejo sádico de fazê-las sofrer. Talvez fosse aquilo que o agradava nelas.

— Em todas as histórias, as mulheres desistem de tudo — Maris disse, com a voz entrecortada. — *Sempre* esperam que desistamos. Nunca devemos lutar por nada. Por que acha que é assim?

Nomi pensou na rainha Vaccaro e em suas filhas, traídas por seus conselheiros e apagadas da história.

Pensou na carta escondida em seu quarto.

Com a voz baixa, sabendo do risco que estava correndo, ela murmurou:

— Porque todos têm medo do que aconteceria se resolvêssemos lutar.

VINTE E TRÊS

Serina

Um pouco antes do almoço, um novo barco de prisioneiras chegou a Monte Ruína.

A caverna ficou agitada. Quem Oráculo escolheria para lutar?

Serina mordiscou seu pão insosso, tentando imaginar os biscoitos de canela de Nomi. Mesmo com o racionamento severo e a carne de javali, os suprimentos estavam quase acabando.

— Se me escolherem, vou morrer — Jacana disse baixinho, encarando as mãos pequenas e vazias.

— Você é tão rápida, Jacana. — Serina apertou o ombro dela. A garota tinha recebido o nome de Ratinha, mas Serina se recusava a chamá-la daquele jeito. Apesar do corpo magro e dos olhos assustados, Jacana pensava rápido e encontrava soluções engenhosas. Tinha mais potencial do que imaginava. — Não acho que tenha que se preocupar, mas se... se Oráculo achar que está pronta, deve confiar nela.

O rosto alegre de Petrel passou pela mente de Serina.

— Chegou a hora — Gia disse, com a voz tensa. Ela inclinou a cabeça na direção de Oráculo, que seguia na direção delas.

Jacana apertou as mãos de Serina. Do outro lado dela, Theodora inspirou bruscamente. Seus braços longos e desengonçados envolveram os joelhos, e ela se encolheu como se pudesse passar despercebida.

— Está tudo bem — Serina sussurrou. — Não se preocupem.

Ela não tinha certeza se estava tentando acalmar as outras ou a si mesma. Seu coração pulava na garganta, como um animal selvagem desesperado para escapar.

Serina lembrou de como desejara que o herdeiro a notasse. Que a escolhesse. Os vestidos brilhantes, a filigrana dourada, a música fina... agora rezava para ser invisível.

Por favor, que não seja Jacana, Gia ou...

Oráculo parou diante dela.

— Graça, gostaria de falar com você lá fora.

Não. A caverna encolheu ao seu redor. Por um instante, ela considerou recusar. Mas os olhos do bando estavam sobre ela. Jacana soltou suas mãos.

Serina levantou com as pernas bambas e seguiu Oráculo pelo túnel, através de colunas de luz e trechos de sombra profunda, frias como um túmulo. Quando chegaram à entrada, a nuca de Serina estava pegajosa de suor e suas mãos tremiam.

Oráculo parou e estreitou os olhos sob o sol.

— Não estou pronta — Serina disse antes que a outra mulher tivesse chance de falar. Era surreal. Um pesadelo. — O bando precisa da comida, e eu...

Oráculo a interrompeu.

— Na primeira luta depois de uma vitória, sempre escolhemos uma novata. É o momento mais seguro de testar alguém. A melhor hora para perder. — Ela olhou em direção ao oceano distante. — Eu ia escolher você. É a melhor das novatas, mas não achava que podia vencer.

Serina arfou. Oráculo tinha planejado sacrificá-la?

A mulher ergueu uma mão.

— Petrel me pediu para não fazer isso. Disse que, com um pouco mais de treino, você poderia de fato ganhar. Disse que nunca viu ninguém evoluir tão rápido quanto você. — Oráculo enfim encontrou os olhos de Serina. — E se ofereceu pra lutar no seu lugar.

O coração de Serina parou.

— Eu... eu...

Nunca pedi isso a ela.

— Petrel queria que eu te desse mais tempo, e foi o que fiz — Oráculo continuou. — Você é uma lutadora cuidadosa. Algumas usam o instinto, mas você usa o cérebro. — Ela suspirou, e pela primeira vez Serina viu uma rachadura na armadura daquela mulher. — Ninguém sabe como você luta ainda, o que vai lhe dar uma vantagem. Se for *esperta*, pode vencer.

Serina não conseguia levar o ar para os pulmões. Queria implorar a Oráculo que reconsiderasse. Mas quem seria escolhida no lugar dela? Jacana? Gia? Alguém mais experiente, como Petrel, enviada para morrer no lugar dela? Não havia nada que Serina pudesse dizer. Implorar por sua vida significava sacrificar a de outra pessoa.

Ela tinha dito a Jacana para confiar no julgamento de Oráculo. Teria que seguir seu próprio conselho.

A outra mulher parecia entender o conflito dentro dela. Deu um aperto rápido no ombro de Serina.

— Fique sozinha por um tempo. Temos algumas horas antes de ir ao ringue.

Oráculo desapareceu na caverna. Serina ficou parada por um momento, o peito apertado de pavor. Então foi em direção aos penhascos.

Não parou até ver o horizonte, sobrecarregado por uma massa de nuvens pesadas. Prometera a si mesma que escaparia. Que salvaria Nomi.

Mas não tivera tempo.

Fixou os olhos à frente, onde tinha visto as luzes de Bellaqua, tão distantes, e soltou um grito no vento uivante.

Por fim, sua voz ficou rouca.

— Está melhor agora?

Ela não se virou.

— Oi, Val.

Com um grunhido, sentou à beira do penhasco, balançando as pernas.

— Você passa bastante tempo em lugares assim. Tem certeza de que não está pensando em pular de novo? — ele perguntou.

— Você é que sempre aparece nesses momentos — ela disse, encarando a espuma branca sob os pés.

— Estou fazendo a ronda. — Val sentou ao lado dela. — Recebi ordens de avisar aos bandos que teremos uma luta em duas horas.

Serina esfregou as palmas sujas na calça.

— Oráculo já sabe.

— Imagino que todas saibam. — Val pegou um punhado de cascalho e o jogou sobre as ondas. — Mas tenho que cumprir minhas ordens.

Por mais que se esforçasse para não chorar, lágrimas escorreram pelo rosto de Serina.

— Vou lutar — ela sussurrou, com um nó na garganta.

Val ficou tenso ao seu lado.

— Já?

Serina assentiu. Ela encarou as ondas morrendo embaixo de si, se destruindo ao bater no penhasco.

— Você estava certo sobre mim — ela acrescentou, sua determinação vacilando. — Sou uma garota morta.

— Corra até a caixa — Val disse depressa, quase desesperado.

— Quê?

— O comandante vai jogar armas no ringue hoje. Facas ou tijolos, ele ainda não decidiu. Mas o que quer que seja, não será uma ameaça. Não como a cobra e as vespas. — Ele se virou para ela e pegou seu queixo para erguer sua cabeça. Não a soltou até que o encarasse. — Não evite a caixa, ouviu? — ele disse. — Pegue uma arma. Acabe com as outras mulheres, seja dura e rápida. Não pense no que está fazendo. Não pare até terminar.

Serina analisou todos os detalhes do rosto dele — as sobrancelhas escuras, as sardas na bochecha esquerda, a urgência em sua expressão. Ele parecia mesmo se importar.

— Serina? Está me ouvindo?

Val era bonito, muito bonito. Ela tinha pensado naquilo antes, mas a opinião tinha sido baseada em impressões rápidas: os cachos enrolados, os lábios curvados, os braços musculosos. Agora Serina podia enxergar claramente como seu rosto bronzeado de sol complementava a boca ampla e expressiva. Como seus olhos eram brilhantes e perspicazes. Como ele parecia preocupado.

Ela nunca tinha violado a lei antes. Estava na prisão por um crime que não cometera. Nunca tinha se rebelado. Nunca se revoltara contra o mundo, como Nomi. E estava prestes a lutar até a própria morte.

Por que seguir *qualquer* regra?

Serina tocou o rosto de Val, sua palma áspera encontrando a pele macia da bochecha dele. Ele parou de falar. Ela se inclinou para a frente devagar, até que suas testas se encontrassem. Val não se afastou.

Ela sentiu o calor do hálito dele em seus lábios. Deslizou a mão para o cabelo dele, puxando seu rosto para diminuir a distância entre os dois. Uma corrente elétrica fluía em seu sangue. Sua pele ficou arrepiada. Seu coração pulou para a garganta.

Os lábios deles se encontraram, macios e ávidos.

Val passou as mãos por ela.

Serina se afastou.

As mãos dele caíram no cascalho entre os dois enquanto ela se erguia desajeitada.

— Espere. — Val agarrou o tornozelo dela gentilmente, não como se pretendesse de fato prendê-la. Serina se soltou com facilidade.

— Sinto muito — ela disse, embora não sentisse. Não de verdade. Sempre se perguntara como seria beijar alguém. Estivera preparada para o aspecto mecânico, mas não para a agitação no sangue ou o calor na barriga quando a boca dele encontrara a dela.

— Espere! Serina! — Val levantou num salto.

Ela tinha imaginado seu primeiro beijo como o começo de algo, não o fim.

Enquanto corria, gritou por cima do ombro:

— Agora me chamam de Graça!

VINTE E QUATRO

Nomi

Nomi subiu no barco, a saia tipo sino do vestido vermelho inflando no vento marítimo cortante. Ela usava um cinto dourado grosso, apertado com força ao redor da cintura, que combinava com as sandálias douradas e os brincos longos que Angeline tinha encontrado para ela.

A aia havia passado pó dourado em suas maçãs do rosto e pintado seus lábios de vermelho. Era uma maquiagem dramática, mais impactante do que Nomi costumava usar. Pela primeira vez, ela se sentia parecida com uma graça.

Mas sempre seria rebelde.

O bilhete para Renzo queimava contra seu seio. Ela o tinha enfiado no espartilho enquanto Angeline estava no lavatório. Asa tinha um contato fora do palazzo para quem entregaria a carta; Nomi só precisava arranjar um jeito de conseguir um momento com ele em um barco lotado com convidados e guardas.

Ela deslizou em direção a um ponto vazio na amurada e vasculhou a multidão atrás de Asa. O navio do superior era diferente de tudo que Nomi já vira. Estava atracado no lado do palácio que se abria para o oceano, uma vez que era grande demais para os canais estreitos da cidade. Havia luzes e sinos tilintantes pendurados sobre o convés amplo. As amuradas eram de madeira polida, entalhadas com desenhos intricados de sereias e peixes saltando no ar.

O convés superior era aberto, decorado com faixas de seda branca esvoaçantes. Perto da popa, dois elevadores de ferro forjado controlados por homens de uniforme branco transportavam os convidados. Outros criados se metiam no meio da multidão segurando bandejas com taças longas e canapés. No centro do convés, um grupo pequeno de músicos tocava. Ao redor deles, as graças do superior dançavam com homens que ele escolhera recompensar ou cujos favores lhe seriam úteis. A delegação de Azura usava azul-claro.

Nomi chegou a um trecho vazio de amurada e encostou nela, voltando a atenção para o mar. O sol tinha acabado de se pôr, e dedos de luz ainda se agarravam às margens do mundo. Acima, as estrelas começavam a cintilar.

Quando virou, notou Asa do outro lado do barco. Seus olhos se encontraram de imediato. Calor se espalhou do rosto para o estômago dela.

Um homem se aproximou dele e disse algo. Sua boca se moveu em resposta, mas Asa não parou de olhar para Nomi.

Uma figura bloqueou a visão dela, e uma voz sussurrada soprou gelo em suas veias.

— Boa noite, Nomi.

O superior.

Os pulmões dela congelaram. Nomi fez uma reverência, subitamente constrangida. Ela era uma aia insignificante de novo, deslocada e desajeitada naquela montagem brilhante. Com um bilhete traiçoeiro enfiado no vestido.

— Ines me disse que você está progredindo. — Ele tomou a mão dela e a segurou com força, seus dedos esqueléticos parecendo barras de ferro. O superior puxou o braço dela, indicando que queria que girasse. Nomi deu a volta devagar, a mão girando na dele, se sentindo ainda mais à sua mercê.

Seu aroma — de óleo de laranja e antisséptico — a enojava. A doença que o matava lentamente tinha tornado seu rosto magro e seu cabelo grisalho, mas não havia extinguido as chamas gélidas do seu olhar.

— Acho que consigo ver o que meu filho acha intrigante em você. — Ele a puxou para perto, colando o corpo no dela. Um nó surgiu na garganta de Nomi. Seus dedos formigavam na mão do superior. As unhas dele perfuravam a pele dela. — Você é um espírito a ser quebrado.

Nomi não conseguiu suportar e puxou a mão para se soltar.

Os olhos do superior se arregalaram. Sua mão cercou a cintura dela, e pela primeira vez Nomi ficou feliz pelo espartilho, que servia como uma armadura, uma barreira entre eles. A outra mão dele se fechou ao redor do seu pulso, tão forte que ela não conseguia se libertar. Não importava qual era a intenção de Malachi; o superior queria domesticá-la. E ia fazê-lo a qualquer momento.

Mesmo que ela pertencesse ao seu filho.

Depois de uma dança curta e torturante, o superior a soltou e inclinou a cabeça. Nomi fez uma reverência trêmula. Não era o balanço do barco que deixara suas pernas completamente bambas.

— Dance com o signor Flavia — ele ordenou. Outro par de mãos a apertaram. Um homem de peito largo a girou pelo convés. Seu peito úmido de suor pressionou o dela, seu hálito de vinho obstruindo seus pulmões.

— Com licença — uma voz profunda disse sobre o ombro dela. Por um segundo, Nomi pensou que era Asa. Mas não; era o irmão dele.

O signor Flavia parou de girá-la.

— Vossa eminência — ele disse, com uma reverência.

Nomi passou para outro par de mãos, como um cachimbo entre amigos. Mas o herdeiro não dançou com ela. Ele a levou à amurada, onde a brisa do mar bateu em seu rosto quente.

Malachi era muito maior que Asa. Musculoso enquanto o irmão era esguio. Imponente enquanto o irmão era amável.

— Você está tremendo. O barco lhe faz mal? — Malachi perguntou.

Nomi estava com medo de encará-lo. E se pudesse enxergar suas mentiras? Seu ódio?

— Estou corada por causa da dança, vossa eminência — ela disse.

— Suas mãos estão frias.

Aquilo a fez olhar para ele e puxá-las de volta.

— Estão? — Nomi perguntou numa voz estrangulada.

O cabelo dele tinha sido cortado recentemente. Malachi usava um terno azul-marinho entremeado com finos fios de ouro. As feições afiadas do seu rosto e seus olhos escuros não revelavam nada.

Ele gostava do desconforto dela? Desfrutava de saber que estava à sua mercê?

O herdeiro ficou em silêncio por tanto tempo que, só para quebrar o silêncio, ela perguntou:

— No que está pensando?

Nomi esperava que ele dissesse que não era da conta dela.

Malachi inclinou a cabeça para o lado, ainda a examinando, e disse:

— Acho que você teria sido mais adequada a outra época.

Nomi soltou o ar.

— O que quer dizer com isso?

Impertinente. Por que ela nunca conseguia segurar a língua?

Ele a olhou com os olhos estreitados, como se estivesse analisando sua reação. Até que seu olhar focou de repente no braço dela. Ele pegou a mão de Nomi de novo, erguendo-a até revelar as meias-luas no pulso, onde as unhas do superior tinham afundado em sua pele. O herdeiro encarou as marcas por um longo tempo.

— Meu pai fez isso? — ele perguntou por fim.

— Está mesmo surpreso? — Nomi olhava para o céu cheio de estrelas, brilhantes como um milhão de lustres de cristal, e desejou estar lá em cima, muito longe dali.

— Você não pertence a ele.

Os olhos dela se arregalaram ao ouvir a raiva sob as palavras de Malachi. Claro. Ela entendia aquilo.

Era uma questão de propriedade.

Cada vez mais furiosa, Nomi disse:

— Porque pertenço a *você*, certo?

Ele desviou o olhar por um segundo. Se Nomi não o conhecesse, pensaria que estava envergonhado. Mas então as sobrancelhas dele se ergueram.

— Tem algo ali… — Malachi disse, então hesitou, apontando para o decote dela.

Nomi olhou para baixo e perdeu o fôlego. Um canto da carta estava escapando do espartilho.

Seu rosto ficou em chamas. O coração parou. A mente girou. Ela cobriu o papel com a mão.

— É… uma parte do vestido, vossa eminência. Isso é tão constrangedor.

Ela fez uma reverência e pediu licença.

Nomi se apressou até o elevador, contornando a roda de dançarinos, com a cabeça abaixada. Assim que entrou no elevador e a porta de metal ornamentado se fechou, ela virou. Olhou para os dançarinos graciosos, girando ao redor dos músicos no centro. Um lampejo verde passou à sua frente — Maris nos braços de um cavalheiro mais velho e corpulento, com lábios vermelhos e uma camada de suor na testa. Os olhos dela estavam inexpressivos, desfocados, mas seus movimentos se mantinham precisos e controlados. Maris sorria, mas todo o seu corpo exalava infelicidade.

Se Malachi se importava tanto com o superior tocando suas graças, por que não se incomodava que outros homens fizessem o mesmo?

Com um silvo, o elevador desceu, obscurecendo a visão de Nomi.

Rapidamente, ela enfiou o canto da carta no decote, de modo que ficasse fora de vista. Como podia ter sido tão descuidada?

A caixa de metal parou e a porta se abriu. Havia menos tochas ali. Mais sombras. Era mais silencioso, a música e os risos abafados. A passagem estreita, com painéis de madeira, era opressora.

O outro elevador desceu com um novo silvo. Suas portas se abriram revelando um guarda do palácio, largo como uma montanha. Ela recuou, com a cabeça abaixada, para lhe dar passagem. Ali embaixo, o oscilar suave do barco era mais pronunciado. Nomi sentia o estômago se revirando.

O guarda não passou por ela.

— Siga-me — ele disse bruscamente. Nomi estava acostumada ao silêncio dos homens nos aposentos das graças, de modo que a voz a encheu de pânico. Ela o seguiu, embora cada músculo do corpo tentasse puxá-la na direção oposta. Seu coração martelava — *fuja, fuja.*

Eles passaram por um criado. Ela ouvia risadas e pés batendo no convés acima, mas não viu mais ninguém.

Nomi sentiu a barriga gelar quando o guarda abriu a porta e gesticulou para uma salinha apertada. Ele a deixou lá, sozinha, no escuro.

Nomi lutou contra as lágrimas. Malachi tinha visto a carta. Sabia o que era. E ia puni-la.

VINTE E CINCO

Serina

SERINA ESTAVA EM PÉ NA BEIRADA DO PALCO, com Oráculo. Em algum ponto mais atrás, Jacana, Gia e Theodora estavam sentadas, enquanto Penhasco dizia às novatas para não chorarem enquanto Âmbar se mantinha por perto de braços cruzados. Acima de todas elas, os guardas apostavam em qual lutadora venceria. Serina se perguntou se Val apostaria nela.

Não o tinha procurado; não conseguia olhar para nada exceto o palco vazio à sua frente. Em alguns minutos, a pedra pálida ia ficar encharcada de sangue.

— A floresta vai mandar Veneno — Oráculo disse, olhando à esquerda. — Devem estar desesperadas por rações.

— Por quê? — A pergunta arranhou a garganta de Serina. Suas mãos formigavam e o pulso martelava nas têmporas. O ar estava elétrico, a calmaria pesada antes da tempestade.

— É a melhor lutadora que elas têm. Mantenha distância, se conseguir — disse Oráculo. — Ela gosta de morder; passa veneno nos dentes. Ninguém sabe como não a afeta.

Veneno notou seu olhar e sorriu, expondo dentes artificialmente afiados. Serina teve vontade de vomitar.

Oráculo agarrou o braço dela para chamar sua atenção.

— Pérola vai lutar pelos penhascos do sul. Ela é forte e dá uns socos no estômago de matar, mas seus joelhos são fracos. Mire neles.

Engolindo em seco, Serina assentiu e deu uma espiada na mulher. Com ombros largos e quadris estreitos, Pérola era bem mais alta que a líder do seu bando. Embora se esforçasse para continuar respirando, Serina conseguiu perguntar:

— Como ela ganhou esse nome?

Pérolas deveriam ser pequenas e delicadas.

— Ela foi enviada pra cá quando as autoridades descobriram que trabalhava para o negócio de pérolas da família. Você sabe que mulheres não têm permissão de mergulhar. — Oráculo inclinou a cabeça na direção de uma lutadora do lado oposto. — Aquela é a campeã da praia, que não é das mais fortes. Ela está favorecendo o lado esquerdo, provavelmente se machucou no treinamento. Tire proveito disso.

Serina enxugou as mãos úmidas nas coxas. Imaginou o que as outras chefes dos bandos estavam dizendo sobre *ela*. Outro pico de adrenalina inundou o corpo de Serina quando o comandante Ricci subiu no palco.

— Lutadoras, assumam seus lugares — ele anunciou antes de se dirigir à escadaria que levava à varanda.

Ela não conseguia mexer as pernas. A luz do dia já desaparecia, e um pensamento nauseante lhe ocorreu: seria a última vez que veria o sol?

— O hotel ganhou semana passada, então vai testar uma lutadora nova. Fique de olho nela — Oráculo recomendou. — Não parece tão assustada quanto deveria.

Mesmo antes de vê-la assumir seu lugar no palco, Serina sabia que Oráculo estava falando de Anika, a mulher que manteve o olhar desafiador durante o processamento. Ela foi a primeira a subir. Tinha arrancado as mangas da camisa, revelando seus braços musculosos, e prendido o cabelo em fileiras de tranças apertadas. Anika não tinha dito que fora enviada para lá por ter matado alguém?

— Eu não consigo — Serina sussurrou, sentindo uma onda de terror dominá-la. Não era só o medo pela própria vida; era também o de tirar a de outra pessoa. Ela poderia ter treinado a logística da luta, mas seu coração, sua determinação de matar, não tinham sido testados. Infeliz, ela repetiu em um sussurro: — Eu não consigo.

— Petrel achava que conseguia — Oráculo disse, firme. — E eu também. É como ser escolhida como graça: só *você* deveria ter o direito de decidir. Pode ficar com raiva por isso. — Ela empurrou Serina. — Fique com raiva, Graça.

Serina subiu no palco. De alguma forma, enquanto encarava as outras lutadoras e as mulheres assustadas e famintas que as observavam, as palavras de Oráculo fizeram sentido. E sua raiva surgiu.

A líder do bando tinha razão. Tudo naquele mundo, até as prisões, colocavam as mulheres umas contra as outras enquanto os homens só observavam.

— Comecem! — o comandante Ricci gritou, jogando uma caixa no centro do ringue.

Corra até a caixa, Val tinha dito.

Serina se jogou na direção dela, rezando para que ele tivesse falado a verdade. Logo atrás, uma das lutadoras gritou. Ela atingiu a caixa quebrada, forçando-a a abrir e revelando uma série de facas. Apanhou uma e jogou o resto para a beirada do palco, enquanto alguém enfiava o joelho nas suas costas. Ela caiu, arfando, mas, se havia uma coisa em que Serina era boa, era em se reerguer.

Levantou num salto, atacando com a faca. Pérola desviou do golpe por pouco e balançou nos calcanhares. Serina avançou sobre ela, mirando os joelhos, e empurrou o mais forte que conseguia. A mulher recuou, tropeçando. Serina aproveitou seu desequilíbrio para derrubá-la.

A mulher foi ao chão, agitando os braços e batendo a cabeça na primeira fileira de assentos de pedra. Seu corpo ficou imóvel, e os olhos se reviraram. Ela ainda respirava, mas não levantou.

Bile subiu pela garganta de Serina.

Ela virou a tempo de ver Veneno derrubar a lutadora da praia. O rosto da outra mulher estava roxo, e ela tinha ferimentos profundos no ombro ensanguentado. Veneno deu um passo para trás enquanto sua vítima desabava e encontrou os olhos de Serina. Então sorriu, com os dentes afiados vermelhos, e correu na sua direção.

Todos os músculos no corpo de Serina ansiavam por fugir.

Uma faca voou no ar, mergulhando no peito de Veneno. A mulher tropeçou, mas não caiu. Outra lâmina encontrou a garganta de Pérola, matando-a antes que abrisse os olhos. Serina inspirou com força. Anika voltou ao ringue, com facas nas duas mãos. Devia ter se aproveitado das outras lutas para recuperá-las.

Serina se preparou para que uma das facas a encontrasse, mas Anika pulou sobre Veneno e cortou a garganta da mulher.

Pontos dançavam diante dos olhos de Serina. Um guarda comemorou. O resto da plateia assistia a tudo em silêncio.

Três corpos jaziam no chão.

Não pense. Não pare. A voz de Val preencheu sua mente.

Só mais uma lutadora. Então aquilo chegaria ao fim.

Anika se virou para ela, empunhando uma faca em cada mão, sua expressão determinada provocando um arrepio gelado pela coluna de Serina. A luz das tochas tremeluzentes lançava sombras grotescas sobre o palco, que se moviam como fantasmas.

Anika correu até ela e Serina girou, desviando do arco mortal das facas e estendendo uma perna ao mesmo tempo. Por um breve segundo, era mesmo como dançar. Então Anika caiu e Serina chutou sua mão com toda a força. A faca deslizou pelo palco com um tinido oco.

Anika soltou um grito frustrado. Serina pisou com força em sua outra mão, mas daquela vez a adversária estava preparada. Ela erbueu o ombro e empurrou a barriga de Serina, que deu um passo atrás, deslizando na pedra úmida. Anika golpeou o braço de Serina, abrindo um longo corte nele.

Uma dor ardente transbordou com o sangue. Serina ofegou. Anika foi para cima dela, tentando aproveitar a vantagem, mas Serina saiu do caminho no último segundo, e o movimento fez sua adversária cambalear. Serina deu um giro e chutou atrás do seu joelho. A mulher caiu com tudo. Enquanto rolava, tentando se erguer, Serina chutou a mão dela, fazendo a segunda faca sair voando.

Serina ficou com medo de que Anika tivesse outra faca escondida em algum lugar. Não podia arriscar. Sentou sobre seu peito e encostou sua própria faca em sua garganta, então empurrou os joelhos nos ombros dela, colocando pressão nas juntas.

Anika se debateu, mas não conseguiu removê-la. Como havia observado tão prestativamente quando se conheceram, Serina não era como as outras mulheres famintas. Seu peso extra lhe dava uma vantagem.

— Se renda — Serina rosnou, pressionando a faca forte o bastante para tirar sangue da garganta de Anika.

A adversária cuspiu na cara dela.

— *Não.*

O tempo transcorreu mais devagar. Serina encarou a mulher. Não estava mais lutando para se erguer. Mas sua expressão ainda era desafiadora, com a boca retorcida e os olhos desvairados e febris.

Ela teria que matá-la.

Tudo o que tinha que fazer era pressionar a faca um pouco mais, colocar seu peso no movimento, e venceria. Serina sobreviveria, e seu bando teria a comida de que tanto precisava.

Só uma vida. Só uma morte.

Um assassinato.

Ela encarou Anika. A mulher ofegava. Não se ouvia qualquer outro som, exceto pelo uivo do vento e o sangue de Serina batendo em seus ouvidos.

Vamos. Você já ganhou.

— Se renda, Anika — ela murmurou. — Não quero fazer isso.

Os olhos da outra campeã se estreitaram.

— Se não fizer, eu farei.

Não era um blefe. Ela estava falando sério. Mas havia algo assombrado na sua expressão. Serina tinha imaginado que Anika era uma mulher violenta, que merecia estar ali. Ela mesma tinha dito que matara alguém.

Assim como você "roubou"? Serina pensou, seu estômago se revirando. Alguma delas merecia estar ali? Merecia aquilo? A mão que segurava a faca tremeu.

Anika tentou tirar vantagem da distração de Serina, estendendo a mão sobre a pedra e tentando alcançar uma das facas, que estava a centímetros de distância. Serina só tinha um segundo ou dois antes que a luta recomeçasse.

Aquela era sua chance de escolher. De escolher o que *ela* queria. Serina merecia tal momento.

A faca tremeu em sua mão, mas a lâmina não penetrou mais fundo na pele.

Serina ergueu as mãos, tomada pelo horror de tudo aquilo.

— Eu me rendo.

Atrás dela, ouviu-se um ofegar coletivo. Acima, na varanda, um rumor agourento de vozes, ecoado por uma onda de sussurros na plateia.

A boca de Anika se abriu. Ela empurrou Serina para longe.

A garota apertou a faca, sentindo o corpo ficar anestesiado. Mas a convicção fluía por ela, preenchendo seu corpo. Tinha tomado a decisão certa.

Anika correu atrás de uma faca, mas não atacou. Só ficou lá, parada, encarando sua adversária. Era contra as regras matar uma lutadora que tinha se rendido. Ninguém sabia o que fazer.

Então a voz do comandante Ricci ressoou da plateia silenciosa.

— Tirem ela daqui!

Antes que os guardas pudessem obedecer, Oráculo e Âmbar agarraram Serina e a arrastaram para fora do palco e para a noite que se aprofundava.

VINTE E SEIS

Nomi

NOMI ANDAVA DE UM LADO PARA O OUTRO NO quartinho. Havia duas camas baixas encostadas nas paredes e uma pequena janela que se abria para o luar. Ela já se sentia numa cela.

O movimento do barco embrulhava seu estômago. Nomi encarou o horizonte prateado. Por um momento, pensou que fosse passar mal.

A porta se abriu. Ela virou. Uma lanterna jogou luz sobre o rosto duro do guarda. E ao lado dele...

Asa.

Ela voltou a respirar.

— Obrigado, Marcos — Asa disse, dispensando o guarda. Ele fechou a porta e pendurou a lanterna em um gancho na parede. Então se virou para Nomi. O espaço era pequeno e o vestido volumoso dela ocupava a maior parte.

Estava tão aliviada de vê-lo que quase se jogou em seus braços.

— Seu irmão viu a carta de relance — ela disse, um pouco sem fôlego. — Eu disse pra ele que era parte do vestido, mas, quando o guarda me trouxe aqui, achei que Malachi fosse me punir.

Asa diminuiu a distância entre eles, seu corpo esguio tenso com a energia reprimida.

— Você tem que tomar mais cuidado, Nomi. Não gosto que esteja arriscando tanto. Se alguma coisa acontecesse com você...

Ele estava tão perto. O suficiente para pôr as mãos na cintura dela sem precisar dar um passo. Nomi sentia o peso do seu olhar com tanta certeza quanto aquele abraço imaginado. Seus dedos queriam deslizar sobre os músculos do braço dele e sentir suas peles se tocando.

O desejo a assustava.

— Foi idiota, eu sei. — Ela corou enquanto o olhava nas sombras. — Mas o risco vale a pena. Não posso... não posso ser uma graça de Malachi, Asa. Não posso viver com minha vida nas mãos do superior. E Serina... isso vai funcionar e todos seremos livres. Ficarei mais atenta a partir de agora, prometo.

As mãos dele tocaram a cintura dela, exatamente como Nomi havia imaginado.

— Nunca conheci alguém como você.

Antes que conseguisse se impedir, ela passou as mãos sobre os ombros dele. Asa firmou seu aperto na cintura dela e os dois se beijaram, pressionados contra a porta. Centelhas douradas lampejaram diante das pálpebras fechadas de Nomi. Ela enfiou os dedos no cabelo grosso dele enquanto a boca de Asa se abria sobre a dela, aprofundando o beijo. O barco balançava suave abaixo deles, como se quisesse aproximá-los.

Se Serina estivesse ali, ficaria horrorizada com o comportamento de Nomi. Mas ela não parou. Aproveitou o calor da boca de Asa, o deslizar suave e áspero da pele dele contra a dela, os sentimentos se desvelando em seu âmago e inundando o quarto escuro de vermelho.

Ela se afastou, ofegante. Uma luz vermelha realmente cortava a escuridão. Através da janela, Nomi viu os vestígios de algo morrendo no ar. Outra rajada de dourado e vermelho explodiu no céu noturno.

— Olhe — ela disse, maravilhada. Já tinha ouvido falar de fogos de artifício, mas nunca havia visto.

Asa envolveu sua cintura por trás, e eles assistiram ao espetáculo juntos. Nomi exclamou de surpresa com uma explosão enorme e brilhante de verde e roxo, suspirando diante dos rastros brancos sutis que deixava no ar enquanto se dissipava.

Asa beijou a pele sensível na nuca dela. A última rajada deixou um rastro de fios dourados que sumiram no mar. Aos poucos, a fumaça se dissipou, revelando as estrelas outra vez.

— Logo virão procurar por nós — Asa murmurou.

Nomi inclinou a cabeça para trás, apoiando-a no ombro dele. Não queria ir para lugar nenhum. Mas, se fossem pegos, Serina nunca ficaria livre.

Ela enfiou a mão no espartilho e pegou a carta. Quando tentou entregá-la, Asa balançou a cabeça com tristeza.

— Sinto muito. Sei que disse que podia entregá-la a Trevi amanhã, mas não vou mais à cidade. Meu pai marcou um treino de armas para mim. Minhas habilidades de esgrima são tão ruins quanto as de dança.

— O que faremos? — Nomi perguntou, desanimada.

Ele correu uma mão pelo braço dela.

— Devo conseguir sair do palácio em três dias. Mas estou à mercê do meu pai, assim como você. Ele pode mudar de ideia sobre minhas atividades a qualquer momento.

Nomi tentou abafar o pânico se erguendo no peito. *Não há tempo.*

— O herdeiro vai nos levar para a cidade amanhã, a uma perfumaria. Onde fica seu contato? Posso entregar a carta a ele?

Asa já estava balançando a cabeça antes que ela terminasse a pergunta.

— É perigoso demais. Se alguém te visse...

— Então não é impossível — ela interrompeu.

Asa passou a mão pelo cabelo.

— Trevi fica no mercado, na piazza principal. Vocês provavelmente pegariam uma carruagem lá. É capaz que você o veja, mas...

— Vou encontrá-lo. De alguma forma, vou conseguir. —

Nomi se recusava a pensar nos riscos. Era culpa *dela* que Serina estivesse em Monte Ruína. Se fosse pega tentando salvá-la, pelo menos pagaria ela mesma por seu próprio crime daquela vez.

— Não sei. Se pudéssemos esperar...

— Não podemos — ela disse. — Leva seis dias para chegar a Lanos e seis pra voltar. O baile de máscaras é em catorze. — Ela tocou o rosto dele, os dedos hesitando sobre a barba por fazer. — Já há tão pouco espaço para erros.

Asa suspirou e apertou o rosto contra a mão dela.

— Você tem que me prometer que vai ser cuidadosa. Se não conseguir encontrar Trevi, ou se não tiver uma chance de se separar dos outros, desista. Prometa, Nomi. Se não conseguir, encontraremos outro jeito.

Ela o beijou de leve como resposta.

Seus braços se apertaram ao redor dela enquanto Asa dizia:

— Trevi é um homem pequeno, mais velho que meu pai. Usa um colete azul com botões de latão e trabalha numa barraca de facas na piazza. Você vai ter que encontrar uma desculpa pra se afastar. Ele não vai se aproximar das carruagens, mas não vai estranhar se entregar um bilhete e disser que vem de mim.

Nomi assentiu.

Uma risada alta do lado de fora assustou os dois.

— Você tem que ir — Asa disse, guiando-a em direção à porta. — Vou em alguns minutos. Se Malachi ou mais alguém perguntar, diga que ficou enjoada. — Ele confirmou que o bilhete estava bem escondido no espartilho. — O homem que trouxe você aqui, Marcos, é leal a mim. Se precisar me mandar uma mensagem, pode confiar nele. Ele faz rondas nos aposentos das graças. Mas não confie em ninguém mais, nem em sua aia. Entendido?

Nomi fez que sim, corada. De repente, tudo parecia estar acontecendo muito depressa.

— Você vai encontrar sua irmã de novo, Nomi — Asa murmurou. — Eu prometo. Agora vá. — Depois de um beijo rápido, ele a empurrou para fora da porta.

VINTE E SETE

Serina

ORÁCULO E ÂMBAR NÃO SOLTARAM SERINA ATÉ estar bem longe do anfiteatro. Ela tropeçava na trilha sulcada na terra.

A lua brilhava, iluminando as linhas duras do rosto da líder. À distância, luzes estranhas explodiam no horizonte. Serina não tinha certeza, mas achou que pudessem ser fogos de artifício.

O resto do bando as seguiu. Ela não olhou para trás, porque sabia o que veria. Decepção. Raiva.

Sangue corria do corte no braço.

Estavam todas em silêncio quando entraram na caverna. Alguém atiçou o fogo, fazendo as fagulhas voarem para o teto de rocha incrustada de fuligem.

Serina esperava que Oráculo a puxasse à parte para dar um sermão, mas a líder se virou para ela na frente de todas.

— Você nos traiu, flor — ela disse, ríspida, o termo carinhoso soando como um insulto. — Teve a chance de vencer... Petrel *morreu* para lhe dar essa chance. E agora vamos todas passar fome.

— Porque eu me recusei a *assassinar* alguém — Serina disparou. Ela não se sentiria culpada por saber o limite que não podia ultrapassar. Não conseguia matar alguém a sangue frio. Mesmo para alimentar suas amigas. Mesmo para salvar sua própria vida. — Não vê como isso é errado? Os guardas estão nos forçando a matar umas às outras por pura diversão. Deveríamos estar trabalhando juntas para garantir que ninguém passe fome.

Os olhos de Oráculo faiscaram.

— Eu já te contei o que acontece quando nos recusamos a lutar. Não são apenas quatro mulheres que morrem, mas *todas*. Não vou colocar vidas em risco porque você foi fraca demais para fazer o que era necessário.

— Não é fraco resistir! — Serina berrou. Até ir para aquele lugar, ela nunca tinha questionado as leis de Viridia. Mesmo quando chegara, havia aceitado as lutas. Eram horríveis, aterrorizantes e desumanas... mas as coisas funcionavam daquele jeito ali. Todas eram obrigadas a suportar aquela realidade. Assim como a realidade das graças. Assim como a realidade das leis de Viridia.

As mulheres não podiam ler.

Não podiam escolher seus maridos, empregos, futuros.

Não podiam mergulhar em busca de pérolas ou vender produtos para ajudar a família.

Não podiam cortar o cabelo sem que um homem ordenasse.

Não podiam pensar por si mesmas.

Não podiam escolher.

Mas *por quê?*

— Minha mãe me criou para nunca confiar em outras mulheres, porque sempre estaríamos competindo por algo. Mas não é verdade. Veja como cuidamos umas das outras aqui. — Ela encontrou Tremor entre o bando. — Nós nos curamos. — Ela olhou para Jacana. — Dividimos comida. — Ela pensou em Petrel. — *Morremos* umas pelas outras. — Seus olhos se encheram de lágrimas.

— Serina... — Oráculo alertou.

Mas ela não conseguia parar. Uma onda crescia em seu peito; se não falasse, ia destruí-la.

— Por que os deixamos fazer isso com a gente? — Serina perguntou, pensando além das lutas bárbaras. — Por que os deixamos nos quebrar? Nos fazer passar fome? Nos punir por sermos nós mesmas? É porque pensamos que somos *flores* delicadas? — A voz dela se ergueu. — Não acho que somos o que eles querem. É por isso que estamos aqui, pra começo de conversa. — Ela lembrou do que Oráculo lhe dissera ao chegar. De repente, as palavras significavam ainda mais, porque Serina acreditava nelas. — Não somos flores — ela disse, firme. — É como você disse, Oráculo. Somos concreto e arame farpado. Somos feitas de ferro. — Serina encarou as mulheres que a cercavam. — Somos inteligentes e perigosas. Os guardas sabem disso. Sabem que temos o poder de derrubá-los se trabalharmos juntas. Precisamos parar de nos matar e lutar contra *eles*.

Ninguém disse nada, mas os olhos de Âmbar ardiam. Algumas mulheres tinham dado um passo à frente para ouvir. Serina encarou Jacana. Os olhos da amiga estavam arregalados, suas mãos finas cerradas em punhos ao lado do corpo. Se trabalhassem juntas, se apenas...

— Saia. — A ordem de Oráculo cortou o silêncio como uma lâmina, perfurando Serina até o âmago.

— Mas...

— Você se rendeu — Oráculo rosnou. — Foi fraca e traiu seu bando. A punição para isso é o banimento. Agora está sozinha, Graça. Monte Ruína será sua casa agora.

Ninguém fez nenhuma objeção.

Era a segunda pena de morte que ela recebia. O superior não esperava que sobrevivesse a Monte Ruína, e agora, sem comida, abrigo ou água, estava mesmo condenada. Serina apertou o braço ferido contra o corpo e notou que, de alguma forma, ainda não tinha soltado a faca. Com um último olhar para Jacana e Oráculo, virou para o túnel. As mulheres abriram caminho para ela.

Não estava arrependida. *Sabia* que tinha razão. Talvez morresse por aquilo, mas morrer em seus próprios termos era melhor do que viver como uma assassina. Sua irmã ficaria orgulhosa.

Nomi não era mais a única rebelde.

VINTE E OITO

Nomi

Era só a segunda vez que Nomi saía do palazzo. Mas em vez de trazer frescor, o ar puro se acumulava em seus pulmões, pesado e espesso como óleo. Cassia falava animada enquanto o barco cortava o canal até a grande piazza de Bellaqua, onde o herdeiro as aguardava. Maris parecia querer tapar a boca dela. Nomi só conseguia olhar para a água enquanto tentava manter a expressão neutra.

A carta estava de volta ao seu espartilho.

A descrição do contato de Asa se repetia infinitas vezes na mente dela: *O nome dele é Trevi. Usa um colete azul. Trabalha numa barraca de facas. Não vai chegar perto das carruagens.*

Ela ainda não fazia ideia de como ia conseguir se afastar dos outros para abordá-lo. Se Trevi vendesse laços ou tecidos, podia fingir interesse nas mercadorias. Mas por que uma graça se interessaria por uma barraca de facas?

E aquele era só o primeiro obstáculo ao plano deles. Mesmo que Luca passasse a carta a Renzo de imediato, como ela pediria, e que seu irmão chegasse a Bellaqua antes do aniversário do herdeiro, ainda havia muitos outros passos para o plano se concretizar, cada um com seus próprios riscos e incertezas.

Primeiro, Nomi teria que escrever outra carta, com instruções explícitas do que fazer na noite do baile. Asa precisaria encontrar um jeito de entregá-la. A tentativa de assassinato deveria parecer ameaçadora sem colocar o superior em perigo de fato. Renzo teria que simular uma luta com Asa, que salvaria o pai. No processo, revelaria que Malachi o havia contratado. Então fugiria do palácio.

Para concluir, Nomi precisaria plantar a evidência — uma carta do assassino aceitando a tarefa — nos aposentos de Malachi.

E, durante as festividades, Asa precisaria persuadir o pai a se retirar para uma antessala, para facilitar a simulação.

Se tudo acontecesse como planejado, Asa imediatamente apontaria o dedo para Malachi e encontraria a carta no quarto do irmão.

Tinha parecido um plano arriscado e complicado, porém razoável, quando sonharam com ele naquele dia na varanda. Mas, à luz dura do dia, com a carta pressionada contra o peito, parecia absolutamente *ridículo*. Porque tudo, e tudo mesmo, dependia de Nomi encontrar um momento para falar a sós com um desconhecido num mercado abarrotado. Era somente o primeiro passo, mas poderia acabar com as esperanças deles.

Ela lutou contra uma onda de náusea.

— Você está bem? — Maris perguntou, colocando uma mão no seu braço. — Parece enjoada.

Nomi tentou clarear a cabeça, mas seu estômago ainda se retorcia. Nuvens escuras se aglomeravam acima dos prédios da cidade.

— Raios me assustam — ela disse baixinho, erguendo a cabeça para o céu ameaçador. Era verdade, e ela só não havia reparado no tempo até então porque estava com a cabeça muito cheia.

Maris acariciou o braço dela para reconfortá-la.

— São só nuvens carregadas, e estão longe. Às vezes ficam no horizonte por dias. Acho que nem vai chover.

— Você tem medo de *raios*? — Cassia parecia indignada.

Nomi cerrou os dentes.

Com um baque pequeno, o gondoleiro atracou na piazza. Uma carruagem grande pintada de preto e dourado esperava, com o herdeiro e seu condutor em pé ao lado dela. Os cavalos pretos e altos resfolegavam e agitavam as crinas. Atrás da carruagem, a piazza estava cheia de barraquinhas, vendendo frutas frescas, tecidos e até porcos abatidos inteiros.

Nomi foi a primeira a sair do barco. Ela caminhou em direção ao mercado, tentando parecer interessada nas mercadorias enquanto seus olhos buscavam freneticamente um homem baixo de colete azul.

Ela viu as facas primeiro.

Eram obras de arte, com a prata reluzindo ao sol e os cabos de metal torcido incrustado com pedras preciosas. A barraca ficava entre uma de tortas de carne e outra com prateleiras de luvas finas.

— Nomi! — Malachi agarrou o braço dela, que estremeceu. — As outras estão esperando.

O herdeiro a levou em direção à carruagem. Nomi sofria. Não podia se desvencilhar do aperto de Malachi, por mais que quisesse fazê-lo. Aquela era sua chance, provavelmente a única. Teve que abaixar a cabeça para esconder a decepção e se recompor.

A carruagem preta e dourada tinha cobertura, mas era aberta dos lados. O chão era de madeira polida e dois bancos acolchoados percorriam sua extensão. O condutor pulou no assento da frente, logo atrás dos dois cavalos.

Cassia ficou esperando pelo herdeiro. Ele a ajudou a subir na carruagem, depois foi a vez de Maris.

Nomi foi a última. Sentiu a mão quente e sólida de Malachi, que em seguida sentou ao seu lado no banco. Nomi estava muito consciente da perna do herdeiro pressionada contra a sua, os joelhos dos dois batendo um no outro conforme a carruagem se movia lentamente sobre as pedras da piazza. Ela observou a pequena barraca de facas e o homem de colete azul pela janela até que desapareceram de vista. Queria gritar.

Você tem mais uma chance, Nomi lembrou, tentando afastar a onda de desesperança que ameaçava esmagá-la. *Quando a carruagem voltar. Mais uma chance.*

— Como está hoje, Nomi? — perguntou o herdeiro. Ele usava camisa branca fina e calça de couro macio. Em outras circunstâncias, ela até poderia achá-lo bonito.

— Estou bem, vossa eminência — ela disse, tentando parecer sincera.

— Ines disse que vamos visitar uma perfumaria. É verdade? — Cassia perguntou, entrando na conversa. Ela se inclinou para o herdeiro, expondo todas as suas curvas pelo vestido laranja e amarelo.

Malachi assentiu.

— Vossa eminência tem um aroma preferido? No outro dia, mencionou que não gosta muito de flores. — Cassia estava exibindo seu conhecimento sobre o herdeiro para as garotas que via como adversárias, sem saber que nenhuma das outras duas queria estar ali. Maris e Nomi não perderiam o sono se o herdeiro presenteasse apenas Cassia com sua atenção.

Nomi sentiu Malachi dar de ombros quase imperceptivelmente.

— Não sei — ele disse. — Acho que nunca pensei nisso.

— Então teremos que descobrir — disse Cassia, animada. — Talvez uma de nós encontre a fragrância perfeita para atraí-lo.

— Talvez — Malachi disse, com um sorriso indiferente. Ele se virou para Maris, e Nomi percebeu a decepção nos olhos de Cassia antes que ela controlasse sua expressão.

— Do que você mais gosta no palácio? — ele lhe perguntou.

Maris sorriu, tirando o cabelo da frente do rosto. Ela parecia uma boneca: perfeita e vazia.

— Da oportunidade de passar tempo com vossa eminência.

O braço dele ficou tenso contra o de Nomi.

— É claro — Malachi respondeu.

Quando ele não fez nenhuma outra tentativa de iniciar uma conversa, Nomi se virou para ver a cidade passando. A carruagem seguia aos trancos por ruas estreitas e sacudia sobre as pontes arqueadas. Videiras com flores vermelhas escalavam os recessos das paredes das casas de pedra, e havia roupas limpas penduradas sobre as ruas, firmes como velas de barco num dia de calmaria. As nuvens cinza-escuro se agrupavam no alto, a oeste da cidade. A carruagem percorria longos trechos de rua pavimentada com nada exceto o sol acima dela, até virar uma esquina e reencontrar as nuvens sombrias.

Nomi torcia para que Maris tivesse razão e não chovesse. Ela tinha medo dos raios desde criança. Lembrava com um horror visceral das tempestades que rugiam através do vale, com a chuva caindo de lado e sua casa balançando a cada estampido de trovão. Naquela época, Serina deitava com ela na cama e as duas ficavam juntas até acabar. A irmã lhe cantava canções de ninar, mas Nomi continuava tremendo por um bom tempo depois do fim da tempestade.

Quicando, a carruagem diminuiu o ritmo até parar diante de uma loja com vitrine de vidro. Malachi desceu e estendeu a mão para ajudar cada uma das graças. Nomi cambaleou ao pisar nas pedras, seu sapato preso no pavimento irregular. O herdeiro a puxou um pouco mais para perto do que ela gostaria para que mantivesse o equilíbrio.

Ele não tinha nada da energia contida ou da elegância líquida de Asa. Era forte, sólido e totalmente focado. Nomi murchou sob o peso do seu olhar.

Como poderia escapar para realizar sua tarefa sem que ele percebesse? Era impossível.

Quando entraram, o brilho da perfumaria, mais forte do que a manhã nublada lá fora, a surpreendeu. A enorme loja era ocupada por penteadeiras dispostas em fileiras precisas. Havia mais espelhos pendurados nas paredes, refletindo uns aos outros. Aquilo dava ao espaço uma sensação surreal, como se fosse possível atravessar um espelho e seguir em frente.

Sobre cada mesa havia uma pequena garrafa de cristal, um pote de grãos de café e outro com chumaços de algodão. Cassia olhou ao redor com as mãos pressionadas contra o peito e riu de alegria.

Nomi e Maris ficaram perto da porta.

— Perfume me faz espirrar — Maris sussurrou.

— Talvez isso mantenha o herdeiro afastado — Nomi respondeu num murmúrio.

Maris soltou um ruído estranho, algo entre uma risada e um suspiro.

Malachi olhou para elas. Nomi se esforçou para segurar o sorriso histérico que borbulhava em seus lábios.

Então o perfumista emergiu de uma sala nos fundos, indo depressa até o herdeiro. O homem era baixo e corpulento, com um tufo de cabelo branco cercando uma careca e óculos redondos pousados sobre o nariz. Ele fez uma reverência profunda.

— É uma honra recebê-lo hoje, vossa eminência.

— Obrigado — respondeu o herdeiro. — Sinto muito por meu pai não ter podido nos acompanhar, como desejava. — Ele se virou para suas graças. — O signore graciosamente concordou em disponibilizar seu espaço para nós por algumas horas. Por favor, testem os perfumes e descubram qual seu favorito. Quando tiverem feito sua seleção, me informem e será um prazer adquirir uma garrafa para seu uso pessoal.

Graciosamente concordou... Nomi conteve uma risada. Como se o signore tivesse escolha.

Todas elas se curvaram ao mesmo tempo. Nomi estava prestes a se virar para Maris para perguntar por onde queria começar quando Malachi apareceu à sua frente. Ele estendeu a mão como um perfeito cavalheiro e indicou a mesa mais próxima.

— Vamos encontrar um aroma que te agrade?

Relutante, ela pôs a mão sobre a dele. Quando olhou por cima do ombro, encontrou Maris considerando com atenção as garrafas de uma penteadeira próxima enquanto Cassia borrifava perfume em um chumaço de algodão e cheirava delicadamente.

Malachi ergueu um algodão úmido.

— Que tal esse?

Nomi se inclinou para perto e torceu o nariz.

— Definitivamente não. Cheira a pêssego podre.

O herdeiro arqueou uma sobrancelha e aproximou o algodão do nariz. Um músculo em seu maxilar tremeu.

— Você diz podre, eu diria… maduro demais.

Nomi forçou uma risada. Malachi foi para a próxima mesa e ela o seguiu, irritada e perplexa ao mesmo tempo. Não tinha imaginado que testariam os perfumes juntos. Imaginara que o herdeiro ficaria à parte, observando suas graças com seu olhar intenso.

Nomi cheirou um óleo de laranja que fez sua pele se arrepiar com a lembrança do superior a agarrando no barco. Ela só balançou a cabeça para Malachi. O aroma do jasmim-manga que se seguiu era doce e simples, mas o herdeiro não gostou. Então foi a vez de uma fragrância com cheiro de grama, que, embora Nomi não amasse, pelo menos não odiava.

Cassia passava por toda a loja às risadinhas, numa tentativa velada de chamar atenção, mas Nomi acabou levando a tarefa a sério. Talvez porque os toques de condimentos e sândalo a distraíssem da carta escondida no espartilho. Da tarefa impossível que ainda esperava realizar.

— Esse é agradável — Malachi disse, oferecendo outro algodão.

Ela não conseguiu identificar o aroma. Fazia com que lembrasse de noites de neve em Lanos, com um toque de madeira queimando e algo mais, pungente e revigorante. Seus olhos se encheram de lágrimas.

— Posso ficar com esse, vossa eminência? — Nomi perguntou baixinho. Ela passou um pouco nos pulsos e inspirou o aroma outra vez. — Me lembra de casa.

Malachi inclinou a cabeça.

— O prazer é todo meu.

— Obrigada — ela disse, com uma pequena reverência. — E obrigada por nos trazer aqui. Foi muito generoso da sua parte.

Ele deu de ombros.

— Sei como é ficar preso no palazzo.

— Não quer dizer enjaulado? — Nomi perguntou sem pensar. Sua mão voou até a boca.

A atenção de Malachi pareceu mais afiada.

— É assim que se sente?

— Não, claro que não — Nomi emendou depressa. — É um lugar lindo. Um sonho. Mas faz tanto tempo que não saio de lá, e sempre quis ver Bellaqua. O dia de hoje foi um presente. — De repente, Nomi sabia como chegar a Trevi. — Na verdade, vossa eminência, eu... eu gostaria de lhe dar um presente também — ela disse, parecendo envergonhada. Quando olhou para Malachi de esguelha, pôde notar o lampejo de surpresa em seu rosto. — Como forma de agradecimento. Eu poderia escolher algo no mercado?

Nomi prendeu o fôlego. O herdeiro talvez achasse uma lembrancinha do mercado muito insignificante para ele. Talvez questionasse seus motivos.

Por favor.

— Você não me deve nada, Nomi. — Pela primeira vez, sua voz não soou rude ou distante.

— Sei que não — ela respondeu, um pouco rápido demais. — Mas certamente posso ser gentil. Como vossa eminência foi hoje.

Ele esfregou o queixo.

— Pois bem. Como desejar.

Inclinando a cabeça, ele transferiu a atenção a Cassia e depois a Maris. Quando seus perfumes tinham sido escolhidos, o céu já escurecera e os trovões ressoavam à distância.

Enquanto Malachi a ajudava a subir na carruagem, Nomi lutava contra o pânico que crescia dentro dela. O plano não funcionaria se começasse a chover antes que chegassem à piazza.

O caminho foi percorrido em silêncio, os quatro se remexendo com as sacudidelas do transporte sobre as ruas de pedras. Nomi ficou observando as nuvens cheias e as faíscas estalando dentro delas.

A carruagem parou alguns minutos depois. Daquela vez, quando o herdeiro a ajudou a descer, Nomi não puxou a mão tão rápido. Seu plano exigia que agisse com mais suavidade, porque Malachi precisava acreditar que ela queria fazer algo amável para ele. Aquilo podia até ajudá-la com a segunda tarefa — plantar a carta condenatória —, caso conseguisse um convite para adentrar os aposentos dele.

Nomi lembrou de algo que sua mãe tinha dito a Serina uma vez, anos antes:

— Sua habilidade de mascarar seus verdadeiros sentimentos, seu verdadeiro eu, será sua maior arma.

— Preciso de uma arma? — a irmã tinha perguntado.

A mãe empinara o queixo.

— *Toda* mulher precisa.

Enquanto Malachi ajudava as outras graças, Nomi se dirigiu à fileira de barracas no centro da piazza. O ar pesava ao seu redor. Assustada, ela viu que alguns vendedores já tinham partido, provavelmente para fugir da tempestade que ameaçava despencar a qualquer momento. Trevi estava guardando suas facas.

Não.

A barraca de luvas ao lado ainda estava aberta. Nomi se apressou. Malachi não demoraria para surgir, ela sabia. Já devia estar de olho nela.

Nomi correu a mão sobre o couro suave de um par de luvas pretas, então olhou por cima do ombro. O herdeiro tinha virado para falar com o condutor. Ela deu as costas bruscamente para o outro vendedor, enfiou a mão no espartilho e extraiu a carta. Trevi estava dobrado, guardando as adagas enroladas em veludo na prateleira de baixo da barraca.

Ela enfiou a carta na cara dele, com a mão trêmula. Trevi ergueu os olhos, surpreso.

— De sua eminência Asa — ela murmurou. — É urgente, ou ele teria trazido em pessoa.

Houve apenas tempo para que Trevi assentisse rápido antes que ela ouvisse passos nas pedras. Nomi virou de volta para o vendedor de luvas e acariciou outro par, de um marrom profundo.

Malachi apareceu ao seu lado.

Ela ergueu as luvas.

— Gosto dessas, vossa eminência. São um presente digno?

Ela não tinha dinheiro, mas esperava que o mercador não aceitasse o pagamento do herdeiro. Que fosse a escolha do presente, e não sua compra, que tivesse valor.

Malachi assentiu para o homem.

Ela entregou as luvas ao herdeiro, e suas mãos se roçaram quando ele as aceitou.

— Obrigado — Malachi disse.

No mesmo instante, gotas grossas de chuva começaram a cair.

Eles se apressaram até o canal, onde Maris e Cassia esperavam na grande gôndola preta. Assim que Nomi e o herdeiro subiram, o gondoleiro partiu.

Nomi não conseguiu evitar o sorriso que se abriu no rosto. Tinha conseguido. Se tudo andasse conforme o plano, veria Renzo em menos de duas semanas.

E, um dia, Serina.

A chuva pingava sobre seu vestido, as gotas escurecendo a prata. Ela estremeceu quando o céu relampejou acima deles. Um trovão balançou o barco, alto o bastante para ferir seus ouvidos. Agora que havia cumprido sua tarefa, Nomi foi tomada pelo medo de raios. Ela pulou para a margem assim que o barco atracou, antes que o herdeiro pudesse ajudá-la.

— Perdão, vossa eminência — murmurou, com a voz aguda.

Cassia disse algo sarcástico no mesmo instante em que uma lufada de vento varreu seu cabelo para trás e as gotas de chuva gélida se voltaram contra ela. Um trovão rugiu.

Nomi corria freneticamente em direção ao palazzo quando uma mão agarrou seu braço.

— Por aqui.

Malachi a levou por um caminho à direita da escadaria até um jardim sinuoso. Raios atravessavam o céu. Ele a puxou para baixo de um toldo, para evitar o pior da chuva. A pele dos braços expostos de Nomi se arrepiou. Parecia Lanos no auge do verão, quando as tempestades castigavam o vale e o ar esfriava, abrindo caminho para os ventos cortantes do outono.

Ela olhou ao redor, mas estavam sozinhos.

— Finalmente encontrei algo de que você tem medo — o herdeiro disse.

Nomi ergueu os olhos para Malachi, com o cabelo bagunçado pelo vento.

— Acha mesmo que só tenho medo de *tempestades*?

Um raio caiu, cintilando nos olhos dele.

— Você tem medo de mim?

Nomi o encarou de frente.

— Não quer que eu tenha?

A voz dele se ergueu acima do rugido do trovão.

— Por que você é assim?

— Assim como? — Nomi balançou. A chuva estava ficando mais forte, com grandes pancadas desabando sobre o jardim. O toldo não os protegia muito. O cabelo e o vestido dela estavam grudados na pele, pesados de água. Seu coração estava disparado, incitando a fuga.

— *Assim.* Diferente. Desafiadora. — Malachi, de lábios franzidos, deu um passo para mais perto dela, parecendo quase lutar contra o impulso. Seus olhos revelavam uma tensão que ela não entendia. — Não sei se deveria te punir ou...

— Faça seu pior — Nomi disparou, insensata, impelida pela tempestade. — Já mandou minha irmã embora. Já me fez sua.

— Você nunca responde como espero. — Malachi passou uma mão pelo cabelo molhado. Ele olhou para as cercas vivas, por onde a chuva escorria. — Quando escolhi você... eu não estava pensando. Não sei por quê...

— Eu sei — ela disse, com o rosto encharcado pela chuva. Não conseguia segurar a língua, ou se comportar como devia. Não quando estava no centro de uma tempestade, o medo e a fúria rugindo tão alto quanto os trovões. — Porque quer quebrar meu espírito. Não é isso? Foi o que seu pai disse.

— Ele não fala por mim — Malachi disparou, chocando Nomi. — Não sou meu pai.

— Não — ela disse, pensando no que Asa havia dito. *Volátil.* — Você é pior.

— Você não sabe o que está falando. — Ele parecia frustrado. Um raio iluminou seu rosto corado. Nomi estremeceu. — Você é...

Nomi chegou ainda mais perto dele, parando a um centímetro de distância, seu coração martelando.

— O quê? — ela desafiou.

Ele a encarou sob os clarões da tempestade.

— Perigosa.

Os lábios do herdeiro encontraram os dela com a força de um trovão. Nomi congelou por um instante, mas então se rendeu, molhada, febril e trêmula. Ele a agarrou com força, seu abraço tanto uma proteção quanto uma ameaça.

Ela se afastou ofegante. Os lábios dele estavam entreabertos, seu peito subindo e descendo rapidamente, como se tivesse corrido.

Ela se virou para a chuva torrencial e correu.

VINTE E NOVE

Serina

ERA FIM DA TARDE, QUASE CREPÚSCULO, quando uma tempestade desabou sobre Serina. Pancadas de chuva encharcaram suas roupas em segundos e o vento embaraçou seu cabelo, lançando mechas molhadas sobre as bochechas frias.

Ela continuou andando, ignorando teimosamente os raios que iluminavam o céu e os trovões que faziam o chão tremer. Não estava com medo. A tempestade a reconfortava, porque significava que Bruno e os outros guardas não sairiam para a patrulha.

Por fim, ela chegou à praia do leste. Em vez de se encolher na pequena caverna que tinha descoberto com Jacana, sentou na areia úmida e deixou a chuva lavá-la. Então ergueu as mãos em concha e bebeu o que podia. Enquanto via os raios lampejando sobre as ondas revoltas, pensou em Nomi. A irmã devia estar assustada. Serina desejou estar lá para aliviar seus medos, como fizera tantas vezes antes.

Na noite anterior, depois de ser banida, ela tinha ido aos penhascos e ficara assistindo aos fogos em Bellaqua. Pensara em pular. Mas, quando amanheceu, ainda estava lá, tentando encontrar um jeito de chegar a Nomi.

Enquanto a tempestade a açoitava, Serina deixou a mente descansar. Seu estômago vazio doía. Sentia cãibras sob os pingos de chuva. Mas seus pensamentos vagavam sem rumo, e aquela névoa momentânea era uma dádiva.

Quando a aurora despontou, o céu tinha se desanuviado, trazendo a manhã mais fresca e límpida que já vira. Era impossível se entregar para a escuridão quando o sol se erguia como uma fênix sobre o oceano, em um tom de laranja ardente.

Serina enrolou uma faixa de tecido da camisa em frangalhos em volta do corte no braço e olhou ao redor da praia fustigada pelo vento, começando a bolar um plano.

Primeiro, comida. Não ingerira nada no dia anterior.

Ela procurou frutos e encontrou aqueles de que Penhasco tinha lhe avisado, com um gosto horrível, mas que não matavam. E, de fato, ela continuou respirando.

Serina examinou as árvores que margeavam a praia e caminhou pelas rochas que começavam ao redor da faixa estreita de areia. Os altos penhascos não a interessavam, mas as pequenas cavernas em sua base, sim. Aquela que tinha encontrado com Jacana era uma das maiores, provavelmente grande o bastante para esconder uma jangada.

Estava voltando para as árvores, onde esperava encontrar mais comida, quando o som de passos se sobrepôs à batida constante das ondas.

Serina voltou à trilha. Não ocorreu a ela se esconder, porque imaginou que fosse Val à sua procura. Uma parte dela até torcia para que fosse.

Mas não era ele — era Jacana.

— O que está fazendo aqui? — Serina perguntou. A amiga parecia ainda mais tímida que de costume, com o cabelo loiro fino sobre o rosto em uma tentativa de se esconder.

Jacana parou onde a grama dourada ondulante dava lugar à areia dourada.

— Imaginei que pudesse ter vindo para cá. Queria saber se está tudo bem.

Serina sentou ao lado dela, encarando a água.

— Não posso dizer que estou bem. Mas estou viva, o que já é alguma coisa.

Jacana estendeu um garrafão.

— Roubei isso pra você. Achei que ia precisar de água.

Serina aceitou, agradecida, e deu alguns goles.

— Obrigada.

— Não consegui pegar comida, mas isso deve durar um dia ou dois. E você pode usar pra coletar mais. — Jacana olhou para as árvores. — Oráculo está muito brava. A maioria delas está.

Serina suspirou.

— Eu sei. Mas não acho que eu esteja errada.

— Nem eu — Jacana disse. Ela tirou os sapatos delicados e abriu os dedos na areia. — Mas é perigoso. E estamos todas famintas.

— E *por que* estamos famintas? — A raiva estalou e rosnou no peito de Serina. — Porque o superior não manda comida suficiente? Porque o comandante Ricci guarda tudo pra si mesmo? Ouvi Oráculo e Val conversando... Ele disse que o comandante fica com parte da comida que deveria vir para nós.

Jacana deu de ombros.

— Mas o que podemos fazer? Não dá pra todas se renderem. Como Oráculo disse, os guardas nos matariam.

Serina observou as ondas deslizarem em sua direção e recuarem para o mar.

— O que os guardas fariam se ninguém lutasse? — ela se perguntou. — Se não comparecêssemos?

Jacana esfregou o queixo.

— Acho que viriam nos buscar.

— Há guardas suficientes? — Serina questionou. — Eles têm armas de fogo, mas são cerca de quarenta, enquanto nós somos centenas. E conhecemos essa ilha melhor que eles, que ficam em suas torres de concreto e arame farpado, mal saindo para suas rondas...

— Mas não lutar ainda não nos garante comida — Jacana disse baixinho. — Não há o bastante na ilha para todas. Você sabe disso. Morreríamos de fome.

Serina esfregou os olhos.

— Você tem razão. — Ela não conseguia parar de pensar em uma saída. — Talvez a gente pudesse se rebelar quando um navio chegasse, assumir o controle dele e escapar.

— Isso é mais realista que uma jangada? — Jacana perguntou em voz baixa.

— *Nada* é realista — Serina admitiu, mas não podia desistir. — Qualquer plano começa com os bandos conversando uns com os outros. Encontrando um ponto em comum. Talvez dividindo a comida.

— Sem que os guardas saibam — Jacana interveio. Ela olhou por cima do ombro de novo, como se alguém pudesse estar espionando.

— Se souberem que estamos conspirando, encontrariam maneiras de nos dividir. — Serina pensou no comandante, em seus olhos apertados e cruéis. Tinha certeza de que ele pensaria em muitos jeitos de fazê-las pagar.

— Então como fazemos os bandos conversarem? — Jacana prendeu o cabelo atrás da orelha. Um machucado antigo, resquício do treinamento, deixara uma marca amarela em sua mandíbula. O corpo inteiro de Serina doía por conta da luta.

— Emissárias — ela disse, a palavra evocando lembranças do palácio. — Se Oráculo enviasse algumas mulheres para conversar com cada bando, só pra iniciar o diálogo... talvez elas pudessem levar algum tipo de oferta de paz. Comida ou água. Se as mulheres da caverna mostrarem que estão dispostas a suportar a privação pelo bem maior...

— As outras podem nos ouvir. Talvez até confiem em nós — Jacana concluiu. Um pouco de luz retornou aos olhos dela.

— Sim — Serina disse. Talvez focar nos primeiros passos, e não na meta final, fosse melhor. — Mas não acho que Oráculo vai aceitar. Ela não vai colocar o bando em risco.

Jacana esfregou as pernas, então levantou, enfiando os pés cobertos de areia nos sapatos.

— Eu falo com ela. A maior parte do bando ficou brava, mas algumas concordam com o que você disse. *Eu* concordo. Muitas de nós sabem que vão morrer se forem ao ringue. E algumas prefeririam correr o risco de tentar achar outra saída. Talvez um número suficiente para forçar Oráculo.

— Ela vai me odiar — Serina disse, abaixando a cabeça até as mãos. Respeitava a líder do bando; nunca tinha pretendido se opor a ela.

Jacana soltou uma risada seca.

— Sinto muito, Graça, mas acho que ela já odeia.

Serina levantou, apertando o garrafão contra o peito.

— Me avise se ela mudar de ideia ou se eu puder fazer qualquer coisa.

Jacana inclinou a cabeça.

— Talvez... talvez você deva tentar falar com os outros bandos. Você *acredita* nisso. Pode significar mais vindo de você.

— Pode ser. — Serina coçou a nuca. — Se os outros bandos não me matarem. Provavelmente vão achar que estou tentando roubar comida e nem terei uma chance de me explicar.

— É verdade. Mas todas viram você protestar ontem à noite. Podem ouvi-la. — Jacana sorriu, mas seus olhos verdes pareciam tristes. Ela deu um abraço rápido e apertado em Serina. — Tome cuidado. Espelho disse que os guardas gostam de caçar mulheres banidas. Sem a proteção do bando... — A voz dela foi sumindo conforme falava.

Serina tensionou a mandíbula.

— Obrigada pelo aviso. E pela água. Tome cuidado também.

Ela ficou observando Jacana desaparecer em um trecho de árvores emaranhadas. O sol se alongou, despejando calor sobre seus ombros, deixando-a ainda mais grata pela água.

Serina foi até a caverna esperar o calor do dia passar. O medo e a falta de comida faziam seu estômago doer.

Em algum momento ela caiu num sono inquieto. Acordou assustada por pesadelos com a luta e com o olhar determinado de Anika. Ela sonhou com Nomi também, abraçada a Malachi, com correntes douradas ao redor da garganta. *Me ajude*, a irmã sussurrava sem parar. Mas as mãos de Serina também estavam acorrentadas, e ela não conseguia mexer as pernas. Quanto mais tentava se aproximar da irmã, mais apertadas as correntes ficavam.

Finalmente, o homem segurando Nomi ergueu os olhos para Serina. Não era o herdeiro. Era o comandante Ricci, rindo.

Ela acordou, o rosto molhado de suor e lágrimas.

Você acredita nisso.

A voz de Jacana aos poucos abafou seus pesadelos. Talvez fosse a fome que a estivesse fazendo delirar, mas, de repente, não parecia uma ideia tão tola. Ir até os outros bandos... propor uma revolta... Um sussurro de esperança a percorreu. Talvez pudesse convencer as outras a se unirem. Uma revolta já poderia nascer se um único bando aceitasse trabalhar com a caverna.

E ela sabia com qual começar.

TRINTA

Nomi

Nomi não conseguia dormir. Tempestades assolaram o palazzo até muito depois da meia-noite, e ela estremecia a cada trovoada, sentindo como se estivesse sob ataque. Por fim, quando o céu se desanuviou e os primeiros raios da aurora entraram pela janela, ela se arrastou da cama e sentou na penteadeira. Foi como se estivesse olhando uma pessoa completamente diferente no espelho. Seus lábios estavam sensíveis e as bochechas coradas. Ela se encarou até que seu rosto pareceu embaçado e suas feições perderam o sentido. Mesmo envolvida num roupão grosso, tremia.

O herdeiro a tinha beijado.

Sua mente estava presa àquele momento.

A chuva torrencial, o calor da boca de Malachi, o jeito como o corpo dela se pressionara contra o dele, como se o quisesse. Mas não queria.

Não quero.

Longe da chuva, do calor e da raiva, seu estômago se embrulhava com a lembrança. Ela havia aceitado aquilo porque sabia que era obrigada? Porque não era uma escolha, quando se tratava do herdeiro?

Não tinha certeza.

De qualquer forma, parecia uma traição a Asa.

E a si mesma.

Angeline entrou agitada no quarto, carregando algo apertado contra o peito.

— Ines disse que o herdeiro quer tomar café da manhã com suas graças na praia. Vai ser gostoso passar um tempo no sol, não?

Café com o herdeiro? Ela se sentiu enjoada.

Angeline esticou a peça de roupa que segurava na cama — uma roupa de banho preta.

— Está um dia tão lindo. O céu está tão *claro*. Quase não dá pra acreditar na tempestade que caiu ontem.

— É — Nomi comentou numa voz fina, olhando fixamente para o próprio reflexo.

— Você está bem? — Angeline perguntou. — Parece um pouco preocupada. O passeio de ontem foi cansativo?

Cansativo? O herdeiro me chamou de perigosa. E então me beijou.

As palavras queriam sair dos lábios de Nomi. Ela queria falar a respeito, mas com sua irmã. Pensou na carta, viajando para o norte até Lanos. Pensou em Asa, se preparando para lançar uma acusação falsa contra o irmão.

O herdeiro tem razão. Eu sou perigosa.

Depois de vestir a roupa de banho, Nomi se juntou às outras em uma sala. De lá, Ines as conduziu até a praia. Sonolenta e relutante, Nomi seguiu Cassia e Maris sob a luz ofuscante do sol.

Uma mesa de ferro forjado tinha sido posta a alguns metros da água, sobre um tapete xadrez branco e preto. Cortinas brancas pesadas foram fixadas sobre estacas para fornecer sombra. Ao lado da mesa, havia espreguiçadeiras enfileiradas como soldados ao sol.

O herdeiro estava sentado sozinho à mesa. Cassia logo deu um passo à frente para assumir o assento ao seu lado, enquanto as outras duas seguiam a passos lentos até ele; as sandálias de laço de Nomi se enchiam de areia, fazendo-a cambalear. Ela manteve a cabeça abaixada. Seu crânio parecia cheio demais, prestes a explodir com tudo o que tinha acontecido na noite anterior.

Malachi esperaria mais?

É claro. Você é a graça dele.

Ela era dele. O pensamento preencheu toda a sua mente, inevitável. Não importava que tivesse sentimentos por Asa. Que não quisesse ser tocada por Malachi.

A princípio, Nomi tinha se tranquilizado com o fato de que Cassia atraía a maior parte das atenções dele. Imaginara que o herdeiro correspondesse ao entusiasmo dela. Mas e se Malachi escolhesse *ela* para dividir a cama na noite do seu aniversário? E se seu comportamento da noite anterior tivesse inflamado o interesse dele?

— O que aconteceu com Malachi ontem? — Maris perguntou baixinho. — Vocês desapareceram. Cassia ficou *furiosa*.

Nomi poderia contar tudo a Maris, mas não ali. Não com Cassia e o herdeiro tão próximos. Então, do jeito mais casual que conseguiu, disse:

— Ele me ajudou a escapar da chuva. Ficou com pena quando me viu assustada daquele jeito.

Não era pena, ela sabia. Era a volatilidade dele. Ignorando-a por semanas, então indo atrás dela. Beijando-a no meio de uma discussão, sob uma tempestade.

— Ele saiu correndo atrás de você — Maris disse. — Queria que tivesse feito o mesmo por nós. Ficamos encharcadas. Pensei que ia tropeçar subindo as escadas e quebrar o tornozelo.

Nomi abriu um sorriso amarelo. Também gostaria que Malachi tivesse ido atrás delas. Que nunca a tivesse encurralado sob o toldo. Que nunca a tivesse beijado. Que ela mesma nunca tivesse retribuído o beijo.

Quando as duas se acomodaram na mesa, Cassia já tinha vários sanduichinhos no prato. Seu cabelo brilhante estava preso no topo da cabeça com um laço rosa-choque. Ela usava uma roupa de banho da mesma cor com decote baixo, que favorecia sua figura. Era igual à de Nomi, com as alças se cruzando acima do busto e o tecido elástico se abrindo em uma sainha nos quadris, exceto pela cor.

O cabelo escuro de Maris estava preso em uma trança grossa, e seu corpo esbelto estava coberto pela roupa de banho dourada que brilhava ao sol.

— Bom dia — o herdeiro disse a elas.

Usava um calção azul-escuro, com a pele dourada do peito e dos braços exposta. Seu sorriso satisfeito o deixava parecido com o pai.

E ele olhava diretamente para Nomi.

Ela abaixou o rosto para o prato quando uma onda de calor subiu até suas bochechas.

Ao seu lado, Maris comia um sanduíche, com a cabeça virada para observar as ondas. Nomi verteu um fio de mel sobre um pãozinho redondo e tentou comer, mas seu estômago não se assentava. Não com Malachi do outro lado da mesa. Não com a lembrança da noite anterior em sua mente. Desejou que Asa estivesse ali. Ele distrairia o irmão e abriria um sorriso discreto para ela, lembrando-a de por que lutavam.

— Como você dormiu, Nomi? — o herdeiro perguntou, interrompendo os pensamentos dela.

— Muito bem. — As palavras saíram entrecortadas. — E vossa eminência?

— Também. — A voz dele ficou mais grave. — Uma boa tempestade esclarece tudo no fim, não acha?

Maris afastou o olhar da água. Cassia inclinou a cabeça.

Nomi só pôde abrir um sorriso amarelo e empurrar a comida, sem apetite algum. Assim que os pratos foram retirados, ela levantou, pedindo licença e escapando para mais perto da água.

Suas mãos tremiam enquanto ela tirava as sandálias e as jogava na areia. Nomi fechou os olhos e inclinou a cabeça, sentindo a luz do sol forte e quente contra o rosto.

— Gosta de nadar, vossa eminência? — A voz de Cassia flutuava sobre as ondas se quebrando.

Nomi entrou na água. Sentiu o frio contra sua pele quente, com ondas gentis. Ali, ela não tinha que fingir. Não precisava ver a satisfação de Malachi em reivindicar seu prêmio. Talvez pensasse que as luvas com que lhe presenteara significavam que ela havia se resignado. Mas, se era o caso, estava errado.

De repente, ela ouviu o som alto de alguém mergulhando atrás de si. Nomi se virou para ver o herdeiro andando pela água até ela.

— Muito refrescante — ele disse.

A boca dela se abriu.

— Vossa eminência.

Malachi abriu um sorrisinho antes de mergulhar, submergindo completamente. Quando voltou à tona, sacudiu o corpo como um cão, espirrando água nela.

— Sabe nadar?

Nomi negou com a cabeça. Em Lanos, não havia por que aprender.

Ele estendeu as mãos e tocou os braços dela. Nomi ficou tão chocada que levou um momento para perceber que o herdeiro a estava puxando lentamente para longe do raso. Ela resistiu. Seus dedos do pé se fincaram na areia, enquanto ondas leves batiam contra sua clavícula. O medo explodiu no peito dela. *Fundo demais, fundo demais.*

— Por favor, vossa eminência.

Seria possível que quisesse apenas assustá-la? O coração de Nomi bateu mais rápido.

Malachi parou, suas mãos ainda envolvendo os pulsos dela.

— Quando eu tinha cinco anos — ele disse num tom casual —, meu pai me jogou na água. Aprendi bem rápido a boiar.

Nomi perdeu o fôlego. Era horrível. E se ele tivesse se afogado?

Era aquilo que o herdeiro ia fazer com ela?

— Não temos onde nadar em Lanos — ela disse, com a voz trêmula. Quando uma onda maior a empurrou, Nomi ficou na ponta dos pés, em pânico. — Sempre achei que seria agradável, mas… é assustador. — Ela deu um passo para trás, querendo voltar para o raso.

Ele a soltou, mas se aproximou, sua pele deslizando contra a dela enquanto a envolvia frouxamente com os braços.

— É isso que estou tentando dizer — o herdeiro comentou em um tom diferente, mais suave. — Não acho que *precise* ser assustador. Aqui, ponha os braços ao meu redor. Vou mostrar.

Ele está brincando comigo.

Relutante, Nomi apoiou as mãos em seus ombros. Olhava fixamente para a garganta dele, onde a pele úmida brilhava.

— Olhe para mim.

Devagar, ela ergueu o queixo, e seus olhos se encontraram, os dele tão intensos quanto da primeira vez que o vira, quando a surpreendera no corredor.

— Prometo que não vou te soltar.

Malachi a puxou para mais perto, até que seus corpos deslizaram um contra o outro. Devagar, foi mais para o fundo. Com o coração na garganta, Nomi sentiu a areia desaparecer sob os pés. Instintivamente, apertou os braços ao redor do pescoço dele. *Longe demais, longe demais.*

Mas ela estava flutuando. O abraço dele mantinha sua cabeça bem acima da água, enquanto o resto de seu corpo flutuava. Ela deu alguns chutes, sentindo a corrente passar.

Os olhos de Nomi se arregalaram.

Malachi sorriu.

— Viu? — ele disse suave. — Não é tão ruim.

A pressão no peito dela se aliviou um pouco.

— Me sinto tão leve. Como... uma nuvem. Parece que posso flutuar para longe. — E ela gostaria muito de fazê-lo.

— Bom, por enquanto não vamos fazer isso. — Ele sorriu, e por um segundo pareceu se divertir com ela. — No começo foi difícil, mas agora adoro nadar. — Algo no modo como ele disse aquilo, talvez a gentileza em seus olhos, fez uma onda de calor atravessar o corpo dela. As mãos de Malachi deslizaram pelas costas de Nomi, e a corrente os empurrou para mais perto um do outro, permitindo que as pernas dela flutuassem sozinhas para o redor dos quadris dele. Estava agarrada ao herdeiro tanto quanto podia.

Agarrada.

Nomi inspirou fundo. Ainda se encaravam, seus rostos a centímetros de distância. Sentiu o estômago gelar. Os olhos dele escureceram; a intensidade estava de volta, toda a jovialidade anterior sumindo. O mundo foi reduzido ao deslizar sedoso de pele, ao espaço cada vez menor entre seus lábios.

— Encontrou o presente que deixei pra você? — ele perguntou, em voz baixa.

— Presente? — ela repetiu, como uma tola. De repente era difícil pensar. O que estava acontecendo?

— O livro.

O corpo de Nomi ficou rígido. Asa tinha lhe dado o livro. Não tinha?

— E por que deixaria um livro para mim? — Ela tentou parecer tranquila, mas sua voz trêmula a traía.

— Sua irmã sabia ler — ele disse, o corpo balançando com os empurrões insistentes da corrente. — Pensei que talvez soubesse também. Esperava que... — Ele não terminou o pensamento.

O momento passou, estilhaçando qualquer simpatia que sentira em relação a Malachi.

É uma armadilha, é uma armadilha, é uma armadilha.

Nomi não estava mais andando na corda bamba; estava agarrada a ela com uma mão só. Não era uma questão de cair ou não, mas de *quando*.

— Não, vossa eminência — ela disse, com a voz rouca. — Não sei ler.

A luz do sol deixava os olhos dele coloridos por um castanho-dourado brilhante. Nomi não conseguia evitá-los.

— Entendo — ele disse por fim, mas ela não sabia dizer se acreditava. — Foi um presente, como eu disse. Talvez não de todo inocente, mas tampouco tinha a intenção de envenenar. Se você *sabe* ler...

Nomi olhou para todo lado. De repente, o milagre da falta de peso pareceu uma maldição. Ela não podia escapar dele, não em águas tão profundas. E precisava escapar.

— Por favor — ela sussurrou, se debatendo. — Quero sair da água.

— Te aborreci? — Malachi perguntou. Nomi não sabia se sua preocupação era real ou se ele estava zombando dela.

— Eu só... quero sair da água — ela disse, cada vez mais nervosa. Nomi se desvencilhou dele, e sua cabeça afundou na água. Ela cuspiu, o terror tensionando cada músculo seu. Mas, de alguma forma, chegou ao raso. De alguma forma, chegou à praia.

Seus dentes batiam. Os pulmões doíam.

Ela subiu pela areia pingando, então pegou uma toalha de uma espreguiçadeira e a enrolou no corpo, tremendo. Malachi a seguiu.

— Você está bem?

Nomi inclinou a cabeça e fez uma reverência curta, ciente de que Cassia e Maris estavam observando.

— Só estou com frio, vossa eminência. Posso voltar ao quarto para pegar roupas secas?

— É claro. — Ele parecia querer falar mais, mas Nomi não podia mais suportar.

Ela continuou a sentir frio pelo resto do dia.

TRINTA E UM

Serina

Serina levou três dias para reunir coragem e se aproximar do hotel. Nesse meio-tempo, não falou com ninguém, se escondendo no fundo da caverna quando os guardas faziam suas rondas e sobrevivendo à base de mexilhões que tirava das pedras e de frutas que encontrava à margem da floresta.

Ela esperava que Jacana trouxesse a notícia de que Oráculo já havia negociado uma trégua.

Esperava por Val, se perguntando por que ele não tinha ido encontrá-la. Havia esquecido a conversa sobre as praias do leste? Ou achava que ela já estava morta, perdida em algum lugar?

Pensou em Nomi, nas mãos de homens cruéis. O herdeiro já tinha comemorado seu aniversário? Serina sabia o que aconteceria naquele ocasião e no sofrimento que seria para a irmã.

Ela tentou adivinhar o que Renzo estava fazendo. Fechou os olhos e o imaginou passeando pelo mercado central de Lanos. Passando pela barraca de carne, com coelhos esfolados e frangos pendurados pelos pés, prontos para assar. Pelo vendedor de frutas, com baldes de cerejas cor de vinho, morangos vermelho-sangue e pêssegos suculentos à venda. Ao lado dele, ficava a barraca de frutas secas, com abacaxi glaciado, lascas crocantes de banana, anéis duros de maçã com noz-moscada. Em sua mente, Renzo parava em frente ao padeiro preferido deles, Alonso, com suas cestas de pães quentes. Ele escolhia um cornetto e um folhado com recheio de avelã. Então abria um sorriso travesso, jogando o cabelo preto para trás.

Na ausência de Nomi, quem estaria cortando seu cabelo?

Serina se esforçou para que seus pensamentos retornassem a Monte Ruína, com lágrimas escorrendo pelo rosto. Então levantou. Era hora.

Antes de sair da pequena enseada, coletou a maior quantidade de mexilhões que encontrou e os colocou em um bolso criado amarrando a barra da camisa. Deu um golinho no garrafão de água de Jacana e passou sua alça sobre o ombro. A faca que tinha guardado da luta estava enfiada no buraco que ela tinha aberto na cintura da calça.

Ela caminhou para o sul, margeando o litoral por uma hora antes de se dirigir ao interior da ilha. Monte Ruína não era tão grande — provavelmente levaria um dia para viajar do ponto mais ao sul ao extremo norte — e era relativamente fácil se localizar por ali. Trilhas entrecruzavam as planícies e a floresta, e os campos de lava eram abertos, permitindo visibilidade total. Serina usava as torres de guarda para marcar seu progresso, embora mantivesse uma boa distância delas.

Ela encontrou um pequeno riacho e encheu o garrafão. Manteve-se atenta a javalis, mas não encontrou nenhum sinal deles.

Finalmente, chegou ao anfiteatro. Cheio de mulheres e luta, era aterrorizante. Vazio, era apenas sombrio. Silencioso demais. O ar ficou mais espesso e, por um momento, ela imaginou que os espíritos de todas que tinham morrido ali a observavam. Então balançou a cabeça, tentando afastar o pensamento.

Ela chegou ao hotel Tormento no fim da tarde.

Logo depois da trilha que dava para o prédio parcialmente destruído, uma mulher alta apareceu na sua frente. Seu cabelo caía sobre os ombros em duas longas tranças, e uma cicatriz grossa corria ao lado do pescoço. Ela cruzou os braços de um jeito ameaçador.

— Não aceitamos exiladas.

Serina desamarrou a ponta da camisa para revelar os mexilhões, com o coração disparado.

— Quero propor uma oferta de paz. Não estou pedindo para me aceitarem no bando. Só gostaria de falar com Retalho.

A mulher lhe lançou um olhar demorado. Por fim, sua postura tensa relaxou.

— Venha comigo.

Serina a seguiu por uma trilha pedregosa até o hotel. Colunas enormes na entrada se erguiam tortas para o céu, presas a uma onda de rocha vulcânica. A treliça tinha desabado do teto do saguão, e ladrilhos de mármore branco eram visíveis em pequenas lacunas que a lava deixara intocada. Vasos de cerâmica enormes jaziam quebrados e parcialmente derretidos, seus tons vibrantes de azul e vermelho desbotados pelo calor da lava. Divisórias de bambu esfrangalhadas e chamuscadas batiam umas contra as outras de um jeito macabro a cada lufada de vento.

Serina estremeceu. Pensava que a caverna era um lugar deprimente, mas aquele hotel, como seu nome sugeria, era atormentador. Era fácil demais imaginar seus hóspedes correndo para tentar se salvar. Fácil demais imaginar os fantasmas.

A mulher a conduziu através do saguão destruído e então virou à esquerda, pegando uma passarela ao ar livre limitada de um lado pela casca de pedra e aço de um prédio e do outro por um canal de água salobra e malcheirosa. Um prédio idêntico emoldurava o lado oposto da água. As duas estruturas tinham três andares e eram margeadas por varandas com balaustradas e buracos onde as portas deveriam estar. No fim do canal, uma torre redonda larga conectava ambas as construções. A maior parte da torre tinha queimado, mas seu esqueleto de ferro curvado e concreto permaneciam. Na base, havia uma escadaria de mármore rasa; Retalho estava sentada no topo, afiando pedaços de metal para produzir facas.

Ela ergueu os olhos ao som dos passos. Seu cabelo preto espetado emoldurava um rosto angular atravessado por cicatrizes finas.

— O que está acontecendo?

— Ela disse que queria falar com você — a sentinela respondeu.

Retalho só olhou para a mulher.

— E daí?

Serina deu um passo à frente e desenrolou com cuidado a barra da camisa, dispondo os mexilhões aos pés de Retalho e resistindo ao impulso inexplicável de fazer uma reverência.

— Só quero conversar.

Retalho arqueou uma sobrancelha.

— Não converso com traidoras.

— Achei que fosse querer conversar com a mulher que poupou a vida da sua lutadora — Serina disse, tentando soar firme e usando toda força de vontade que possuía para encarar a mulher.

Retalho se reclinou na cadeira enferrujada e girou a faca na mão.

Serina suspeitou que tinha poucos segundos antes que aquela lâmina voasse e aterrissasse em seu peito.

— Os bandos precisam se unir e tomar a ilha — ela disse, as palavras se atropelando para sair antes que a mulher atacasse. — Os guardas têm armas de fogo, mas são poucos, e nós conhecemos a ilha. Se nos uníssemos e dividíssemos nossos recursos, poderíamos ser *livres*.

A faca parou.

— O que Oráculo disse? Presumo que tenha compartilhado suas ideias com ela primeiro.

Serina se esforçou para retribuir o olhar de Retalho. Sentia a boca seca como areia.

— Traí o bando ao me render. Ela achou que não tinha escolha além de me banir. Mas é isso que o comandante Ricci quer. Espera que briguemos entre nós, que nunca questionemos o funcionamento das coisas deste lugar.

— E por que questionaríamos? É nossa realidade. — Retalho testou a ponta da lâmina.

— Não precisa ser — Serina argumentou. — Somos centenas de mulheres numa ilha mal supervisionada aprendendo a lutar. O comandante nos deu todas as ferramentas de que precisamos para derrubá-lo.

Retalho se ergueu lentamente, descendo os três degraus baixos para que as duas ficassem no mesmo nível. Serina prendeu o fôlego.

— Você é novata, foi banida e não sabe de nada — a mulher disse por fim, girando a faca na mão.

Serina se virou, decepcionada.

— Obrigada por me ouvir.

Atrás dela, a voz de Retalho soou.

— Falou com os outros bandos?

Serina olhou por cima do ombro.

— Só com você e Oráculo por enquanto. Comecei com os mais fortes.

Retalho a examinou com olhos estreitados.

— Se conseguir o apoio das outras chefes, posso pensar a respeito. Mas só se houver um plano. Um *bom* plano.

Serina sentiu o corpo relaxar de alívio. Já era alguma coisa.

— Obrigada.

Retalho a dispensou com um aceno. A mulher que havia conduzido Serina até ela a acompanhou na saída. Quando Serina estava de volta ao saguão arruinado, Anika entrou. Ela parou com tudo ao vê-la. Por um longo momento, as duas se encararam, então Serina continuou andando até a luz minguante do sol. A sentinela a acompanhou até a trilha principal, então desapareceu na floresta.

Serina tomou um gole do garrafão, ignorou o estômago que roncava e começou a longa caminhada até a praia do leste, com uma esperança cautelosa marcando seu ritmo. No dia seguinte, visitaria Graveto. Talvez Jacana tivesse feito algum progresso com Oráculo.

Ela chegou à praia assim que o sol se pôs, os rastros de noite cruzando o crepúsculo para encontrá-la. Ficou em pé na beira da água e observou as estrelas surgirem.

Alguém assoviou logo atrás.

Serina virou bruscamente, arrancando a faca da calça com tanta força que rasgou ainda mais o tecido.

Bruno estava a alguns passos dela.

— Eu estava me perguntando onde você tinha se escondido — ele disse. A escuridão cobria seu rosto e transformava seu corpo em uma sombra.

— Saia daqui — Serina cuspiu.

Seus dedos apertaram a faca com mais força. Ela não era mais a garota submissa da última vez que tinham se encontrado, mas ainda estava assustada.

Ele se aproximou. Ela lutou contra o instinto de recuar.

— Por que deveria? — Bruno perguntou, tranquilo. — Você não tem mais a proteção do bando. Posso fazer o que quiser.

— Você pode tentar — ela rosnou, então saltou para a frente. Serina esperava que ele não tivesse visto a faca no escuro e não esperasse que ela atacasse primeiro. Apunhalou-o na barriga, mas o corte foi superficial.

Ele rugiu. Sem hesitar, deu-lhe um tapa com as costas da mão, tão forte que Serina voou sobre a areia áspera. Ela manteve a mão apertada no cabo da faca, que agora estava úmida de sangue. Enquanto levantava cambaleante, ele chutou a lateral de seu corpo.

— Renda-se — Bruno murmurou, se jogando sobre Serina, com os pés um de cada lado do quadril dela. Ela enroscou uma perna nas dele e se ergueu com impulso, derrubando-o com um giro, e cortando a lateral de seu corpo com a faca.

Ela estava de pé e pronta para correr quando ele agarrou seu tornozelo e puxou.

Serina caiu de novo, a areia enchendo sua boca. Ela cuspiu e gritou, o pânico e a fúria a consumindo.

Os dedos de Bruno se afundaram na pele dela, prendendo-a junto de si. Lentamente, ele se ergueu, e começou a arrastá-la. O pânico a dominou. Serina chutou e se debateu violentamente, o terror lhe dando força. Seu braço bateu no garrafão de água, que rolou para fora de seu alcance antes que pudesse usá-lo como arma. O pé dela finalmente atingiu o joelho de Bruno. A mão dele vacilou só por um instante.

O homem grunhiu quando ela se libertou.

A respiração de Serina ardia na garganta. Ela levantou sem jeito, se afastando dele. A escuridão era desorientadora, deixando o rosto de Bruno ameaçador e surreal.

Como uma cobra hipnotizando sua presa, ele a imobilizou com o olhar. Serina parou por um segundo.

Aquilo deu uma abertura a Bruno, que ergueu a arma de fogo.

Ela lançou a faca com toda a força que tinha.

Por um milagre, a lâmina se enterrou até o cabo no peito dele.

Mas Bruno ainda atirou.

Uma dor dilacerante explodiu no braço dela quando a força da bala a mandou para o chão. Sua cabeça bateu contra algo duro, então o mundo ficou preto.

TRINTA E DOIS

Nomi

UMA FILEIRA DE MULHERES COM VESTIDOS DESLUMBRANTES estava disposta pela extensão do pequeno salão dos aposentos das graças, com os braços erguidos acima da cabeça em poses idênticas. O rosto de todas estava voltado para o céu, com a mesma expressão serena. Com exceção de Maris, cujos olhos estavam embotados pelo luto. E de Nomi, furiosa.

Ela *nunca* dominaria a arte de se tornar uma estátua viva, porque nunca quisera tal coisa. Não era feita de argila. Seus ossos, sua respiração e seu sangue exigiam movimento.

Do outro lado da sala, Ines assumiu uma nova posição, com toda a graciosidade. Em silêncio, as outras se moveram também, imitando sua pose à perfeição.

Os músculos de Nomi tremiam.

Por uma semana, não fizera nada além de se alternar entre provas de vestidos e todo tipo de treinamento para desempenhar seu papel de graça. No resto do tempo, tinha andado de um lado para o outro do quarto, com Angeline ao seu lado. Asa não enviara mensagens e eles não haviam tido a oportunidade de conversar durante as aulas de dança. Malachi aparecia algumas vezes para observar o treinamento, o que deixava suas três graças apreensivas, mas ele nunca pedira para ver nenhuma delas a sós.

O momento que haviam compartilhado na praia assombrava

Nomi. A pele dele deslizando contra a dela, o modo como a tinha segurado, a sensação de firmeza nas suas mãos... o fato de que *ele* lhe dera o livro... Nomi sabia que era uma armadilha. *Tinha* que ser. O herdeiro chamara de presente, e sua expressão quase a convencera de que estava sendo sincero. Mas como podia ser verdade?

E por que ela estava pensando nele quando todas as suas esperanças residiam em Asa? Era ele quem ela queria. Era ele que tinha sua confiança e com quem se importava. Era ele que estava desesperada para ver.

Maris tinha tentado falar com Nomi, enquanto Cassia soltava comentários sarcásticos e risadinhas atrás dela. Mas a névoa não dissipava. Cada dia que passava sem uma palavra de Renzo ficava mais difícil se concentrar na rotina nos aposentos das graças.

Era possível que seu irmão não tivesse entendido a mensagem dela? E se tivesse decidido não ir? E se Trevi tivesse traído Asa e Renzo estivesse naquele exato momento esperando o julgamento do superior?

Sua mente girava, os pensamentos cada vez mais sombrios.

E, no centro deles, Serina estava sentada em sua cela, pensando que ficaria lá para sempre. Sem saber como Nomi lutava para salvá-la. Como estava desesperada para vê-la sã e salva.

Se Renzo não recebesse a carta... Se Renzo não aparecesse...

Quando Ines assumiu a próxima pose, os braços de Nomi estavam pegando fogo.

— Por que precisamos fazer isso? — ela resmungou, abaixando-os para deixar o sangue fluir de volta aos dedos.

— Nomi! — Ines chamou. — Braços erguidos. Sem desculpas.

Com um grunhido mal contido, ela obrigou seus braços trêmulos a entrar em posição.

— É uma grande honra ser escolhida como estátua viva para uma das festas do superior. — Cassia segurou a pose contorcida como se fosse feita de pedra. Sem tremer um único músculo.

Enquanto apertava as mãos para acordar os dedos dormentes, Nomi notou que o guarda na porta ia para o corredor. Segundos depois, a forma robusta de Marcos o substituiu.

Os olhos dela se arregalaram. O guarda a observou calmamente, mas com intenção. Desejaria falar com ela? A hora tinha chegado?

Ela tentou esmagar a pontada de esperança que sentia. Tinha visto Marcos meia dúzia de vezes na semana anterior. Sua presença ali podia não significar nada.

Mesmo assim, seu coração pulou quando Ines enfim anunciou:

— Isso é suficiente por hoje.

O farfalhar de tecido e o murmúrio de vozes preencheu a sala lentamente. Maris balançou os dedos. Cassia se alongou algumas vezes e rearranjou o cabelo loiro e sedoso. Diferente das outras mulheres que estavam murchas de cansaço, seu corpo inteiro parecia cantar com energia.

Nomi esfregou o pescoço dolorido, ainda sentindo pontadas nos dedos.

Ela saiu da sala com as outras, silenciosa como uma sombra. Marcos a seguiu.

O guarda esperou até que estivessem a sós no corredor vazio dos quartos antes de passar algo para ela.

Uma carta.

Nomi prendeu o fôlego ao ver escrito na letra de Renzo: *Aos cuidados de Trevi, para N.*

Lágrimas arderam em seus olhos. *Renzo.*

— Vossa eminência pede que o encontre na varanda esta noite — Marcos disse em voz baixa. Ela assentiu. O guarda inclinou a cabeça e foi embora.

Nomi voltou correndo para o quarto. Não sabia quanto tempo Angeline ia demorar. Quando virou a carta para quebrar o lacre, viu que aquilo já havia sido feito.

Asa tinha lido a carta?

Um sussurro de apreensão a percorreu, mas ela o afastou. Não tinha pedido que não a lesse, e estava certa de que Renzo seguira seu exemplo e escondera sua identidade.

Ela abriu a carta com mãos trêmulas.

O irmão tinha reescrito a história sobre a lua e o homem por quem se apaixonava. Mas alguns detalhes estavam errados. Ela desvendou a mensagem, ainda que suas mãos tremessem tanto que mal conseguisse lê-la.

Ele estava ali, em Bellaqua. Ia ajudar. Só precisava que lhe dissesse o que fazer.

E tinha assinado com um simples *R*.

Nomi afundou na cama e chorou com a carta amassada nos braços.

De alívio. De terror.

O aniversário do herdeiro era em dois dias.

Asa estava esperando por ela quando se esgueirou para a varanda. Não houve palavras, a princípio. Só mãos e bocas famintas, calor e silêncio. Nomi se agarrou a seu corpo como se ele pudesse, de alguma forma, fazê-la parar de pensar em Malachi.

É você que eu escolho, ela pensou, dando beijinhos leves pela mandíbula dele.

É isso que eu quero, ela pensou, enquanto as mãos dele apertavam a cintura dela.

No entanto, o herdeiro não a abandonava.

Asa se afastou.

— Nomi?

Por um momento, ela descansou em seu peito, os braços apertados em volta dele, apenas respirando.

Quando se sentiu mais firme, colocou um pouco de distância entre os dois.

— Você viu a mensagem do meu primo — ela disse. — Ele está no Fiore. Vou escrever pra ele e explicar do que precisamos...

Asa balançou a cabeça.

— Meu pai está me mandando para todo canto da cidade por causa dos preparativos para o aniversário de Malachi. Posso encontrar seu primo pessoalmente e explicar nosso plano.

A ideia de Asa e Renzo cara a cara a deixou mais nervosa do que deveria.

— Vamos rever o plano. — Ela o tinha repassado na mente mil vezes, mas queria ouvir da boca dele. Queria se certificar de que não esquecera nenhum detalhe.

Asa alisou os braços de Nomi, a seda suave do vestido a única barreira entre a pele deles.

— Depois da cerimônia, meu pai vai se retirar para uma antessala para descansar. Um lugar privado, com acesso fácil do salão de baile para quem sabe onde procurar. Então agiremos. Não queremos que um guarda veja nosso homem e interfira cedo demais. Prometerei ao seu primo que nada de mal vai acontecer com ele. E vou manter a promessa.

— E como ele vai fugir? — Nomi perguntou. Desejava poder ir a Bellaqua com Asa para ver Renzo. Saber que o irmão estava tão próximo, logo depois do canal, era enlouquecedor. Sentia tanta saudade dele.

Asa gesticulou para a balaustrada.

— O salão de baile dá para um pátio. Ele pode simplesmente ir embora. Ninguém vai saber.

— E quanto à máscara? E... e à arma? — Nomi odiava a ideia de Renzo entrando armado no palazzo, mas, para a trama funcionar, seria necessário.

Asa assentiu.

— Vou garantir que ele tenha tudo de que precisa. Já consegui um convite, para que não seja questionado quando chegar. — Ele beijou o topo da cabeça dela. — E você, flor, está pronta para a próxima tarefa?

— Escrevi a carta, mas Malachi não requisitou minha presença em seus aposentos. Não sei se...

— Ele vai fazer isso — Asa interrompeu, sorrindo. — Vai querer falar com todas as graças individualmente antes do grande dia. Vou sugerir que te convide para um jogo. Você só precisa esconder a carta em algum lugar.

Nomi balançou a cabeça contra o peito dele. Estava tão cansada. Parecia que não tinha dormido uma noite inteira desde que chegara ao palazzo.

— Sinto muito que tenha que correr riscos — Asa continuou. — Mas ele reconheceria minha letra.

Nomi se endireitou para ver a expressão dele.

— É o *nosso* plano. Nós dois devemos correr riscos.

— E vai valer a pena, no fim — Asa disse, o brilho travesso de volta aos olhos. — Vamos mudar este país.

— E salvar Serina — ela acrescentou.

— E salvar Serina. — Asa acariciou o rosto dela. — Você também será livre. Do meu irmão e das obrigações que lhe impõe.

Nomi garantiu a si mesma que estava fazendo a coisa certa. Não havia mais nada a dizer, mas ainda não conseguia dispensar por completo as dúvidas que a atormentavam.

— Asa, seu irmão deixou um livro no meu quarto. Como um teste, para ver se eu sabia ler.

Asa congelou, seu corpo inteiro ficando tenso.

— Você contou a ele que sabe?

— Não. Claro que não.

— Ótimo — ele disse, mas não relaxou.

— Achei que tivesse sido você — ela disse. — É sobre a história de Viridia. Sobre... sobre as rainhas.

Quando ele se virou para ela, o luar revelou uma intensidade súbita em seus olhos. Aquela expressão o deixava parecido com o irmão.

— Malachi está te manipulando, Nomi. Ele quer conquistar sua confiança para poder usar o que ama contra você.

Nomi prendeu o fôlego.

— Não confie nele — Asa insistiu, em um tom calmo. — Vai punir você, como meu pai puniu Serina. Ele já fez isso antes.

— O que você...

— Não confie em *ninguém* — Asa interrompeu. — Não é seguro.

Nomi apertou o rosto contra o peito de Asa. A vergonha se insinuou por suas veias. Tinha começado a se perguntar se estivera errada sobre Malachi, mas aquilo pôs um fim à questão.

E o destino dele.

— Imagine só — Asa murmurou, seu hálito quente contra o cabelo dela. — Logo não vai fazer diferença se você sabe ler. Podemos garantir que *todas* as mulheres aprendam. Não haverá mais graças. Todas poderão fazer suas próprias escolhas.

As palavras de Asa enfeitiçavam Nomi, presa a ele e à visão de um futuro que ela daria tudo para ver.

— É isso que eu quero. — Ele beijou o topo da cabeça dela. — E você como minha rainha.

TRINTA E TRÊS

Serina

A CONSCIÊNCIA DE SERINA IA E VOLTAVA, COM AS ONDAS.

Às vezes, estavam cobertas de fogo, e ela ardia.

Uma mão fresca na testa. O calor do sol contra a bochecha.

Água pingando em sua boca.

Uma noite de veludo, o rosto de Nomi. Não. A irmã estava perdida.

Quando o fogo desvaneceu e o mundo começou a fazer sentido outra vez, ela viu Val.

— Espere… O que você… — As palavras queimaram em sua garganta. Ela piscou, desorientada, com a escuridão próxima demais.

Ele encostou a borda fria do garrafão nos lábios dela.

— Oi — ele disse. — Parece que está tentando se tornar uma garota morta a qualquer custo. Fico feliz que ainda não tenha conseguido.

Serina lambeu os lábios.

— O que aconteceu?

Ela lembrava de uma luta, de ter sido banida. Do rosto sem expressão de Bruno na escuridão.

De um tiro.

— Bruno quase matou você. — O rosto normalmente liso de Val estava marcado pela barba por fazer. Seu cabelo encaracolado estava amassado de um lado, como se tivesse dormido em cima dele, embora não parecesse ter pregado os olhos há muito tempo. Estava pálido, com grandes olheiras. — A bala pegou de raspão, mas você caiu e bateu a cabeça. Ficou acordando e perdendo a consciência por alguns dias. Eu não sabia se... bom. Não tenho muita experiência com ferimentos de cabeça. Mas o da bala está sarando bem.

Serina mudou de posição e estremeceu, então levou uma mão à lateral do corpo.

— Não me parece bem.

Val sorriu.

— Bom, pelo menos você está viva.

— Obrigada — ela disse baixo. — Você me salvou.

À luz da fogueira, as bochechas dele coraram.

Com a mente clareando, Serina examinou o lugar onde estava. As paredes de pedra, o som distante das ondas. A caverna perto da praia. Estava deitada num catre fino, usando a jaqueta do uniforme dele como cobertor. Val estava sentado em um colchão ao lado dela.

Ele a notou olhando ao redor.

— Procurei você perto dos penhascos primeiro, então lembrei da nossa conversa sobre a praia do leste. Minhas rondas só cobrem o lado oeste da ilha, então não pude vir imediatamente sem atrair suspeita. Desculpe por ter demorado tanto.

Ela balançou a cabeça, ainda tremendo. Uma dor fraca envolvia seu crânio, disparando centelhas pelo seu cérebro toda vez que se mexia. Era suficiente que ele tivesse aparecido. Mais que suficiente.

Caso contrário, ela poderia ter morrido.

Ele ergueu a garrafa outra vez e a ajudou a tomar alguns goles.

— Quando se sentir pronta, tenho um pouco de pão amanhecido.

Serina o olhou, assombrada.

— Você veio preparado.

Val deu de ombros.

— Eu não sabia em que estado estaria. Trouxe um catre, algumas coisas para tratar ferimentos, comida e água... O básico.

— Você está aqui desde a noite em que... em que Bruno...

— A garganta dela fechou.

Ele assentiu.

— Eu já tinha decidido que não podia esperar mais quando ouvi Bruno falando sobre a praia do leste. Então o segui a uma distância segura, para que não percebesse. Não consegui chegar a tempo. — Uma sombra passou por seu rosto.

— O que aconteceu com ele? — ela perguntou.

Com as costas da mão, Val verificou a testa dela e pareceu satisfeito. Ele não respondeu à pergunta.

— Eu o matei — Serina afirmou, encarando-o.

— Você fez o que tinha que fazer. Bruno ia te matar.

— Ele... ainda está lá?

Na praia, apodrecendo ao sol, Serina completou mentalmente.

Val balançou a cabeça.

— Foi dar um mergulho. Os tubarões ficaram gratos.

— Você está aqui há dias. O comandante Ricci não mandou ninguém te procurar? Não pode abandonar seu posto. Não vai ser punido?

Val deu de ombros.

— Era um trabalho horrível. Fico feliz por ter me livrado dele. E o comandante não pode me punir se não me encontrar.

— Val! — Serina exclamou, preocupada.

— Eu não podia deixar você morrer — ele disse, olhando para ela como se aquilo não fosse uma grande revelação.

Mas era. Ele tinha se arriscado por ela, abandonado o emprego por ela.

Serina abriu a boca, mas não sabia o que dizer.

Val preencheu o silêncio.

— O comandante nos fez procurar por você. Mantive os outros o mais longe que consegui.

Um frio pegajoso penetrou os ossos dela.

— Pensei que ninguém se importava com as banidas.

— Acho que ele quer fazer você de exemplo. Ficou furioso quando se rendeu. Reuniu as chefes dos bandos e as ameaçou. Não quer que nada parecido volte a acontecer. — Val a ajudou a sentar, então lhe ofereceu um pãozinho redondo. — Hora de comer alguma coisa. Você está tremendo.

Serina deu uma mordida hesitante. Quando o pão desceu sem incidentes, ela devorou as tiras de carne-seca que ele lhe passou. A tremedeira diminuiu conforme comia.

Ela se perguntou quando o comandante tinha falado com as chefes dos bandos. Antes ou depois de sua conversa com Retalho?

Val colocou outro graveto no fogo. O movimento atraiu a atenção de Serina, que o observou por alguns instantes, tentando compreender.

— Por que está fazendo isso? Por que ficou?

Ele não a olhou.

— Já disse. Não quero que você morra.

Serina não estava satisfeita.

— Isso é suficiente para arriscar sua própria vida? Você abandonou seu posto. Ajudou uma prisioneira. Vai ser caçado. Não vão ignorar isso, Val. Você colocou um alvo em suas costas. *Por quê?*

Quanto mais ela pensava naquilo, mais inconcebível se tornava.

Ele deixou o fogo e se ajoelhou à frente dela. Então tomou suas mãos.

— Sua vida vale essas coisas pra mim, Serina. Pode não acreditar, mas é a verdade. Eu pensei… — Pela primeira vez, ela viu incerteza nos olhos dele. — Pensei que havia algo entre nós, algo que talvez justificasse lutar um pelo outro.

O beijo.

O beijo que ela tinha dado pensando "Por que não? Posso morrer hoje".

Serina sabia como devia agir quando um homem a desejasse — com obediência, submissão, quietude. Mas havia passado semanas lutando para desaprender tudo o que sabia sobre o mundo. Oráculo lhe dissera que a força era a moeda de troca ali. Ela queria acreditar que havia encontrado a sua.

— Fico grata por ter me resgatado — Serina disse baixinho, então se forçou a encará-lo. — Mas não sei o que há entre nós, se é que existe alguma coisa. E... preciso de tempo pra descobrir.

Ela esperou que ele ficasse bravo. Esperou que dissesse que ela lhe devia aquilo. Imaginou se faria com que pagasse por seu sacrifício.

Mas Val só apertou as mãos dela.

— Eu entendo.

A luz da fogueira iluminava claramente o rosto dele, e ela não encontrava raiva nem decepção ali. Val a soltou e voltou ao fogo. Ela sentiu o desejo irracional de segui-lo e envolvê-lo com os braços, de se perder nele.

Mas resistiu.

— Você é diferente — ela murmurou.

— Dos outros homens? — ele perguntou, olhando por cima do ombro.

— Sim.

Labaredas lamberam a pequena pilha de madeira e folhas. Val voltava toda a sua atenção a elas.

— Pouco antes de eu nascer, meu pai fez parte de uma delegação de comerciantes enviada a Azura. Ele disse que isso o fez ver como Viridia era atrasada e opressora. Então ele e minha mãe tentaram fazer algo a respeito: começaram uma escola secreta para mulheres no porão de casa. Talvez... eu tenha sido criado de uma maneira diferente.

Antes que Serina pudesse responder, ele se ergueu e pegou sua sacola, voltando a sentar diante dela.

— Preciso trocar seu curativo — Val avisou, procurando os suprimentos.

Serina afastou a camisa do ombro com cuidado.

Em silêncio, Val tirou a gaze do ferimento de bala e esfregou um unguento.

— Eles foram pegos? — Serina perguntou baixinho.

— Minha mãe foi levada primeiro — ele contou, sem tirar os olhos do braço dela, embora já tivesse terminado. — O pai de uma menina denunciou meus pais e a própria esposa quando descobriu. Meu pai tentou impedir que levassem minha mãe, mas bateram nele até desmaiar, na minha frente.

O coração de Serina se apertou. Era uma história horrível, e o modo casual como Val contava aquilo, embora seu corpo todo estivesse tenso, era insuportável.

— Dois dias depois, voltaram para pegar meu pai. Nunca mais o vi. Provavelmente o mataram.

— Quantos anos você tinha? — ela sussurrou.

— Catorze. — Val voltou a atenção para o fogo. — Levei dois anos para descobrir onde minha mãe estava, e mais um para pagar pela minha nova identidade. Seis meses a mais para conseguir este emprego. Então descobri que ela já tinha partido. Faz três anos.

Serina mal conseguia respirar.

— Foi sua mãe quem pulou do penhasco.

Val assentiu.

— Como descobriu o que aconteceu com ela? — O coração de Serina doía por ele.

Val sorriu.

— Oráculo me contou. Ela lembrava dela. Minha mãe era ve-lha demais para lutar quando chegou aqui, mas podia ensinar a caverna a ler. Elas não tinham papel ou livros, claro, mas minha mãe fazia mágica com um pedaço de carvão e uma rocha. Ia contribuir de alguma forma. Mas, depois que assistiu a algumas das lutas, ela… não quis ficar.

Serina abraçou os joelhos e encarou o fogo.

— Sinto muito, Val — ela murmurou.

Ele coçou a nuca.

— Nenhum dos guardas sabe. Eles acham que me ofereço para levar as rações aos bandos porque quero me provar, sendo o mais jovem. Sou tão rude e horrível quanto os outros quando estão por perto. Eles nunca desconfiaram de nada. Paguei muito caro para apagar minha conexão com meus pais e… o escândalo deles.

— Por que você ficou, depois que descobriu sobre sua mãe? — ela perguntou suavemente. — Podia ter voltado para o continente. Encontrado outro emprego, uma esposa…

Val batia a ponta de um graveto no chão.

— Eu ficava pensando sobre as famílias que essas mulheres deixavam para trás. Comecei a fazer as rondas e convenci algumas a não pular. — Ele respirou fundo, as palavras saindo entrecortadas. — É difícil ver tantas pessoas morrerem. Toda vez que um barco chega, eu penso "Dessa vez vou embora, vou seguir com minha vida". Mas nunca consigo. Sempre tem outra mulher diante de um penhasco, como minha mãe. Sempre tem outra mulher tão assustada no processamento que nem consegue respirar.

Ele olhou para Serina. Por um momento, o único som eram os estalos do fogo.

— Fico feliz que tenha achado que valia a pena me salvar — Serina disse.

— Acho que vale a pena salvar *toda* mulher. — O lábio de Val se curvou. — Você só estava precisando mais.

Serina bateu o joelho no dele, como fazia quando Renzo a

provocava. Mas o calor em sua barriga ao olhá-lo era muito diferente. Ele jogou o graveto nas chamas, que soltaram faíscas.

Serina fechou as mãos em punhos. Não devia precisar ser salva. Nenhuma delas deveria.

— O comandante Ricci sabe que o sistema aqui é precário — ela disse. — É por isso que quer me usar para dar uma lição nas outras. Se nos uníssemos, se resistíssemos...

— Muitas morreriam — Val disse.

— Não o suficiente para nos impedir — Serina respondeu. Antes de ir para lá, ela nunca imaginaria que teria pensamentos envolvendo sangue. E revolução.

— Não o suficiente para impedir vocês — Val ecoou.

Ela o olhou, surpresa.

— Concorda comigo?

Ele a olhou com firmeza, a luz do fogo aquecendo sua pele.

— Acho que as mulheres nesta prisão, neste país, vão se rebelar um dia. Meu pai costumava dizer que a opressão não é um estado final. É um peso que se carrega até que não se possa mais. E ele então é removido. Não sem esforço, não sem dor. Mas meu pai acreditava que toda opressão sempre, *sempre* seria combatida e superada. E não era o único tentando mudar as coisas.

Serina pensou em Nomi e Renzo, e em como se revoltavam contra as regras severas de suas vidas. Ela respirou fundo.

— Minha irmã sabe ler.

Nunca tinha dito aquilo em voz alta.

Val se inclinou para a frente.

— Nomi convenceu meu irmão a ensiná-la quando pequena. Eles esconderam dos nossos pais, mas eu sabia. Nomi lia para mim o tempo todo. Eles perguntaram se eu queria aprender, mas eu disse que não. — Ela engoliu em seco, lembrando daqueles dias, os segredos que haviam compartilhado. — Queria ter feito diferente.

— Por que recusou? — Val jogou outro graveto no fogo.

— Eu estava treinando para ser uma graça, já havia muito o que aprender. E... fiquei com medo. Era meu dever seguir a imagem de mulher ideal, da maneira concebida pelo superior. Aprender a ler se opunha diretamente a isso. — Serina olhou para as mãos arranhadas e a pele profundamente bronzeada. Mal reconhecia a pessoa que havia se tornado.

— Vi seus documentos de admissão — Val disse. — Imaginei que fosse uma graça. E o crime listado foi o da leitura. O que aconteceu?

— Foi um engano. Nomi tinha um livro... — Ela ainda não conseguia admitir que a irmã o roubara. — Era um livro que amávamos quando crianças. Eu estava com ele, recitando uma história de cor, quando a graça-maior entrou no nosso quarto. Ela pensou que eu estava lendo. Foi tudo tão rápido.

Serina não tinha contado aquilo a ninguém. Nem mesmo a Jacana. Oráculo sabia que sua irmã fora escolhida em seu lugar, mas nunca perguntara a Serina por que tinha sido enviada a Monte Ruína. Lágrimas escorreram pelo seu rosto, e um nó se formou em sua garganta.

— Não sei se a salvei — ela disse. — Queria ajudar minha irmã, mas ela ficou no palácio sozinha, com o superior e seu filho... talvez eu tenha lhe garantido um futuro ainda pior.

Val estendeu uma mão hesitante e esfregou as costas dela.

O toque reconfortante a destruiu. Serina se inclinou para ele, que chegou mais perto, até que estavam lado a lado, seus braços ao redor do corpo dela. Serina apoiou a cabeça no peito dele e chorou. Val a consolou, cheio de carinho. As últimas semanas passaram diante dos olhos dela, um pesadelo depois do outro, horríveis demais para ser reais.

Por fim, Serina se acalmou. Seus olhos estavam inchados e ardiam, sua cabeça doía. A aurora se esgueirava para dentro da caverna. O corpo inteiro dela doía, até os ossos.

Como a saudade podia ferir mais que uma bala?

TRINTA E QUATRO

Nomi

— Nem acredito que o aniversário do herdeiro é amanhã — Maris disse enquanto passeava com Nomi pelo pequeno jardim perto do palazzo. Ines tinha lhes dado permissão para dar uma volta ao ar livre; ambas estavam irritáveis e inquietas devido à comemoração no dia seguinte. — Espero que Cassia realize seu desejo.

Nomi também esperava. O dia seguinte ou terminaria com Asa como o novo herdeiro ou com ela à mercê do irmão dele e o futuro de Serina perdido de vez.

O plano vai funcionar, ela disse para si mesma pela centésima vez. Gostaria de rever Asa antes que tudo acontecesse, mas ele estava em Bellaqua, talvez falando com Renzo naquele exato momento.

E ela ainda esperava a convocação de Malachi. O que aconteceria se não requisitasse a presença dela antes do baile? Asa parecera tão seguro. Se ela não conseguisse colocar a carta nos aposentos dele, não teriam como provar nada. A carta era a chave de tudo. Sem ela, não haveria prova de que o herdeiro tinha qualquer conexão com o ataque. E então outros suspeitos seriam procurados.

O estômago de Nomi se revirou.

— Vamos sobreviver — Maris disse, entendendo errado o olhar de preocupação da outra. — Ele vai escolher mais e mais graças com o passar dos anos, então o veremos cada vez menos. Vamos ter mais espaço. — Maris usava sua tristeza como uma coleira de ferro, sempre ali, sempre a arrastando. O fato de não saber o que havia acontecido com Helena a consumia por dentro todos os dias, e ela se sentia responsável por seu destino.

Nomi segurou o braço de Maris.

— Talvez nossas vidas possam ir além da sobrevivência um dia. — *Aquele* era o motivo de estar arriscando tanta coisa. Serina não merecia ficar aprisionada, tampouco elas. — Não somos seres inferiores, Maris — Nomi disse, com a voz trêmula. — Um dia, as coisas *serão* diferentes. Eu sei. Vou fazer isso acontecer.

Maris deu uns tapinhas na mão dela.

— Parei de dar espaço a fantasias assim. Meu pai empregou sua crueldade com maestria. — O olhar dela pareceu mais cortante ao focar em algo no rosto de Nomi, na força da convicção dela. — Você *está* falando de fantasias, certo?

— É claro. — Nomi desviou o olhar. — Não é nada. Apenas sonhos.

Maris a puxou, virando-a para encará-la.

— O que está planejando?

— Nada — Nomi disse, mas nunca tinha sido boa em mentir. Aquela era a arma de Serina, não dela.

— Ninguém aqui é merecedor de confiança — Maris disse baixinho. — As graças do superior falam... tem espiões por todo canto, pessoas vigiando tudo. Nada é como você pensa, Nomi.

— O que penso é que merecemos mais do que isso — ela sussurrou. — Merecemos ser livres.

Maris a encarou por um longo momento, a derrota nos olhos lentamente dando lugar a uma esperança desesperada e relutante. Ela balançou a cabeça, como se afastasse um sonho.

— Tome cuidado. Por favor.

— Cuidado com o quê? — Uma voz se intrometeu, alta e atrevida.

Nomi levou um susto, a culpa no rosto tão clara quanto o dia. Ela se virou e viu Cassia caminhando depressa na direção delas, emoldurada pelas cercas vivas altas. Quanto teria ouvido?

Ela jogou o cabelo platinado sobre o ombro.

— Cuidado com o quê? — repetiu, arqueando uma sobrancelha.

Maris se recuperou primeiro, erguendo uma sobrancelha também.

— Com o herdeiro, claro. Amanhã à noite.

Cassia umedeceu os lábios.

— Não acham de verdade que ele vai escolher uma de vocês para passar a noite, acham? *Eu* serei a graça-maior. Esperem e verão.

— O que você quer aqui? — Nomi perguntou, resistindo ao impulso de revirar os olhos.

A garota deu de ombros, fazendo seu vestido fino cor de lavanda ondular.

— O herdeiro quer ver todas nós hoje. Eu já fui. É sua vez, Nomi.

É isso. O passo final.

Nomi estremeceu de nervoso.

— Obrigada. — Ela olhou mais uma vez para Maris, desejando que tivesse fé. Então se dirigiu para dentro do palazzo, também desejando que ela mesma tivesse.

O emissário do herdeiro a levou por um longo corredor de azulejos e abriu a porta entalhada com peixes voando. Com uma pequena reverência e frio no estômago, ela entrou no quarto, apertando uma bolsinha contra o peito.

Malachi a esperava na varanda. Ela parou a um ponto ao seu lado na balaustrada, longe o bastante para que não pudesse tocá-la. Então observou as pessoas se moverem ao longo da piazza, ziguezagueando entre as barracas do mercado. Imaginou Renzo se movendo entre a multidão e não pôde evitar procurar seu cabelo escuro e desgrenhado, sua figura magricela e alta.

— Você está linda — Malachi disse.

Nomi fez uma reverência, seu vestido cinza cintilando e farfalhando.

— Obrigada, vossa eminência. — Ela lembrou de ser educada, de manter a raiva sob controle. Não podia arriscar que Malachi a mandasse embora antes que plantasse a carta. Não podia deixá-lo desconfiado.

O herdeiro se virou e gesticulou para a porta fechada do outro lado do quarto.

— Venha comigo, por favor — ele disse, dirigindo-se para lá.

Nomi inspirou com força quando ele abriu a porta. Malachi tinha sua própria biblioteca, com estantes do chão ao teto, janelas com vista para Bellaqua e inúmeras poltronas fundas. Sobre uma mesa baixa de madeira polida havia um baralho, duas taças de suco de laranja gelado e um prato de biscoitinhos no formato de estrela, com uma cobertura amarelo-claro.

Nomi foi instintivamente até a estante mais próxima. Estava cheia de volumes encadernados em couro com títulos como *Festival dos cadáveres* e *As fraquezas de Finnigan Hawk*.

— Que tal uma partida de Santos e Marinheiros? — Malachi perguntou, num tom agradável.

Ela se virou bruscamente, as bochechas corando.

— Claro, vossa eminência. Eu adoraria.

Malachi deu uma gargalhada.

— Acho meio difícil de acreditar nisso.

Nomi mordeu o lábio. Ela nunca o ouvira rir antes. O riso suavizava as linhas duras do seu rosto e o brilho sombrio dos olhos, fazendo com que parecesse mais jovem.

— Se eu já não desconfiasse, agora teria certeza — ele disse, de modo quase gentil. — Não deixe que ninguém a veja perto de livros. Seu desejo fica óbvio.

Nomi inspirou fundo, o pânico se desdobrando no peito.

— Não sei do que está falando.

O sorriso de Malachi sumiu.

— Não minta para mim.

— Sinto muito, eu... eu... — ela balbuciou. O aviso de Asa ecoava em seus ouvidos.

O herdeiro foi para perto dela.

— Você mente porque tem medo. Mas não vou punir você por isso, se me contar a verdade.

— Como puniu minha irmã? — ela perguntou, a raiva se inflamando no peito.

— Ela não era minha graça — ele disse. — E foi uma decisão do meu pai. Não fui consultado.

— Mas não teria feito o mesmo? — Nomi sentia o pulso martelando nas têmporas. Queria destroçar Malachi. — Você deixou aquele livro como uma armadilha. Queria...

— Era um teste, não uma armadilha. — Seus olhos escuros expressavam algo que ela não conseguia entender.

Nomi não conseguia desviar os olhos, não conseguia evitar que as palavras transbordassem da boca.

— Você me deu um livro sobre mulheres que governaram este país. Sobre uma história que nenhuma de nós aprendeu. Por que faria isso?

— Ah — ele disse, e seu rosto relaxou. — Pensei que talvez isso a fizesse se revelar.

O desespero a queimou por dentro. Ela tinha mordido a isca. Agora ele sabia que ela podia ler. Inspirando fundo, se preparou para a ira do herdeiro.

Só não estava preparada para seu sorriso.

— Por quê? — ela perguntou. — Por que você *queria* que eu soubesse ler?

A expressão dele se suavizou.

— Porque isso confirmaria algo que suspeitei desde o início.

— O quê? — O coração dela clamava no peito.

— Que você é ousada. Persistente. E agora sei que tinha razão. Talvez não acredite em mim, mas admiro sua coragem.

Nomi corou, irradiando descrença. Asa havia dito que a personalidade desafiadora dela deixava seu irmão furioso, não atraído.

— Vai contar ao seu pai?

— É óbvio que não — Malachi disse. — Mas agora tenho certeza, e isso me deixa muito feliz.

Nomi não conseguiu pensar em nada para dizer.

Ele inclinou a cabeça em direção à bolsa que ela carregava.

— Mais presentes?

Nomi balançou a cabeça.

— Seu livro.

— Você podia ter dado à graça-maior — Malachi disse. — Foi ela que o deixou lá.

— Sua mãe? — A mulher que alertara Nomi a seguir as regras? A mulher que denunciara Serina por ler? A ideia de entregar o livro a *ela* quase a fez rir de incredulidade.

Malachi desviou os olhos.

— Sim, minha… mãe.

A pausa chamou sua atenção. Ela lembrou o que Cassia tinha dito sobre as graças não criarem os próprios filhos.

— Você não pensa nela desse jeito?

— Como minha mãe? — As mãos de Malachi se fecharam brevemente antes de relaxar. — Na verdade, não. Mas eu… confio nela. Não contaria a meu pai sobre o livro.

O livro na bolsa que Nomi ainda agarrava contra o peito. Com o coração na garganta, ela perguntou:

— Posso devolvê-lo à estante?

Ele acenou casualmente e se afundou numa cadeira ao lado da mesa, dando as costas para ela. Por um instante, Nomi o encarou, confusa. Tinha acabado de confirmar que ela sabia ler e... só? Não ia chamar os guardas?

Lembrando do plano, ela rapidamente tirou o livro e a carta da bolsa. Enfiou o volume numa prateleira e a carta entre dois outros logo acima, deixando o papel só um pouquinho para fora. Com sorte, não o bastante para Malachi notar, mas o suficiente para Asa encontrá-lo quando levasse os guardas para vasculhar seus aposentos.

Nomi respirou fundo quando se virou da prateleira. Estava feito.

Ele embaralhava as cartas.

— Bem, vamos jogar?

— Claro — ela disse, forçando os músculos a relaxar, embora desejasse desesperadamente uma desculpa para ir embora, agora que sua tarefa estava completa. Sentou à sua frente enquanto ele distribuía as cartas. Elas variavam, com imagens de marinheiros com verrugas e nariz torto, sereias de lábios vermelhos, soldados de uniforme e santos de rosto sereno. O baralho também tinha duas cartas em que todos os personagens se entrelaçavam de modo sugestivo. Se uma delas fosse lançada, o jogo recomeçava. Cassia chamava essas cartas de "orgia".

O objetivo era terminar só com cartas de santos ou só com cartas de marinheiros. A primeira opção era melhor.

Nomi olhou para sua mão. Nunca vira um baralho com ilustrações tão habilidosas. As imagens do baralho de Renzo eram simplistas e grosseiras. Aquelas eram lindamente detalhadas, os olhos da sereia marcados por uma sedução mortal e o rosto do santo beatífico, seu olhar voltado para cima.

Aquele santo não parecia ter todas as respostas. Ele olhava como se ainda estivesse em busca delas.

Nomi lançava olhares de esguelha para o herdeiro. Ele tinha se esforçado tanto para confirmar que ela sabia ler só por uma satisfação pessoal? Seria parte da manipulação dele?

A posição dela parecia mais insegura que nunca. Havia tanto que ela não entendia.

— Quero ensiná-la a cavalgar — ele disse de repente, causando uma nova onda de choque. Malachi jogou uma sereia sem nem olhar, seu pescoço ficando corado.

— Não sei, vossa eminência — Nomi disse, hesitante. — Aqueles cavalos na corrida eram tão grandes. Me pareceram assustadores.

O lábio dele se curvou.

— Há uma grande diferença entre cavalgar um pônei pelos jardins e o Prêmio Belaria.

— É claro — ela murmurou, também jogando uma sereia.

— Vi você falando com meu irmão naquela noite.

Nomi ergueu os olhos de repente, mas Malachi estava focado nas cartas.

— Estava se gabando de sua vitória milagrosa?

— Ele a mencionou — Nomi admitiu.

O herdeiro jogou um soldado e pegou uma carta.

— Meu irmão gosta de atenção. De qualquer tipo de atenção, na verdade. Acho que é por isso que se oferece para as aulas de dança. — Malachi ergueu os olhos brevemente para ela, antes de focar de novo nas cartas. — Adora interpretar o papel de cavalheiro heroico.

— Se oferece? Ele me disse que seu pai o obriga a fazer as aulas — Nomi disse, devagar.

— É mesmo? — Malachi ergueu uma sobrancelha.

— Está insinuando que é mentira? — ela perguntou, ansiosa de repente. Ele não respondeu. — Talvez sinta inveja da atenção, vossa eminência? — ela perguntou, seu tom um pouco mais cortante do que pretendia.

— Inveja? — Malachi ergueu os olhos, surpreso. — Não. Disso não. — Ele hesitou, deixando Nomi à espera, curiosa. — De ter competido no Prêmio Belaria, sim. Fiquei com inveja. Queria competir também, mas meu pai não deixou.

— E então ele venceu.

— A *vitória* de Asa não é algo que invejo.

— O que quer dizer? — ela perguntou, tirando um santo. Não estava prestando muita atenção ao jogo. Tensão corria por seus ombros e sua coluna. Não tinha certeza se queria que ele respondesse.

Malachi segurou as cartas com mais força.

— Na noite da corrida, fui visitar Asa nos estábulos para desejar boa sorte. Então o ouvi ordenando a um cavalariço que sabotasse os outros cavaleiros. Mais gente morreu naquele ano do que o normal... havia várias selas quebradas.

Nomi ofegou. Asa não podia ter feito aquilo... Malachi devia ter entendido errado.

O rosto dele ficou sombrio.

— Depois, Asa acusou o cavalariço de alguma coisa, não lembro o que, e o rapaz foi executado. Acho que não queria que sua vitória fosse questionada.

Um calafrio percorreu Nomi, arrepiando os pelos nos braços dela.

— Isso é terrível — ela disse baixinho. Tentou conciliar a história brutal com o homem gentil que conhecia, mas não conseguiu. Malachi estaria mentindo? Será que tinha percebido que Nomi sentia algo por Asa e estava tentando impedi-la?

— Me desculpe — ele disse, com um sorriso amargo. — Nunca contei isso a ninguém.

— Por que não contou ao seu pai? — ela perguntou. — Talvez... quer dizer, seu irmão teria sido punido, não?

Malachi deu de ombros.

— Acho que devia ter contado. Mas ele é meu irmão. Eu... bom, não contei. E isso é tudo.

— Você e Asa são próximos? — Nomi encarou as cartas na mão até elas saírem de foco.

— Não — Malachi respondeu apenas, jogando uma carta de orgia. — Costumávamos ser, mas achei difícil respeitá-lo depois disso.

Uma onda de calor febril passou por ela, fazendo seu sangue correr e deixando-a zonza.

— Não imagino como seria me sentir desse jeito sobre minha irmã. Me sinto perdida sem ela. — Nomi baixou seus santos, vencendo o jogo. Lágrimas ardiam em seus olhos e ameaçavam transbordar. Tudo o que ela fizera, toda a conspiração com Asa, era para salvar Serina. Se a história de Malachi fosse verdade, ele tinha usado um pobre cavalariço e o descartado sem hesitar. Ela *não podia* acreditar que era. Mas se fosse...

Como confiaria a vida de Renzo a ele?

E, se não podia fazê-lo, como salvaria Serina?

Ela não conseguia mais suportar a presença do herdeiro. Os olhos escuros, as feições afiadas, seu estranho fascínio por ela, a confusão que sentia quando encontrava seus olhos. As coisas que tinha dito sobre o irmão, sobre *ela*... era tudo demais.

— Sinto muito, mas não estou me sentindo bem, vossa eminência — ela disse, trêmula. — Posso me retirar?

— É claro — Malachi respondeu. Ele se levantou e estendeu uma mão para ela. Nomi recuou. — Sinto muito se a aborreci... — Ele disse mais alguma coisa, que ela não ouviu.

Já tinha saído correndo.

TRINTA E CINCO

Serina

SERINA ACORDOU DO PESADELO com os punhos erguidos e o coração batendo nos ouvidos. Alguém tinha agarrado seu braço.

— Sou eu — Val disse, então a soltou. — Precisamos ir.

Ela se reorientou aos poucos. O sol estava alto no céu. Tinha dormido a manhã inteira, encolhida na sombra da pequena caverna. Ele já tinha passado a alça da bolsa sobre o ombro.

— Aonde vamos? — Ela afastou o cabelo sujo e emaranhado da testa, estremecendo com a dor no ombro.

Val olhou para a praia.

— É só questão de tempo até os guardas nos encontrarem, e acho que você está bem o suficiente para se mover agora. Vou te tirar desta ilha.

Ela o encarou, boquiaberta.

— *O quê?*

— Eu contei que pretendia salvar minha mãe. Acha que vim para Monte Ruína sem um plano? — Seu sorriso saiu torto e seus olhos não o refletiam.

Ela levantou devagar, com as pernas ainda fracas. Não conseguia acreditar no que estava ouvindo.

— Por que não disse nada ontem à noite?

— O barco fica escondido na maré alta. Além disso — ele tocou a bochecha dela rapidamente —, você precisava descansar um pouco mais, recuperar suas forças. Eu sabia que, se contasse, você ia querer partir na hora.

Um barco? Ele tinha mesmo um modo de escapar? Depois de todos os planos dela — jangadas, revoluções — seria tão simples assim? *Nomi...*

— Se você me dissesse para esperar a maré alta, eu teria ouvido — ela o repreendeu.

— Mas teria dormido? — Ele retribuiu seu olhar.

— Provavelmente não — ela admitiu. Era difícil negar a eletricidade nas veias, a urgência súbita de se *mover, mover, mover.* Serina teria ficado o tempo todo tentando escapar da própria pele.

— Temos duas horas antes que a caverna fique exposta — Val explicou. — Vamos levar todo esse tempo para chegar lá. — Ele se virou para o norte e estendeu a mão.

— Para onde vamos? — ela perguntou, sem se mexer.

Val olhou de volta para ela.

— Pensei em Bellaqua. Para resgatar sua irmã.

Serina não sabia o que dizer. Sua cabeça parecia leve demais, como se pudesse flutuar para longe dos ombros até o mar.

— Isso é uma armadilha?

Val sorriu, gentil.

— Não. É uma saída.

Serina pegou a mão dele. Os dedos de Val se fecharam sobre os seus, e seus músculos derreteram como cera de vela. Ela tinha encontrado sua jangada e sua revolução, tudo de uma vez. E talvez mais. O sorriso dele doía nela.

Mas não conseguia se mexer.

Jacana tinha desafiado Oráculo ao lhe levar água. Tinha passado horas tentando ajudá-la com seus planos de fuga. Tinha prometido convencer a líder do bando de que uma revolta era uma boa ideia.

A pequena e tímida Jacana. Quando fosse escolhida para lutar, ela perderia.

Serina sabia que não podia salvar todas, mas não podia deixá-la para trás.

— Temos que fazer um desvio — ela disse. — Prometi a uma amiga que sairíamos desta ilha juntas. Temos que levá-la.

As sobrancelhas de Val se franziram.

— Não podemos fazer isso. Você tem que ficar longe da caverna. É perigoso demais.

Serina soltou a mão dele. Não queria enfurecê-lo ou pôr em risco sua própria fuga. Mas não podia trair Jacana depois de tudo pelo que tinham passado.

— Esta ilha *inteira* é perigosa. Jacana não vai sobreviver a uma luta. Se não a levarmos, estaremos condenando aquela garota à morte.

Ele ergueu as mãos abertas, sua expressão quase frenética.

— Não podemos, Serina. Sinto muito. Temos que ir. Agora. Já esperamos demais.

O corpo todo dela desejava segui-lo.

— Não posso abandonar Jacana aqui — Serina respondeu, desesperada para que entendesse. — Ela foi a única a me ajudar. Me trouxe água...

— *Eu* ajudei você — ele disse, erguendo a voz. — Por uma semana cuidei de você. Dei comida na sua boca, com medo de que nunca acordasse. Pensei... — Ele pegou sua mão de novo. — Você não é a única que o comandante Ricci quer matar. Temos que ir.

Serina puxou o braço com mais força do que pretendia. Desequilibrado, ele tropeçou. Ela o encarou com os olhos arregalados. Mas não podia recuar.

— Quero ir com você — ela disse com a firmeza do aço. — Quero isso tanto que mal consigo suportar. Mas não posso deixar Jacana. Cuidei dela desde que chegamos, não posso abandoná-la agora. *Por favor*, tente entender.

Val não podia ver que aquilo a estava matando? Serina queria esquecer Jacana e desaparecer. Mas se Nomi tivesse sido enviada a Monte Ruína em vez dela, se alguém tivesse considerado salvá-la e não o fizesse...

Val a encarou por um longo momento.

— Pegue a primeira trilha para a praia do norte, então siga para os penhascos. Vou pegar o barco e esperar você lá. Fique longe do acampamento do bando da praia. Não deixe que vejam você. — Ele mudou a bolsa de posição. — Se não estiver lá em três horas, vou sozinho. Os outros guardas estão atrás de mim.

— Eu entendo — Serina disse. — Estarei lá. Prometo.

Ele lhe lançou um último olhar, como se memorizasse seu rosto. Como se não esperasse vê-la de novo. Então se virou e seguiu para o norte sem dizer mais nada.

Serina pegou o garrafão de água e enfiou um punhado de areia no bolso. Jacana estaria treinando ou coletando comida àquela hora do dia. Precisaria atrair a atenção dela e chamá-la para longe das outras. A areia poderia ser útil.

A parte mais difícil seria encontrá-la sem ser vista. Oráculo às vezes deixava sentinelas pelos arredores, mas não no meio do dia. Seria ousado tentar roubar suprimentos ou raptar lutadoras — atividades que outros bandos já haviam tentado — àquela hora.

Serina subiu com dificuldade da praia até a trilha pedregosa. Não levou muito tempo para chegar ao trecho de floresta que margeava a caverna. Ficou contente pela sombra; o dia esquentava depressa.

Ela fez uma curva em meio à folhagem espessa e parou com tudo.

— Jacana!

Sua amiga estava bem ali, parada no meio do caminho.

Os olhos dela se arregalaram quando viu Serina.

— Corra!

Antes que ela pudesse se mover, dois guardas se materializaram da folhagem espessa ao lado da trilha. Eles saltaram sobre Serina, que mal teve tempo de se virar. Um deles a agarrou com um grito, derrubando-a no chão. Seu ombro ardeu, e ela grunhiu.

Por um momento, Serina tentou se debater, mas o guarda usou todo o seu peso para segurá-la.

— Calada — ele rosnou.

O outro fechou algemas ao redor dos seus pulsos com um tinido sombrio.

— Isso foi fácil — ele disse, levantando Serina. Ele a empurrou na direção de Jacana, que continuava congelada no meio da trilha, o rosto pálido e os olhos arregalados.

— O que está acontecendo? — Serina perguntou, lutando contra suas algemas.

— Eles estão te esperando há dias — Jacana disse, o rosto sujo com marcas de lágrimas. — Usaram Gia e eu como isca. Acho que o comandante pensou que ficaria com fome e procuraria uma de nós. — Os ombros dela caíram quando a prenderam em ferros também. — Sinto muito.

— Não é sua culpa — Serina disse. Com um esforço, manteve o queixo erguido. O desespero cresceu dentro dela, insidioso como veneno. Quanto tempo teria até Val zarpar? Já tinham se passado duas horas? Três?

Os guardas arrastaram as duas em direção à caverna.

Oráculo estava em pé na clareira quando se aproximaram.

O guarda ao lado de Serina gritou:

— Todas para o anfiteatro! Agora!

A líder assentiu em silêncio.

Serina não conseguia olhar para ela. Não resistiu ao aperto firme do guarda no braço, embora doesse. Tentou manter a cabeça erguida enquanto seguia pela trilha até a costa, suas mãos acorrentadas ardendo de dor. O chão duro era difícil de percorrer, e ela caiu duas vezes. Um dos guardas a ergueu, e o movimento pareceu acender uma labareda em seu ombro. Ela não conseguiu conter um grunhido de dor.

O homem riu.

O crepúsculo estava descendo quando chegaram ao ringue. Agora ela tinha certeza: já haviam se passado mais de três horas. Val tinha partido. E ela ia morrer.

TRINTA E SEIS

Nomi

Nomi não conseguia parar de pensar no que Malachi tinha dito. Certamente estava interpretando o papel do irmão mais velho responsável, decepcionado com o caçula, mas ainda protetor. Se acreditasse nele, poderia pensar que era um rebelde assim como ela. Contrariando os desejos do pai ao escolhê-la, ficando feliz com o fato de que ela sabia ler. Admirando sua coragem.

Mas Asa dissera que Malachi era manipulador. Mentiroso. Tinha falado de seus caprichos, de sua volatilidade.

Qual irmão estava mentindo?

E se ambos estivessem?

Ela *queria* confiar em Asa. Tinha depositado todas as suas esperanças de salvar Serina nele. Tinha dado seu *coração* a ele. Mas, toda vez que tentava evocar a imagem do garoto doce e travesso que queria torná-la rainha, o garoto que ria na noite da corrida aparecia no lugar, se gabando de seu troféu dourado.

Não podia deixar Renzo se arriscar quando ela própria não sabia em quem confiar. Mas, se não o fizesse, Serina ficaria presa em Monte Ruína. A única solução era falar com o irmão. Eles poderiam avaliar os riscos e decidir o que fazer juntos.

— Não se mexa — Angeline censurou. Ela estava torcendo o cabelo de Nomi, que a atrapalhava ao mexer a cabeça.

— Desculpe — ela disse. — Estou tentando.

Nomi estava desesperada para fugir daquela cadeira, daqueles aposentos, do próprio palazzo. Para bater em todas as portas de Bellaqua até encontrar Renzo.

Mas estava presa ali, com Maris e Cassia, em uma das salas de provas. As duas também pareciam nervosas. Maris encarava o espelho com uma expressão vazia enquanto sua aia trançava seu cabelo, e Cassia discutia com a sua quanto a quais brincos usar.

Maris se ergueu de repente, fazendo os tubos e potes chacoalharem na penteadeira. Seu cabelo longo e sedoso estava dividido em duas tranças finas. Suas bochechas estavam rosadas, seus olhos destacados pelo brilho prateado. Ela apertou o roupão ao redor do corpo ao sair da sala.

Alguns minutos depois, Angeline recuou. Tinha arrumado o cabelo de Nomi em um redemoinho habilidoso no topo da cabeça. A maquiagem era sutil, com um toque de dourado, para combinar com o vestido e a máscara que Ines tinha lhe dado.

— Pronto? — Nomi olhou através da janela para o horizonte, estimando a hora pelo arco descendente do sol.

Angeline assentiu, alegre.

— Hora de pôr o vestido.

Elas voltaram ao quarto, e a aia a ajudou a entrar nele. Tinha uma saia enorme em formato de sino, um bordado de contas de ouro pesadas e um espartilho tão apertado que Nomi até parecia ter curvas. Serina pareceria uma rainha com ele. Seu coração doía de saudades da irmã. O que quer que Nomi fizesse naquela noite, pareceria uma traição.

Angeline levou vinte minutos para abotoar as costas do vestido. Nomi mal conseguia se mexer, quanto mais respirar. Quando se olhou no espelho, seu reflexo a encarou de volta tão lindo e brilhante quanto a chama de uma vela.

Havia chegado o momento. Em questão de horas, o destino de Serina, Renzo e Nomi seria selado.

★

O terraço azulejado estava decorado com milhões de luzinhas piscantes, fios e fios delas, que se uniam no topo de um poste de mogno alto e entalhado. Além dele, o jardim descia até o oceano. Só o brilho branco das ondas reluzia na escuridão. A lua brilhava no céu.

Perto dos arcos que davam para o palácio, o superior e o herdeiro estavam sentados em enormes poltronas com filigrana de ouro. O pai não se dignara a usar uma máscara, mas a de Malachi era ornamentada, feita de ouro retorcido e pedras vermelho-escuro para combinar com seu casaco de veludo vinho. Asa estava à parte, parecendo inquieto em seu casaco azul-escuro e de máscara prateada. Quando Ines, usando uma máscara branca, levou as graças do superior até o terraço, ele endireitou a postura.

Nomi, Cassia e Maris esperavam com suas aias em um dos arcos. O vestido com contas de Nomi tilintava baixinho; ela não conseguia ficar parada. O superior ia anunciá-las, dando ao público a oportunidade de examinar e admirar as primeiras graças do herdeiro antes que as danças começassem. Em todos os eventos até aquela noite, elas tinham estado entre o público, com o objetivo de praticar como se portar e agir, não inteiramente em exibição.

Nomi encarou o brocado dourado e as contas do vestido com uma atenção fixa. Renzo estava em algum lugar por ali. Ela estava desesperada para encontrá-lo, mas, se o visse naquele momento, não confiava em si mesma para não gritar seu nome. Tinha que sobreviver à cerimônia. Um segundo depois do outro. Então poderia procurar por ele e puxá-lo de lado.

O superior levantou, movendo seu corpo esquelético devagar mas com precisão. Ele não estremeceu nem parou. A melodia baixa de harpa tocada por suas graças foi interrompida.

— Boa noite, meus ilustres convidados — o superior começou, abrindo as mãos ossudas em um gesto expansivo. — É uma honra recebê-los aqui nesta ocasião especial, o vigésimo aniversário do meu filho e herdeiro.

Nomi olhou de relance para Asa, mas a máscara prateada escondia a expressão dele.

O superior continuou:

— Malachi se destacou como um homem inteligente e responsável, com as habilidades e a firmeza para um dia assumir meu lugar como superior. Nesse meio-tempo, fico feliz em deixá-lo assumir um papel maior na governança do país. Acredito que Viridia vá se beneficiar do juízo dele.

Cassia parecia inquieta ao lado de Nomi. Maris não se mexia.

— E agora — o superior acrescentou, gesticulando para o arco —, meu filho aceitará formalmente suas primeiras graças.

Cassia foi a primeira a subir no estrado, com Nomi atrás e Maris por último. Elas pararam e se viraram para a pista de dança. Nomi mordeu o lábio para não mostrar sua surpresa.

Havia pessoas demais: graças, cortesãos e dignitários. Criados se moviam pela multidão com bandejas cheias de comida. E todos usavam máscaras.

Como encontraria Renzo em meio àquilo?

As três fizeram uma reverência e a plateia aplaudiu. Os vestidos cintilaram com o movimento, quase a cegando.

O que ia fazer?

Malachi se inclinou para a plateia, então estendeu o braço para Nomi, para sua surpresa. Ele a havia escolhido para sua primeira dança. A expressão de Cassia se desmanchou, tomada por decepção.

A música recomeçou. Malachi a guiou para a pista de dança, sem fazer nenhum comentário sobre como estava dura em seus braços. Quando eles começaram a dançar, ela observou seu rosto de verdade pela primeira vez. A máscara escondia suas bochechas e o nariz, mas a mandíbula distinta, os olhos escuros e os lábios carnudos ainda estavam à mostra.

Malachi descobrira que ela sabia ler, mas não a tinha denunciado. Só a tinha beijado uma vez e nunca a punira por sair correndo... nem pelas coisas desrespeitosas que lhe dissera.

Ela estava sempre esperando que ele provasse ser o horror que Asa dissera, que tentasse quebrá-la. Mas tinha tentado alguma vez? O herdeiro retribuiu seu olhar, com uma intensidade que abriu um buraco no coração dela. Por cima do ombro de Malachi, viu Asa sorrindo para ela. Um arrepio desceu por sua espinha.

Onde estava Renzo?

Malachi a girou. O vestido a constringia nos ombros. O espartilho apertava suas costelas.

— Você parece absolutamente infeliz — ele disse.

Os olhos dela correram para seu rosto.

— Sinto muito, vossa eminência — ela disse, tentando controlar a expressão. — Só estou nervosa.

Um rubor subiu pelo pescoço dele.

— Não, *eu* sinto muito. Depois que saiu ontem, não consegui parar de pensar no que disse.

Nomi arregalou os olhos. O que tinha dito? Não se lembrava.

Ele continuou falando, mais baixo, para que só ela pudesse ouvir.

— É claro que você se sente perdida aqui, ainda mais sem sua irmã. E é minha culpa. Eu a escolhi sem pensar direito. Devia ter feito meu dever. Sua irmã se preparou para isso, ela *queria* ser uma graça. Você nunca quis. Eu te obriguei.

Nomi se viu dizendo que sentia muito de novo, como se tivesse culpa por sua falta de entusiasmo. Era melhor que dizer "Sim, você *deveria* ter escolhido Serina, seu idiota". Mas estava tão confusa, tão dividida. Por que ele lhe dizia aquilo? Por que estava se desculpando?

E onde estava Renzo?

Ela olhava por cima dos ombros de Malachi enquanto giravam, mas o resto dos dançarinos eram faixas de luz e cor. Sem feições, sem rostos nítidos sob as máscaras.

— Não quero manter uma graça contra sua própria vontade — Malachi disse, tão suave que ela quase não o ouviu. — Não vou mais forçar você.

A boca dela se abriu, mas nenhum som saiu. De repente, Asa, Renzo e Serina desapareceram de seus pensamentos.

— O que está dizendo?

— Estou dizendo que liberto você de suas obrigações comigo. — Os olhos dele escureceram com algo parecido com tristeza. — Pode ir embora, se assim desejar.

Ela ficou sem palavras.

Os lábios dele se entreabriram e um rubor subiu do seu pescoço até a pele sob a máscara.

— Mas espero que fique.

Então algo atraiu o olhar dela.

Atrás de Malachi, entre os convidados. Uma figura de máscara vermelha, calça preta e jaqueta com detalhes também em vermelho parou, com a cabeça inclinada na direção dela. Nomi soube de imediato, só pela altura e pela inclinação da cabeça.

Renzo.

Malachi a girou outra vez, e seu irmão desapareceu na multidão.

Do outro lado da sala, o superior levantou. Asa o seguiu.

O pânico explodiu no peito de Nomi.

— Vossa eminência, não posso sequer compreender a honra que me demonstra. Posso ter um tempo para considerar a oferta? — ela perguntou, já se afastando, indo em direção ao ponto em que vira seu irmão.

— É claro. — As mãos dele a puxaram para um pouco mais

perto, como se estivesse relutante em soltá-la. Ela se perguntou o quanto aquela decisão lhe custara.

A música terminou com um floreio, e Malachi a inclinou num mergulho gracioso. Por um instante, seus lábios ficaram separados por um suspiro. Então ele se endireitou e a puxou consigo.

— Obrigado pela dança.

Nomi fez uma reverência, sem ar, e enveredou pela multidão, procurando freneticamente por Renzo. Ela examinou cada rosto mascarado, mas não o viu em lugar nenhum.

Então avistou Maris em pé ao lado da entrada do terraço, esperando Malachi chamá-la para dançar. Seu vestido era um redemoinho de prata e vermelho, terminando em um espartilho com uma renda prateada sobre os ombros e braços. A máscara dela era vermelha, como a de Renzo. Nomi a agarrou e puxou para a frente.

— O que...?

— Preciso da sua ajuda — Nomi sussurrou com urgência. — Tem um homem aqui, de máscara vermelha e jaqueta preta. O nome dele é Renzo. Pode estar espreitando pelos corredores ou antessalas, não sei. Preciso dar um recado a ele. Pode me ajudar?

Maris assentiu, com os olhos cheios de perguntas.

— Se o vir... — Nomi disse, com o coração acelerado. As palavras de Malachi corriam por sua mente. Ela tinha decidido conversar com Renzo para que decidissem juntos o que fazer. Mas não havia mais tempo. — Diga a ele para sair do palácio. Diga que o mandei fugir.

Nomi deixou uma Maris boquiaberta para trás e seguiu em direção à sala aonde o superior tinha ido com Asa. Se Renzo chegasse antes dela, não poderia fazer nada. Ele ia incriminar Malachi, e Nomi não estava certa de que Asa não ia trai-lo.

Ela vasculhou os convidados à procura daquela máscara vermelha, mas não a viu. Então se dirigiu aos arcos, com os pés doloridos e o coração batendo tão rápido que ameaçava escapar do peito. Seus olhos ardiam com lágrimas.

Ali, ao lado do jardim, logo na entrada!

— *Renzo!* — ela sibilou.

A figura parou.

Nomi tentou correr para ele, mas o peso do vestido a segurava, grosso e pesado como lama.

— Nomi! — A voz que a chamava era familiar, reconfortante. — Você não deveria estar aqui. Asa me disse o que fazer. Não quero que se arrisque.

— *Não* — ela disse, as lágrimas escorrendo pelo rosto. Aquele instante era tudo o que teriam. — Você tem que sair daqui. Eu estava errada. Cometi um erro terrível.

Seus olhos castanhos calorosos pareceram se arregalar sob a máscara.

— Como assim?

— Acho que… acho que não podemos confiar em Asa. — O coração de Nomi se partiu, as fissuras cortando fundo.

— Mas e Serina? — ele perguntou, ansioso.

— Se fizermos o que pediu, Asa vai quebrar sua promessa. Vamos ter que encontrar outro jeito de ajudar Serina. — Ela não podia abraçá-lo, não com tantas pessoas observando, então só apertou a mão dele. Não conseguiu ler a expressão por trás da máscara. — No momento, estou preocupada com você — acrescentou, desesperada. — Por favor, vá embora. Preciso que fique a salvo.

Renzo lhe lançou um olhar demorado, a confusão curvando sua boca em uma carranca profunda. Lágrimas escorriam pelo rosto de Nomi. Ela o empurrou porta afora, então virou. Não conseguia vê-lo se afastar outra vez.

Foi fácil encontrar a antessala, como Asa dissera.

Ela atravessou a porta. O superior estava sentado em uma poltrona acolchoada no centro, cercado por paredes com painéis de madeira aconchegantes, cobertas com tapeçarias. Asa estava sentado em uma cadeira ao seu lado. Ele ergueu os olhos quando sua sombra passou pelo umbral, arqueando uma sobrancelha em seguida, querendo saber onde estava Renzo. A janela de tempo deles estava cada vez menor. O superior logo retornaria à festa.

Nomi balançou a cabeça devagar.

Por um instante, os olhos dele se encheram de algo. Dor? Traição?

— Onde está seu primo? — ele perguntou abertamente, com algo feio escondido sob a máscara. — O que você fez?

— A coisa certa — Nomi respondeu, com o queixo levantado. Ela *esperara* que fosse a coisa certa, e agora tinha certeza. — Ele não vem.

Ele não vai fingir atacar seu pai para que você possa salvá-lo, Nomi queria gritar. *Não vai culpar Malachi. Renzo não vai te ajudar.*

— Asa, o que está acontecendo? — o superior começou, com a voz gelada. Ele apertou os apoios de braço com seus dedos longos e ossudos e começou a levantar.

Atrás de Nomi, passos ecoavam no piso de mármore.

— Pai, você está pronto? — Malachi perguntou, entrando na sala.

Nomi não tirou os olhos de Asa. Viu quando a tempestade explodiu dentro dele. Viu o exato instante em que ele se quebrou, se transformando em algo diferente.

Viu quando, sem uma palavra, ele tirou uma adaga da cintura e cortou a garganta do pai.

TRINTA E SETE

Serina

Os guardas fizeram Serina e Jacana marchar até o palco. O anfiteatro se encheu aos poucos. As mulheres pareciam confusas, sem conseguir se manter em silêncio como de costume. Oráculo, Âmbar e Penhasco sentaram na primeira fileira. *Oráculo provou que tinha razão*, Serina pensou. Era exatamente daquilo que tinha medo.

As outras chefes dos bandos estavam de pé, perto do palco. Serina avistou Retalho, e elas trocaram um breve olhar. *Se eu tivesse mais tempo...* Não haveria chance de revolução agora.

Quando todas haviam chegado, o comandante Ricci subiu no palco de concreto. Os outros guardas se retiraram para a varanda, exceto aqueles que acompanhavam Serina e Jacana.

— Boa noite a todas! — Ricci exclamou, abrindo os braços numa recepção calorosa. Ele parecia estar gostando do papel de apresentador mais do que o habitual. — Tenho um presentinho especial para vocês.

Serina não conseguia afastar os olhos da arma de fogo presa ao quadril dele. Quase desejou que deixasse aquele teatrinho de lado e terminasse logo com aquilo. Mas também valorizava cada vez que o ar entrava e saía igualmente rápido de seus pulmões. Ela sentia sua pulsação nos ouvidos.

— Na nossa última luta, a campeã da caverna tomou a questionável decisão de se *render* em vez de ganhar as rações que seu bando tanto merecia. Na verdade, ela negou rações a todas vocês, já que não houve vencedora. Ela mudou as regras do jogo. E, como todos sabemos, o jogo *não* muda. — A voz dele ficou mais dura, a extravagância sumindo. Um tremor leve percorreu os braços de Serina. — Ela esteve muito ocupada desde então — ele continuou, sem jamais olhar para Serina, dirigindo cada palavra à plateia. — Tentou incitar uma rebelião. Matou um guarda. Agora, vai pagar com a vida por isso.

Serina mantinha as costas tão eretas que doíam. Não sabia como ele tinha conhecimento de tudo aquilo, mas não estava surpresa. Manteve o rosto perfeitamente inexpressivo. Em Viridia, todas as mulheres usavam máscaras.

Ela se preparou para quando o comandante erguesse a arma.

— Agora — ele disse, virando-se para ela afinal —, você vai lutar de novo.

— L-lutar? — ela balbuciou, confusa.

— Ah, você vai morrer, ganhando ou não — o comandante disse casualmente, o rosto um conjunto desgastado de linhas duras. — Mas vou lhe dar uma chance de vingança primeiro. Quem escolhe? — Ele olhou para a plateia. — Que tal outra rodada com a adversária da semana passada? Acho que ela está ansiosa por uma revanche.

O sangue foi drenado do rosto de Serina.

— Ou talvez Oráculo — ele sugeriu. — Afinal, foi *ela* quem baniu você. — O homem retorceu os lábios num biquinho grotesco enquanto voltava sua atenção para Jacana. — Ou quem sabe você gostaria de lutar com nossa coelhinha aqui. Ela foi a isca perfeita, pelo visto. Talvez dela consiga ganhar. Então eu poderia matar você, o que faria com muito prazer, claro.

Jacana inclinou a cabeça, os ombros balançando a cada soluço. Os guardas soltaram suas algemas para que ela ficasse livre para lutar.

— Chegou a hora — Ricci disse, sua voz assumindo um tom macabro. — Com quem vai lutar?

Serina olhou para Jacana. Ela tinha voltado para que a amiga *não precisasse* lutar.

Seu olhar se virou para Oráculo. Era verdade que a líder do bando a tinha banido. E, mais importante, Oráculo era uma das lutadoras mais habilidosas de Monte Ruína. Ela podia matar Serina rapidamente e frustrar o espetáculo do comandante, que não poderia tirar sua vida pessoalmente.

Anika também a mataria depressa. Serina sabia que não tinha forças para conseguir uma vantagem sobre ela uma segunda vez. Não com seus ferimentos.

— Ah — o comandante Ricci acrescentou. — Se render não é uma opção dessa vez. Mas tenho certeza de que você já percebeu isso. — Ele acenou para o guarda atrás dela. De repente, com um tinido alto de ferro, o peso da corrente desapareceu.

Serina fechou os olhos só por um segundo. Já tinha resistido. Tinha se recusado a matar outra mulher. *Acreditava* em tudo o que dissera ao seu bando sobre ser forte. Trabalhar juntas. Mostrou que era feita de ferro.

Se escolhesse uma mulher para lutar, tais palavras teriam sido vazias. Nada mudaria.

Ela ergueu os olhos e encarou o comandante Ricci, para que pudesse ver sua fúria.

— Não vou lutar — gritou, porque era o único jeito de mascarar o tremor na voz. — Não vou entrar no seu jogo.

O rosto dele ficou roxo. Serina sabia que morreria, independente do que fizesse. O barco de Val tinha partido. Nomi estava perdida. A esperança acabara.

Mas talvez pudesse deixar um desafio para trás.

— Se quer que eu lute, então escolho *você* — ela berrou. — Me mate agora, com sua arma ou seus punhos! Não erguerei uma mão contra minhas irmãs.

O comandante Ricci rugiu. O guarda ao lado de Serina se mexeu, mas ele o conteve com um gesto.

— Ninguém se mexe. Ela é minha.

Ele soltou os ombros. Bateu um punho enorme na outra mão, assumindo posição de combate e a encarando.

— Quer lutar comigo? Pois bem. Que seja.

Encarando o rosto sulcado e terrível da morte, Serina esperou que uma sensação de paz ou torpor a dominasse. Mas tudo o que sentia queimando por dentro era *fúria*.

O comandante pulou sobre ela, rápido como uma serpente. Serina enfiou a mão no bolso para pegar o punhado de areia que planejara usar para chamar a atenção de Jacana e jogou na cara dele. O homem hesitou, esfregando os olhos, mas aquilo não o segurou por muito tempo.

Ela conseguiu desviar do primeiro soco, mas o segundo pegou seu estômago, tirando seu fôlego.

Então ele deu um soco em seu rosto e ela caiu.

Serina rezou por Nomi. Era tarde demais para rezar por si mesma.

Ricci estava sobre ela, terrivelmente grande. Ele chutou a lateral de seu corpo. Ela urrou quando uma costela quebrou, a dor ardente a percorrendo. Chorando e arfando, ela lutou para se colocar de joelhos e recuar, sangue pingando da boca. O comandante a seguiu, sem pressa. Tudo o que precisava fazer era chutar sua cabeça ou se abaixar para quebrar o pescoço dela, então tudo terminaria.

Ele sabia. Ela sabia. Mas ainda assim brincava, dando tempo para que Serina se arrependesse do seu discurso corajoso. O comandante agarrou o braço dela — aquele que Anika tinha cortado — e enfiou as unhas na ferida, tirando sangue.

Ela deu um soco desesperado no estômago dele, mas era como atingir uma parede. Ricci sequer estremeceu. Ele a ergueu até que seus pés balançassem no ar, aproximando-a de seu rosto.

— As mulheres se acham fortes quando estão lutando com outras mulheres — ele rosnou, o hálito imundo grudando nas bochechas de Serina. — Mas, quando lutam com um homem, descobrem a verdade. Vocês são fracas. *Todas* vocês. E sempre serão.

Ele a soltou. Serina desabou, incapaz de se apoiar nas pernas.

Aquele era o discurso da vitória de Ricci. A brincadeira tinha chegado ao fim.

Com o que restava das suas forças, Serina se ergueu nas pernas bambas, abaixou a cabeça, inspirou fundo e jogou o corpo contra o dele.

Era como tentar empurrar uma montanha, mas ele deu alguns passos para trás. Ricci não esperava que ela fizesse aquilo. Escorou-se nela e enfiou as mãos sob seus braços, jogando-a sobre o palco. Serina caiu com força no concreto.

Ele foi até ela a passos largos, com olhos assassinos.

Um rugido cresceu no anfiteatro. Serina teve tempo de notar que as mulheres não estavam torcendo — elas *gritavam*. Então, com um rugido de gelar o sangue, Oráculo e Âmbar subiram no palco.

Oráculo saltou sobre o comandante, se agarrando às costas dele, com um braço ao redor da garganta e as pernas travadas em sua cintura, bloqueando o acesso dele à arma de fogo. Alguém na varanda deu um tiro, mas o comandante acenou para que recuasse.

— Minha luta, minhas mortes! — ele rugiu.

Ricci se inclinou para a frente com tudo, e Oráculo quase caiu de cabeça. Âmbar deslizou por baixo dele e enfiou uma faca improvisada em sua barriga. Ele tentou pegar a mulher, que dançou para fora de alcance. Oráculo continuou a sufocá-lo. Ninguém se mexeu.

O choque atingiu Serina em ondas. As duas estavam tentando ajudá-la. Haviam se rebelado. As mulheres ao redor do palco gritavam e urravam, suas vozes esganiçadas afogando os sons estrangulados do comandante. Pelo canto do olho, Serina viu movimento. Retalho estava liderando o bando do hotel para o palco.

Oráculo soltou outro grito agudo — um grito de caça. O rosto do comandante ficou roxo enquanto unhava o braço dela. Âmbar puxou sua lâmina de volta. Ele afundou de joelhos numa poça do seu próprio sangue. Mesmo deixando sulcos profundos no braço de Oráculo, ela não o soltava.

Serina inspirou, trêmula e dolorosamente, enquanto os olhos do comandante se reviravam. O corpo dele caiu de lado. Oráculo apertou o pescoço até estalar, só para garantir.

Ela se ergueu e encontrou o olhar perplexo de Serina. A sombra de um sorriso apareceu no canto de seus lábios.

Então uma bala a atingiu no meio da testa, jogando sua cabeça para trás. O olho castanho ficou tão cego quanto o branco.

Serina gritou.

O caos irrompeu.

Uma onda de mulheres invadiu o palco, tiros soando acima da cacofonia. Serina levantou com esforço, a costela quebrada enviando pontadas de dor por seu corpo. Guardas caíram da varanda até o concreto abaixo. Ela levou um momento para entender por quê — o bando de Retalho tinha se esgueirado pela escada, atacando-os por trás.

Mas os tiros não pararam, e mulheres continuaram a cair.

Se Oráculo e Âmbar tinham encontrado a força para subir no palco e atacar o comandante, Serina podia encontrar a força para continuar lutando. Ela tirou uma faca da mão de um membro sem vida do bando de Retalho e subiu as escadas cambaleando. Os gritos e o impacto de tiros ecoavam sombriamente na escada. Desviou de um corpo que caiu rolando pelos degraus.

Quando chegou à varanda, os guardas tinham se virado e estavam se defendendo do ataque surpresa. As mulheres abaixo não podiam fazer muito além de esperar que caíssem. Se o impacto não os matasse, elas poderiam fazê-lo.

Antes que Serina pudesse intervir, um guarda de rosto vermelho atirou em Retalho. Serina pulou sobre ele, arrancando a arma de sua mão enquanto caía. Ela se atrapalhou, tentando descobrir como funcionava, então um braço forte envolveu seu pescoço. Serina deu uma cotovelada para trás e o homem grunhiu, mas não soltou.

— Isso é tudo culpa sua — ele rosnou, socando-a no rim sem afrouxar o gancho no pescoço. Ela não tinha ar para respirar.

Serina começou a fraquejar, pontos pretos dançando diante de seus olhos. Deu outra cotovelada, mas sua força estava desvanecendo. Seus pulmões gritavam.

De repente, através da névoa, ela viu os guardas mais perto da beirada da varanda caírem. Ninguém tinha tocado neles. Haviam levado tiros.

O braço ao redor dela afrouxou por um instante. Serina girou e conseguiu se soltar. Então enfiou a faca na barriga do homem. Mais dois guardas caíram. Só restavam alguns agora, e as mulheres lutando com eles pareciam estar ganhando.

Ela espiou acima da balaustrada.

Lá embaixo, no centro de um círculo de mulheres desconfortáveis, Valentino abaixou a arma.

TRINTA E OITO

Nomi

NOMI NUNCA TINHA VISTO NINGUÉM MORRER ANTES. Não foi tranquilo nem silencioso. As mãos do superior arranharam inutilmente a garganta enquanto engasgava com o próprio sangue. Malachi correu para dentro da sala e tentou estancar a torrente. Um rio vermelho corria por suas mãos e sobre o casaco de veludo. Ela não conseguia ver a mancha se espalhar; o tecido era da cor do sangue.

Em certo momento, Nomi percebeu que estava gritando.

Asa assentiu com aprovação para Malachi.

— Quanto mais sangue nas suas mãos, mais plausível vai ser. — Ele se virou para Nomi. — Agora você, minha flor. Vai precisar ficar quieta.

Ele saltou sobre ela com a adaga.

O grito de Nomi se tornou um berro estrangulado. A ponta da faca afundou no vestido de contas, mas o tecido pesado e a armação do espartilho funcionaram como uma armadura inesperada, desviando o caminho da lâmina. Ela cambaleou para trás.

Malachi derrubou Asa com um baque. O irmão girou e se debateu. O herdeiro era maior, mas Asa estava armado. Ele cortou o braço de Malachi, que grunhiu. Nomi assistiu a tudo horrorizada, sem saber o que fazer.

Asa cuspiu e levantou, cambaleando. De repente, era um estranho, alguém que Nomi nunca conhecera ou entendera de fato.

Tudo em que acreditara, todos os sentimentos que tivera, haviam se tornado cinzas. Ele a tinha manipulado.

Mentira para ela. Abusara dela. Tinha usado sua rebelião, sua agonia pela irmã, e transformado em algo a seu favor. Tudo parecia tão óbvio em retrospectiva.

Asa queria ser o herdeiro. Queria o poder, a adulação, a atenção. Queria tudo o que o irmão tinha, e ela o odiava por aquilo.

Fúria borbulhou dentro dela, quente como lava.

Ele a tinha traído.

Tinha tentado *matá-la*.

Malachi deu um soco na cara de Asa, derrubando sua máscara prateada. Os olhos do irmão reviraram e o seu corpo ficou mole. Malachi tentou levantar.

Mas era um truque. Asa se ergueu de repente, golpeando para cima com a adaga e atingindo Malachi no estômago. O herdeiro desabou no chão.

Nomi caiu de joelhos ao lado dele. Malachi não tinha um espartilho para salvá-lo. Ela apertou as mãos no casaco, sobre a ferida, enquanto ele gemia. Atrás, Asa levantou cambaleante.

— Está tudo bem, está tudo bem — Nomi sussurrou, chorando.

Mas ela sabia a verdade. Nada estava bem. Sangue vazava por entre seus dedos.

Asa foi para perto deles.

— Você não devia ter avisado seu primo — ele censurou. — Mas isso vai funcionar também. Por que uma tentativa de assassinato quando se pode ter uma morte real? Obrigado por deixar aquele bilhete no quarto do meu irmão. Você foi muito útil.

O coração de Nomi se apertou. Ela tinha *confiado* nele. Asa dissera tudo o que ela queria ouvir, mas fora tudo uma mentira. Cada beijo, cada toque se tornaram veneno. Ela engoliu a bile.

Passos soaram do outro lado da porta. Nomi ergueu os olhos.

Com os olhos arregalados, Maris parou de repente. Ela encarou boquiaberta o corpo do superior, ainda jogado na poltrona.

— Eu... eu estava procurando por Nomi. O que...

— Marcos! — Asa chamou.

O guarda enorme e alguns colegas surgiram em uma entrada escura no lado oposto da sala. Asa apontou para Maris.

— Não podemos ter testemunhas andando por aí, não é?

— Corra! — Nomi gritou.

Maris se virou, mas os guardas a pegaram antes que desse mais que alguns passos. Marcos pôs Nomi de pé. Os sons fracos que entravam pela porta pareceram ficar cada vez mais altos, cada vez mais próximos. Nomi rezou para que fosse uma escolta à procura do superior, para que houvesse testemunhas do crime de Asa.

Malachi grunhiu aos pés dela. Nomi tentou alcançá-lo, mas Marcos a puxou de volta.

— Você não pode matar todo mundo — ela disse, se debatendo contra o aperto de ferro do guarda.

— Claro que posso. — Asa brandiu a adaga.

As vozes distantes estavam ficando mais próximas.

— Asa matou o superior! — ela gritou, o mais alto que conseguia. — O superior está morto!

Ela podia ouvir os passos agora, apressados.

Asa hesitou só um momento.

— Bom — ele disse, acenando para Marcos. — Prometi que você veria sua irmã de novo, não prometi? — Nomi encarou aqueles olhos castanhos e se perguntou como podia tê-lo julgado tão mal.

— Levante-o — Asa ordenou, apontando para Malachi. — Coloque-o no barco com as mulheres. Quando morrer, atire o corpo no mar.

Os olhos do herdeiro estavam fechados, a respiração ofegante.

Nomi gritou quando um dos guardas de Asa o jogou por cima do ombro, sua cabeça pendendo inerte do pescoço.

Maris estava congelada, assistindo a tudo com olhos tão arregalados que Nomi podia ver todo o branco neles. Seu peito arfava mais rápido a cada respiração.

Marcos puxou Nomi por trás. Os outros guardas agarraram Maris. Enquanto eram levadas pelos fundos da sala, ela ouviu Asa gritar:

— Socorro! Meu pai!

A porta se fechou atrás dela no instante em que alguém entrou correndo na sala.

TRINTA E NOVE

Serina

SERINA AJUDOU AS MULHERES NA VARANDA A PRENDER os guardas sobreviventes com suas próprias algemas. Um deles saltou sobre elas, gritando.

Anika atirou em sua testa.

O resto ficou em silêncio depois disso.

— Devíamos matar todos — Anika disse. Sua bochecha e um dos braços estavam manchados de sangue. Um machucado escurecia sua têmpora.

— Não podemos. — Serina se colocou entre a arma de Anika e o guarda para quem ela apontava. — Talvez precisemos deles como moeda de troca. Sabem como se comunicar com o continente, talvez tenham códigos para liberar as rações ou algo do tipo. É melhor esperar.

Anika abaixou a arma, um pouco devagar demais para o gosto de Serina, uma vez que estava apontada para a barriga *dela*.

— Está bem — a mulher disse. — Vamos esperar. Por enquanto.

Ela cuspiu no guarda mais próximo quando foi ajudar a levá-los escada abaixo.

Serina recolheu todas as armas dos guardas e as empilhou num canto da varanda. Perguntaria a Val se havia um lugar seguro para guardá-las no complexo dos guardas. Ela rezou para que nenhum homem tivesse ficado para trás durante a luta. Não tinha nenhum desejo de retomar aquela guerra.

Ela se virou para o massacre. Retalho jazia ao lado do corpo de um guarda, olhando para o nada. Serina se ajoelhou ao lado do corpo dela e tocou seu ombro. Aquele dia era uma vitória de Retalho.

Ela ajudou a carregar um corpo após o outro pelas escadas. Puseram cada um cuidadosamente no palco de pedra, agora pegajoso e vermelho de sangue.

Trinta e dois guardas estavam mortos, incluindo o comandante Ricci.

O número de mulheres mortas era mais alto. Oráculo jazia ao lado de pelo menos quarenta outras. Âmbar estava sentada numa poça de sangue ao lado dela. Segurava sua mão, soluçando. Serina nunca vira aquela mulher tão feroz perder o controle.

Val estava em pé a alguns passos dali. Não se mexia muito, talvez porque não quisesse chamar atenção para si mesmo, considerando que era o único guarda que não estava morto ou acorrentado. As mulheres pareciam entender que ele estava do lado delas. Mas Serina percebeu, à distância, que ele mantinha uma mão sobre a arma.

Ela cambaleou até o corpo inerte de Jacana na beira do palco. A garota parecia ainda menor na morte. Lágrimas escorreram por seu rosto. Jacana tinha ficado tão assustada com a luta, tão convencida de que morreria ali. Serina não conseguira salvá-la.

Val foi até ela. O corpo de Jacana estava entre eles, e Serina se perguntou se aquela era uma distância possível de superar.

— Eu devia ter... — ela começou.

— Eu não devia...

Eles pararam.

— Eles a usaram como isca. — A pressão no peito de Serina não tinha afrouxado. — Para chegar a mim.

Val tensionou a mandíbula.

— Eu não devia ter dito a você o que fazer. Devia ter respeitado sua escolha.

Ela deu a volta em Jacana para chegar até Val.

— Você não foi embora sem mim.

Ele a encarou de volta.

— Você começou uma rebelião.

Serina não tinha certeza de como se sentia em relação àquilo.

Teria salvado vidas ao subverter o sistema? Ou ocasionado mais mortes? O que aconteceria quando o superior descobrisse e enviasse um exército para matar todas elas?

Serina olhou ao redor. Muitas mulheres vagavam sem propósito. Outras embalavam os corpos nos lençóis do hotel. Não parecia mais haver separação entre bandos.

— Vamos precisar de um sistema para distribuir as rações que o comandante estava guardando para si — ela disse, encarando os rostos abatidos ao redor. — E de um lugar para manter os guardas capturados. E pensar em como lidar com os guardas dos barcos quando novas prisioneiras chegarem. — Talvez, de alguma forma, elas pudessem evitar que o superior descobrisse. Pelo menos até estarem prontas para se defender.

— Tenho acesso às rações, e há algumas celas no complexo dos guardas. Quanto ao barco... bom, provavelmente temos cerca de uma semana até a chegada do próximo. Vamos dar um jeito. — Ele apertou a mão dela rapidamente. — O pior já passou.

Serina o observou, mas não respondeu. O pior podia ter passado em Monte Ruína, mas ela não pretendia parar por ali.

Ela o levou até o outro lado do anfiteatro, onde Anika e várias mulheres do hotel apontavam suas armas para os guardas capturados.

— Anika, esse é Val — Serina disse. — Ele vai mostrar aonde levar os guardas. E também sabe onde fica a comida. Traga tudo pra cá para que possamos dividir entre os bandos igualmente. — Ela esperava que a mulher a questionasse, que abrisse um sorriso perigoso. Mas, para sua surpresa, Anika concordou com um aceno curto e prático.

— Traidor — um dos guardas sibilou, fulminando Val com o olhar. Anika deu uma cotovelada no nariz do homem, que soltou um grunhido e ficou quieto. Os outros guardas olharam para os canos das próprias armas, ainda apontadas para eles pelas outras mulheres.

— Vocês vão ficar bem? — Serina perguntou, olhando de Val para Anika. Estaria a salvo com aquelas mulheres, prontas para matar os guardas que as tinham oprimido?

— Vamos ficar bem — Val respondeu, firme, passando a mão pelo cabelo desgrenhado.

Anika assentiu. Quando Serina se virou, disse:

— Pensei que você fosse fraca. Mas tinha um plano esse tempo todo, não tinha? Só precisou de algumas semanas para derrubar todos eles.

Serina nunca esperara sentir um olhar de respeito vindo daquela mulher. E era esperta o bastante para não contar a verdade — que não houvera plano nenhum, exceto fazer os bandos dialogarem. Ainda não havia.

— Monte Ruína destrói a fraqueza de qualquer uma — ela disse apenas.

Anika sorriu. Ambas eram lutadoras agora.

Com um último olhar para Val, Serina voltou para o palco. Encontrou Penhasco sentada num banco a alguns passos da fileira de corpos. Retorcia as mãos, triunfo e medo cruzando seu rosto largo.

— Penhasco — Serina chamou sua atenção. — Você conhece mulheres dos outros bandos?

Penhasco assentiu, voltando a olhar para as mortas.

— Pode organizar um grupo para levar os guardas mortos aos penhascos e jogá-los no mar?

A mulher se ergueu bruscamente.

— Vou fazer isso.

Serina tocou o ombro dela. Então foi procurar Âmbar.

Subir a montanha foi mais difícil aquela noite, com o peso do corpo de Oráculo sobre os ombros. Mas Serina também se sentia mais leve. As estrelas queimavam buracos no céu, e a luz ensebada das tochas iluminava uma longa fila através da escuridão. Havia muitas irmãs para honrar naquela noite.

Mas Oráculo seria a primeira.

Fogo, respire
Água, queime
Terror, amaine
Seu reino terminou.
Fogo, respire
Água, queime
Estrela, guie
Sua irmã chegou.

Serina cantou as palavras para Oráculo e Jacana.

Mas elas também eram para a mãe de Val, Petrel, Retalho e todas as mulheres que haviam lutado e morrido ali.

E também para as que haviam sobrevivido.

Quando o último corpo fez subir a última chuva de faíscas, uma voz rouca perguntou:

— O que fazemos agora?

Ao brilho vermelho do vulcão, Serina viu um rosto após o outro se voltar para ela.

Respirou fundo. Tinha conseguido sobreviver a Monte Ruína através da união, mas ainda havia muito a ser feito.

Algum dia, quando reencontrasse Nomi — era *quando* agora, não *se*, Serina tinha certeza —, pediria desculpas. Sempre pensara que não havia valor em resistir, que não adiantaria de nada.

Mas sua irmã sempre esteve certa. Valia a pena se rebelar. Só o ato de resistir podia mudar o mundo.

E elas iriam mudar o mundo. Serina garantiria isso.

QUARENTA

Nomi

Os guardas de Asa não disseram nada enquanto arrastavam Nomi, Malachi e Maris através dos corredores do palazzo. A respiração entrecortada do herdeiro preenchia o silêncio; seu sangue pingava, manchando o chão.

— Por favor — Nomi implorou a Marcos. — Ajude-o…

O guarda a ignorou.

— O que aconteceu? — Maris perguntou, o terror deixando seu rosto branco como osso e transformando seus olhos em buracos negros. — O superior…

Nomi engoliu um soluço.

— Asa o matou. Com… com uma faca. Ele me usou… e Malachi… — Ela não conseguia falar.

Estava óbvio como tinha sido manipulada por Asa. Talvez não quisesse que o superior morresse. Mas ela tinha *certeza* de que não teria deixado Renzo escapar depois do teatrinho deles. Convenceria a todos de que Malachi e Renzo tinham agido juntos, talvez entregando ela também. Teria mandado executarem Renzo, como fizera com o cavalariço. E teria feito aquilo sem pensar duas vezes.

Asa tinha se aproveitado do sofrimento dela, do seu desespero, da sua *coragem*. Tinha se aproveitado de tudo, até da saudade que sentia de Renzo. Nomi era apenas um instrumento para ele atingir sua meta. Agora Asa não seria apenas o herdeiro, mas o superior.

— O que vão fazer com a gente? — Maris gemeu. Não conseguia acompanhar o ritmo veloz dos guardas e ficava tropeçando. Nomi podia ver que só queria desabar, mas o guarda a colocava de pé toda vez.

— Não sei — ela respondeu, só porque não queria assustá-la ainda mais.

Prometi que você veria sua irmã de novo, Asa tinha dito.

Marcos levou o grupo ensanguentado até uma parte do palácio que Nomi nunca tinha visto, em seguida até o cais. Grandes barcos boiavam na água negra.

O luar iluminava a palidez cada vez maior de Malachi.

— Pegue as correntes — Marcos ordenou, e um dos guardas sumiu na noite.

O estômago de Nomi se revirou.

De repente, com um puxão, Maris se soltou do homem que a segurava. Ela o pegou despreparado e conseguiu se soltar por um momento — mas só isso. Ele a agarrou de novo, puxando seu cabelo com brutalidade e fazendo-a gritar.

— Sinto muito. — Lágrimas escorreram pelo rosto de Nomi. — Não devia ter pedido sua ajuda. Sinto muito.

— O homem que você estava tentando encontrar... — Maris disse, estremecendo enquanto o guarda a puxava pelos cabelos até um barco. — Quem era?

Nomi tropeçou quando Marcos a empurrou para dentro. Era uma embarcação grande, com amuradas de ferro e um convés de madeira manchada. Os marinheiros correram para baixo para aquecer a caldeira.

— Alguém muito importante para mim — ela respondeu. Asa perseguiria Renzo? Iria atrás da família dela? — Eu estava tentando protegê-lo, mas coloquei você em perigo.

Os guardas acorrentaram as duas à amurada. Maris caiu de joelhos, com as mãos amarradas acima da cabeça. O vermelho em seu vestido parecia sangue.

— Sinto muito, muito mesmo — Nomi repetiu. — Asa prometeu libertar minha irmã… e eu confiei nele.

O guarda carregando Malachi o soltou no chão duro de madeira como um saco de grãos.

— Você aí — Marcos gritou para um dos marinheiros. — Quando ele parar de respirar, jogue o corpo no mar. — Ele pulou do barco e soltou suas pesadas cordas, empurrando-o para longe do cais.

A caldeira expelia vapor. Nomi podia ouvir as ondas sobre o barulho dos pistões do barco. Lentamente, eles se afastaram da terra e adentraram o vasto mar escuro.

As algemas em seus pulsos tiniam contra a amurada a cada onda. Ela encarou o reflexo da lua ondulando na água; se olhasse para baixo, encontraria as manchas de sangue no vestido dourado destruído.

Maris balançava com o movimento do barco, a cabeça apoiada contra a lateral de metal frio.

— Sinto muito — Nomi repetiu, como um mantra. Como se rezasse por perdão.

A cortina de cabelo de Maris foi soprada para trás pelo vento marítimo cortante.

— Nomi, não é sua culpa.

A amargura recobria o fundo de sua garganta. Era, sim.

O superior estava morto, Asa tinha concebido sua ascensão ao poder. E Malachi…

Ela encarou a massa de tecido embebido em sangue, imóvel na proa do barco. Aquilo era o movimento leve da sua respiração ou o balanço do barco?

Um dos guardas se aproximou do antigo herdeiro.

— Ele ainda está respirando! Ele ainda está respirando! — ela gritou.

Para seu alívio, o homem recuou. Mas voltaria.

Malachi não tinha aberto os olhos desde que haviam saído do palazzo. Lágrimas quentes escorreram pelo rosto de Nomi. Ele provavelmente morreria. E não demoraria muito.

Ela fizera aquilo com ele, tanto quanto se tivesse enfiado a faca nas suas entranhas.

E Renzo... ah, Renzo.

Nomi o havia condenado a uma vida como fugitivo.

Ela rezou para que ele continuasse fugindo.

Afundou a cabeça nas mãos, a agonia insuportável. Ao tentar salvar Serina e a si mesma, tinha levado todos à ruína.

A noite se alongava sem fim, o oceano atirando o barco na escuridão com abandono selvagem. O estômago de Nomi se revoltava. Maris cantava uma canção de ninar baixinho, a voz rouca de tanto chorar.

O peito de Malachi subia e descia, sua respiração mais lenta e mais curta a cada momento.

Então, por fim, à medida que a aurora despontava no horizonte, Monte Ruína lentamente se ergueu da névoa, escuro e sombrio.

Nomi inspirou, trêmula.

Serina, estou aqui.

AGRADECIMENTOS

Foi uma enorme honra trabalhar com as equipes incríveis da Alloy e da LYBR para trazer Serina e Nomi à vida. Abraços enormes e cupcakes para minhas editoras, Pam Gruber, Lanie Davis e Eliza Swift, e para meus gurus de história, Josh Bank, Joelle Hobeika e Sara Shandler. Les Morgenstein, Romy Golan, Matt Bloomgarden e todos da equipe da Alloy, obrigada por tudo o que fizeram para me apoiar e apoiar este livro. Megan Tingley, Alvina Ling, Emilie Polster, Katharine McAnarney, Carol Scatorchio e a toda a equipe maravilhosa da LBYR, muito obrigada por dar uma oportunidade às minhas irmãs e ficarem tão entusiasmados com elas! E obrigada às designers maravilhosas pela capa americana, Karina Granda, Mallory Grigg e Liz Dresner.

Meus agradecimentos mais sinceros a Kirsten Wolf, da Emerald City Literary Agency, por me ajudar com o contrato, e a Linda Epstein, que de alguma forma sempre sabe o que dizer (não, *você* é a estrela). Tenho muita sorte por ser representada por você, Linda, você nem imagina o quanto. Muito obrigada a Mandy Hubbard por incentivá-la a abrir seu e-mail.

À minha querida amiga Michelle Nebiolo, agradeço pela ajuda com o italiano e por generosamente sugerir Serina, o nome de sua avó, para a irmã mais velha. Serina literalmente não seria Serina sem você. *Grazie, amica mia!*

Dra. Jody Escaravage, Aimee L. Salter, Morgan Tucker, Rachel Hamm e Natasha Fisher: aceitem alguns abraços apertados e desconfortáveis por serem leitoras iniciais tão perspicazes e amigas tão incríveis. Este processo teria sido muito mais difícil sem o incentivo, o feedback e o apoio emocional de vocês.

Amigos escritores e editores que ouviram minhas angústias, torceram por mim e me mandaram presentes hilários — Jax Abbey, Paige Nguyen, J.D. Robinson, The Wonder Writers, Crystal Watanabe e Morgan Michael —, obrigada e um cupcake de chocolate amargo para cada um de vocês!

À minha família, agradeço por todo o apoio e incentivo. Foi emocionante dividir essa experiência com vocês.

Ollie, amo que já esteja contando suas próprias histórias. Minha preferida é aquela sobre Risky Pupperniss. Não esqueça dela, acho que tem futuro.

A meu marido, Andy, sem o qual nada disso teria sido possível, agradeço por me fazer rir, por me reconfortar durante os prazos estressantes e por sempre, sempre estar lá por mim (exceto quando o Exército precisa que você esteja em outro lugar. Rá!). Você é um marido e pai incrível, um homem maravilhoso que me inspira todos os dias. Espero não só que Ollie cresça e se torne como você, mas que um dia eu faça o mesmo. Te amo.

E finalmente, caros leitores, me sinto honrada que tenham passado seu tempo valioso com Serina e Nomi. Vocês são mágicos e maravilhosos, e eu amo e valorizo cada um de vocês. Se pudesse, faria cupcakes para *todos*. Obrigada!

SEGUINTE — Conheça outros títulos do nosso catálogo

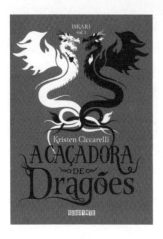

A caçadora de dragões
Iskari vol. 1
KRISTEN CICCARELLI

Algumas histórias são perigosas demais para ser contadas.

Quando era criança, Asha, a filha do rei de Firgaard, era atormentada por sucessivos pesadelos. Para ajudá-la, a única solução que sua mãe encontrou foi lhe contar histórias antigas, que muitos temiam ser capazes de atrair dragões, os maiores inimigos do reino. Envolvida pelos contos, a pequena Asha acabou despertando Kozu, o mais feroz de todos os dragões, que queimou a cidade e matou milhares de pessoas — um peso que a garota ainda carrega nas costas.

Agora, aos dezessete anos, ela se tornou uma caçadora de dragões temida por todos. Quando recebe de seu pai a missão de matar Kozu, Asha vê uma oportunidade de se redimir frente a seu povo. Mas a garota não vai conseguir concluir a tarefa sem antes descobrir a verdade sobre si mesma — e perceber que mesmo as pessoas destinadas à maldade podem mudar o próprio destino.

SEGUINTE
Conheça outros títulos do nosso catálogo

O beijo traiçoeiro
O Beijo Traiçoeiro vol. 1

ERIN BEATY

Uma garota obstinada que não quer se casar.
Um soldado que fará de tudo para provar seu valor.
Um reino à beira da guerra.

Com sua língua afiada e seu temperamento rebelde, Sage Fowler está longe de ser considerada uma dama — e não dá a mínima para isso. Depois de ser julgada inapta para o casamento, Sage acaba se tornando aprendiz de casamenteira e logo recebe uma tarefa importante: acompanhar a comitiva de jovens damas da nobreza a caminho do Concordium, um evento na capital do reino, onde uniões entre grandes famílias são firmadas. Para formar bons pares, Sage anota em um livro tudo o que consegue descobrir sobre as garotas e seus pretendentes — inclusive os oficiais de alta patente encarregados de proteger o grupo durante essa longa jornada.

Conforme a escolta militar percebe uma conspiração se formando, Sage é recrutada por um belo soldado para conseguir informações. Quanto mais descobre em sua espionagem, mais ela se envolve numa teia de disfarces, intrigas e identidades secretas. E, com o destino do reino em jogo, a última coisa que esperava era viver um romance de tirar o fôlego.

ESTA OBRA FOI COMPOSTA POR OSMANE GARCIA FILHO EM BEMBO
E IMPRESSA PELA GRÁFICA BARTIRA EM OFSETE SOBRE PAPEL PÓLEN SOFT DA
SUZANO PAPEL E CELULOSE PARA A EDITORA SCHWARCZ EM JULHO DE 2018

A marca FSC® é a garantia de que a madeira utilizada na fabricação do papel deste livro provém de florestas que foram gerenciadas de maneira ambientalmente correta, socialmente justa e economicamente viável, além de outras fontes de origem controlada.